D0725310

Et si c'était ça, le bonheur ?

De la même auteure

Romans
Cœur trouvé aux objets perdus, Libre Expression, 2009.
Maudit que le bonheur coûte cher !, Libre Expression, 2007 ;
    collection « 10/10 », 2011.
Et si c'était ça, le bonheur ?, Libre Expression, 2005 ; collec-
    tion « 10/10 », 2011.

Recueils de chroniques
D'autres plaisirs partagés, Libre Expression, 2003.
Plaisirs partagés, Libre Expression, 2002.

Jeunesse
Marion et le bout du bout du monde, illustré de 21 œuvres
    de Marc-Aurèle de Foy Suzor-Coté, Publications du
    Québec, 2008.
L'Enfant dans les arbres, d'après l'œuvre de Marc-Aurèle
    Fortin, Publications du Québec, 2002.
Mon père et moi, Éditions de la courte échelle, 1992.
Des graffiti à suivre, Éditions de la courte échelle, 1991.

Théâtre
Dernier quatuor d'un homme sourd, en collaboration avec
    François Cervantès, Éditions Leméac, 1989.
Les Trois Grâces, Éditions Leméac, 1982.

Francine Ruel

Et si c'était ça, le bonheur ?

Roman

Catalogage avant publication de Bibliothèque et Archives nationales du Québec et Bibliothèque et Archives Canada

Ruel, Francine, 1948-

      Et si c'était ça, le bonheur?
      (10/10)
      Éd. originale: Outremont, Québec : Libre expression, 2005.
      Suite: Maudit que le bonheur coûte cher!.
      ISBN 978-2-923662-84-8
      I. Titre. II. Collection: Québec 10/10.

PS8585.U49E8 2011   C843'.54   C2011-940465-6
PS9585.U49E8 2011

Direction de la collection : Romy Snauwaert
Logo de la collection : Chantal Boyer
Maquette de la couverture et grille intérieure : Tania Jiménez et Omeech
Mise en pages : Hamid Aittouares
Couverture : Chantal Boyer
Photographie de la couverture : Shutterstock

Remerciements
Nous reconnaissons l'aide financière du gouvernement du Canada par l'entremise du Fonds du livre du Canada pour nos activités d'édition. Nous remercions le Conseil des Arts du Canada et la Société de développement des entreprises culturelles du Québec (SODEC) du soutien accordé à notre programme de publication. Gouvernement du Québec — Programme de crédit d'impôt pour l'édition de livres — gestion SODEC.

Les Éditions Libre Expression
Groupe Librex inc.
Une compagnie de Quebecor Media
La Tourelle
1055, boul. René-Lévesque Est
Bureau 800
Montréal (Québec) H2L 4S5
Tél. : 514 849-5259
Téléc. : 514 849-1388
www.edstanke.com

Dépôt légal – Bibliothèque et Archives nationales du Québec et Bibliothèque et Archives Canada, 2011

ISBN : 978-2-923662-84-8

Distribution au Canada
Messageries ADP
2315, rue de la Province
Longueuil (Québec) J4G 1G4
Tél. : 450 640-1234
Sans frais : 1 800 771-3022
www.messageries-adp.com

Diffusion hors Canada
Interforum
Immeuble Paryseine
3, allée de la Seine
F-94854 Ivry-sur-Seine Cedex
Tél. : 33 (0)1 49 59 10 10
www.interforum.fr

À mes amis
Michel et Mario, Jean-Jacques, André,
Louise, Johanne et Étienne,
qui m'ont inspiré ces personnages.

« Les ennuis, c'est comme le papier
hygiénique. On en tire un, il en vient dix. »
WOODY ALLEN

« Des fois, je me dis que la seule façon
d'avoir du plaisir, pour moi, c'est de
m'appuyer contre la machine à laver
en cycle essorage. »
ANNETTE BENING

« Nous avons été cambriolés par des homosexuels.
Ils ont fracturé la porte et ils ont changé
la disposition des meubles. »
ROBIN WILLIAMS

Prologue

Le téléphone a sonné au moment où elle s'apprêtait à se mettre à table. La voix de l'homme avait toutes les qualités requises pour être celle d'un téléphoniste.

— Allo.

— Puis-je parler à l'homme de la maison ?

— ...

— Allo ? Pourrais-je parler à l'homme de la maison ?

— Ça m'étonnerait.

— Il est occupé, il ne peut pas venir au téléphone, il n'est pas là ?

— Toutes ces réponses.

— Pouvez-vous me dire quand je peux le joindre ?

— Impossible, dit-elle.

— Impossible parce qu'il est occupé à son travail ?

— Ça doit.

— Occupé avec quelqu'un d'autre ?

— Je présume.

— Occupé ailleurs ?

— Ça doit être ça.

— Est-ce qu'on pourrait résumer en disant qu'il n'est pas libre ?

— On peut dire ça comme ça.

— Est-ce qu'il sera là plus tard ?

— Je n'en ai aucune idée.

— Euh… Est-ce que je pourrais rappeler demain ?

— Si vous voulez.

— À quelle heure puis-je appeler demain ?

— À l'heure que vous voulez. Mais je dois vous avertir…

— Oui. De quoi ?

— Même si vous rappelez, ça ne changera pas grand-chose.

— Qu'est-ce que vous voulez dire ?

— Y a pas d'homme de la maison dans cette maison.

— Ah ! Où est-ce que je pourrais le trouver ?

— Je me pose la même question.

— Ah bon !

L'homme pousse un long soupir.

— Vous avez l'air déçu, dit-elle aussitôt.

— C'est que j'avais absolument besoin…

— Moi aussi, ça m'arrive, vous savez, d'en avoir absolument besoin. Mais je fais avec. Et j'ajouterais que parfois je suis déçue également, mais que voulez-vous, c'est comme ça.

— Est-ce que la situation risque de changer ?

— Je suis désolée de vous décevoir, c'est pas parti pour ça.

— Demain ? Après-demain ? La semaine prochaine ? Le mois prochain ?

— Aucune idée. Certains jours, je pense que ça sera dans une prochaine vie.

— Bon !

Long soupir au bout du fil, puis silence prolongé.

— Monsieur ?

— Oui ?

— Vous êtes toujours là ?

— Oui, oui.

— Que puis-je faire d'autre pour vous ?

— Est-ce que je peux parler à la dame de la maison, d'abord ?

1

J'étais concentrée depuis deux bonnes heures sur les épreuves d'un roman policier que j'avais à corriger et que je devais remettre le lendemain à la première heure. J'en étais presque à la fin du manuscrit, au moment précis où l'assassin brandissait son arme en direction de sa victime, lorsque le téléphone sonna. Mon stylo m'a échappé des mains et j'ai sursauté comme si je venais d'être atteinte d'une balle perdue en plein cœur.

— Allo ?

— Olivia, viens-t'en, j'ai trouvé ta maison.

— Quoi, *ma* maison ?

— Ta maison. La maison de tes rêves. La maison que tu attends depuis toujours. J'ai pris rendez-vous avec l'agent d'immeubles pour demain après-midi.

— Es-tu malade ?

C'était Albert, mon ami des Cantons-de-l'Est.

Il m'a répondu avec du rire dans la voix, sûr de son coup.

— Nooooon ! Mais toi, tu vas tomber raide morte quand tu vas la voir. Elle est grande, belle, magnifique, un terrain inimaginable, de la lumière, des arbres. Il faut que tu la voies. C'est tout à fait pour toi, a-t-il affirmé, aussi enthousiasmé qu'essoufflé. Demain, deux heures. Tu viens me rejoindre chez moi. Puis trouve-toi pas des raisons pour ne pas être libre.

Quand Albert emploie ce ton avec moi, je sais que j'ai intérêt à suivre ses recommandations à la lettre si je ne veux pas qu'il me fasse la baboune pendant des semaines.

Avant de raccrocher, j'ai demandé comment il avait trouvé le chalet.

— Pas un chalet, chérie, une vraie maison de campagne ! Je suis tombé dessus en me promenant.

Puis, avant de clore la conversation, il m'a répété l'heure du rendez-vous, et il a raccroché en riant aux éclats, content de m'avoir complètement désarçonnée. Je suis restée le combiné dans la main, comme en suspens, et piégée au possible. J'ai horreur de ce genre de situation. Impossible de dire non sans blesser la personne bien intentionnée qui ne veut que votre bien.

C'est un peu comme lorsqu'un membre de votre famille ou une amie qui sait mieux que vous ce qui manque à votre bonheur organise une rencontre avec l'intention, pas du tout déguisée, de vous présenter celui qui, hors de tout doute, deviendra, dans l'heure, l'homme de votre vie. « Je suis sûre que c'est le bon ! » m'a déjà déclaré ma copine Carole. Ex-copine, devrais-je dire. Elle m'évite, maintenant, depuis qu'elle a voulu me présenter son cousin. « Un beau grand gars qui adore la femme, m'avait dit Carole. Sportif, débrouillard, et beau bonhomme. » Que demander de plus ! J'ai fini par céder devant son insistance. Mais la fameuse rencontre a été repoussée à une date indéterminée parce que le cousin en question avait été arrêté la veille, accusé de harcèlement sexuel. On les veut empressés et fougueux, nos prétendants, mais pas à ce point. Et j'ai refusé lorsque Carole m'a demandé de l'accompagner à la prison pour qu'on aille lui remonter le moral. Il en avait pris pour cinq ans. Je lui ai alors expliqué que j'aimais mieux rester prise toute seule que de me retrouver dans ce genre de situation.

Depuis ce *blind date* raté, que j'ai raconté à mon cercle de copains – on se remémore encore cette histoire et on en rit toujours avec autant de plaisir –, personne n'a osé me présenter la perle rare. Déjà que trouver un homme amoureux, gentil, avec un minimum de culture et libre de surcroît, ça n'est pas simple. Comme disait si joliment Zsa Zsa Gabor : « Je veux simplement un homme gentil et compréhensif. Est-ce vraiment trop demander à un milliardaire ? »

Celui qui entrera dans ma vie n'a pas besoin de millions, il a surtout besoin d'être ouvert d'esprit pour accepter ma gang de joyeux drilles, dont Albert fait partie, puisque la plupart d'entre eux sont gais. Enfin, bref. La quête amoureuse est un autre aspect de ma vie qui demanderait trop de temps de réflexion et, pour l'instant, j'en étais à la visite d'une demeure.

Au fait, comment ça, une maison ! Est-ce que j'avais besoin d'une maison ? Je possédais déjà un bel appartement en plein cœur de Montréal. Petit, mais joli. Je dois cependant avouer – je fais cet aveu encore à voix basse parce je ne suis pas certaine d'être prête à un changement – que je commençais à en avoir soupé de la grande ville. Une ville sale dont les poubelles débordent en permanence ; des voisins qui n'ont aucun souci du beau, du calme et ne s'inquiètent aucunement de la pollution à laquelle ils participent quotidiennement : cigarettes, bruit et gaspillage. Une ville qui compte un sans-abri à chaque coin de rue, réclamant son dû (je me fais engueuler si je n'ai pas de monnaie) comme le font les parcomètres, toujours plus nombreux, et qui, eux, me menacent de contraventions à répétition.

J'ai tenté de reprendre mon travail là où je l'avais laissé. Mais après quelques lignes de lecture, je revenais tout le temps à cette possibilité d'aller voir une maison qui risquait de me plaire et de me faire changer de style de vie. Je laissai donc de côté le tueur et sa victime et déposai les armes, en l'occurrence mon stylo correcteur.

Il me semble que j'ai toujours parlé d'avoir un chalet. Depuis un an ou deux, en compagnie de mon ami Albert, j'arpentais avec grand plaisir les routes des Cantons-de-l'Est à la recherche d'une petite maison de campagne. Quelque chose de simple, un petit coin tranquille pour les vacances et les week-ends où l'on s'entasserait avec les copains pour des bouffes monstrueuses. Une petite bicoque, un bout de terrain, de grands arbres. Rien de bien compliqué, quoi !

Mais ce « rien de compliqué », ou bien il avait des allures de « véritable taudis en plein dépotoir », et alors l'ensemble risquait de s'effondrer au moindre coup de vent, ou il s'habillait de prétention, de clinquant et coûtait la peau des fesses. À chaque visite, c'était très décevant, et ça devenait, après mûre réflexion, un pensez-y-bien. Et puis, avais-je les moyens de m'offrir deux maisons ? La réponse était facile : « Non, ma chérie, ne rêve pas en couleurs ! » C'est ma petite amie intérieure, celle qui me veut du bien, ma jumelle pas du tout identique, la rabat-joie de mes pensées, qui venait de s'exprimer. Elle avait l'art, cette compagne de tous les instants, de me rabattre le caquet quand je démontrais trop d'enthousiasme et de me pousser à faire les pires folies lorsque je me retrouvais au quatorzième sous-sol de la déprime. Je me méfiais donc un peu d'elle, et de moi, en l'occurrence.

Cette recherche d'une maison à la campagne n'avait rien d'urgent. J'y allais ne serait-ce que pour les belles balades en compagnie agréable et la découverte d'une région délicieuse. Albert et son chum François adoraient les maisons, tout comme moi, et avant un souper devant la cheminée de leur nouvelle demeure, nous allions faire des découvertes aux alentours. On courait les maisons à vendre comme d'autres sillonnent les routes à la recherche de marchés aux puces ou d'antiquaires. Malgré toutes nos trouvailles, les maisons visitées n'étaient pas assez ceci ou trop cela à mon goût. Trop isolées dans la forêt ou trop près du plus proche voisin. Le terrain n'était pas assez grand ou alors il était totalement dégarni d'arbres. Une priorité, pour moi, les arbres. Une maison sous les arbres, c'était tout à fait pour moi. Certaines demeures coûtaient beaucoup trop cher pour mes maigres moyens, ou elles étaient trop vieilles et exigeraient une longue liste de travaux, ou encore étaient trop neuves, n'ayant aucune marque laissée par le temps et, surtout, aucune âme. Pas une de ces maisons n'était la bonne, quoi ! Pour moi, une maison c'est comme un amant ou un amoureux, il faut avoir le coup de foudre ou éprouver assez d'attirance pour se dire : ça y est ! Comme on dirait, au sujet d'un homme : c'est avec lui que je veux passer du temps ; je suis prête à faire un bout de chemin avec lui et peut-être même à lui consacrer toute ma vie.

Pour en revenir à Albert, j'ai annulé ce que j'avais à l'horaire le lendemain puisque Albert me l'avait ordonné avec force. C'est incroyable, la force de persuasion de ce gars. Il sait vous convaincre de presque n'importe quoi. Je me suis donc préparée à ce rendez-vous le cœur battant, ou du moins avec le même enthousiasme qu'avait démontré mon copain. Trouverais-je la bonne maison cette fois-ci ?

2

Il faut dire que ma dernière démarche pour acquérir une maison à la campagne s'était soldée par un échec cuisant puisque j'avais cédé aux instances de mes amis, inquiets de me voir m'enfoncer dans une aventure trop périlleuse. J'appréciais donc la sollicitude d'Albert à mon égard. S'y connaissant plus que moi dans le domaine, il allait sûrement être de bon conseil. Mes amis, à force d'avis contradictoires, m'avaient poussée à renoncer à mon rêve. Dieu qu'elle aurait été belle, pourtant, cette demeure que je convoitais !

Il y a quelques années, j'avais trouvé une ancienne église aux abords du village de Frelighsburg. En fait, il ne restait du bâtiment que la structure de briques orangées, comme celles qu'arborent les maisons loyalistes de la région. De prime abord, le tableau qu'offrait le bâtiment n'avait rien de très alléchant. Il n'y avait ni fenêtres ni portes, seulement les cadrages. Mais il y avait un œil-de-bœuf à l'endroit où devait se situer le jubé sans doute, et les volets étaient en place. Le toit de tôle était entièrement à refaire. À l'intérieur, le sol était en terre battue et des pigeons avaient élu domicile entre les poutres, qui avaient besoin d'une sérieuse remise en état.

Bon, ça ne payait pas de mine, mais la petite église était mignonne au possible, ni trop grosse ni trop minuscule. En prime, à l'avant de l'ancien lieu de culte, il y avait trois chênes géants qui faisaient de l'ombre sur les briques, et un immense champ de blé entourait l'arrière et un côté de la propriété. L'église, ou ce qu'il en restait, était située un peu près de la route, et le voisin se trouvait très proche, mais ça ne me dérangeait pas. Des arbres, une clôture, je trouvais sans cesse des arguments pour contrer les objections, et mon excitation se maintenait à un haut niveau, même si ma petite voix intérieure s'employait à démolir systématiquement tous les commentaires que je pouvais émettre. Ce jour-là, elle n'avait aucune prise sur moi.

J'en ai rêvé, de ce lieu. J'ai tracé des plans, dessiné des pièces, à partir de rien puisqu'il n'y en avait aucune. J'ai imaginé l'espace intérieur, les niveaux, la cuisine, la chambre et le bureau. J'ai même fouillé les archives du canton pour connaître l'historique de cette église protestante.

Je suis allée revoir ma ruine plusieurs fois. J'y ai admiré l'ombre des chênes et la vigne qui s'accrochait désespérément à la brique, comme je m'accrochais à mon rêve d'y bâtir maison. J'ai appris par les voisins que plusieurs personnes avaient eu envie de s'installer sur ce site, mais que toutes avaient renoncé, vu l'étendue des travaux à effectuer. Il n'y avait pas que la structure à ériger – le mieux aurait été de tout jeter par terre et de recommencer à neuf, mais moi j'adorais les briques et je voulais les récupérer à tout prix –, il fallait aussi creuser un puits, construire une fosse septique avec son champ d'épuration et faire installer l'électricité dans la maison. Oui, bon ! Je sais ! Travaux d'Hercule ! Mais quand on aime, l'effort ne fait pas peur et j'étais prête à tout pour y arriver. J'ai déjà fait pire avec certaines relations amoureuses. J'ai entièrement reconstruit un gars – qu'est-ce qu'on a toutes les femmes à vouloir les changer –, je lui ai appris à devenir un homme, avant qu'une autre bénéficie de mon travail. Celle-ci m'a même remerciée. « Le plus difficile a été fait, m'a-t-elle dit. Je n'ai plus qu'à cueillir le fruit mûr. »

Après moult études, préparation de plans et analyse de coûts, j'ai finalement renoncé à mon rêve de reconstruire cette église pour en faire une maison, poussée par mes amis et ma famille, angoissés de me voir y laisser ma chemise.

J'ai toujours pensé que vivre seule – et ma vie de célibataire me l'a prouvé à maintes reprises – vous épargnait le doute à outrance, le problème des goûts totalement différents malgré les sentiments vous liant à un conjoint jamais d'accord avec vos choix. C'était compter sans les amis qui veulent votre bien. Je garde encore le souvenir heureux de ce qui aurait pu devenir ma demeure et je conserve dans une boîte les nombreuses photos de la ruine en question.

Je suis passée par là, il y a quelques semaines, et la maison existe bel et bien maintenant. Un couple a osé. Je n'aime pas la nouvelle toiture, un vert insignifiant, mais les propriétaires ont réussi ce que je voulais faire, c'est-à-dire conserver la brique. Tant pis. Comme tout le monde s'efforce de me dire en chœur : « C'était pas la bonne, c'est tout. Il y en a une autre qui t'attend quelque part. »

3

Albert m'attendait de pied ferme.

— T'es en retard.

— De quinze minutes. Il y avait une circulation monstre sur le pont Champlain.

— Va falloir que tu t'habitues.

Je l'ai tout de suite arrêté dans ses spéculations. Je n'avais pas encore visité la maison. J'étais donc loin d'être installée à demeure, surtout à la campagne.

Albert a insisté pour que nous montions dans sa voiture. Sa théorie était claire.

— Moi je conduis, toi tu regardes.

Albert a toujours eu cette manière de prendre les guides. Il voit à votre confort et se fait une joie de partager une découverte, surtout lorsqu'il s'agit de son coin de pays. C'est un être affable, gentil comme tout. Pas très grand, tout en rondeurs, des yeux vifs. Un homme qui a l'air confortable, quoi! Un homme heureux d'exister. Et puis, il y a ce rire toujours sous-jacent, comme une fontaine qui ne demande qu'à déborder et à éclabousser tout autour, la gourmandise des êtres, des objets, des mets et des découvertes faisant partie intégrante de sa vie.

Je me suis donc laissé piloter par Albert, qui avait l'œil très allumé en cette journée d'automne, comme quelqu'un qui se sent trop sûr de son coup. Son attitude me troublait énormément. Je le connaissais assez pour savoir qu'il m'emmenait vers quelque chose d'important. Dans quoi allait-il m'embarquer ? Tandis qu'il se dirigeait vers le village, il m'a dit quelque chose qui n'avait rien de rassurant :

— T'es libre d'aimer ça ou non, Olivia, mais tu serais folle de passer à côté de ce que tu vas voir.

J'ai ouvert grand les yeux sur le plus charmant village qu'il m'ait été donné de voir. Les rues étaient jolies comme tout, les commerces, attrayants, une véritable image d'Épinal. La modernité n'avait rien déformé. Au centre du village, il y avait une belle place aménagée, avec de grands arbres, des tables et un kiosque. Ce parc cohabitait avec une belle chute d'où s'écoulait l'eau d'un étang, de l'autre côté de la rue principale cette eau poursuivait sa route dans une rivière fort agréable à l'oreille et au regard. Toutes les maisons étaient jolies, bien entretenues, et les terrains étaient fleuris – enfin, pour ce qu'il restait de fleurs en ce début d'automne. Il ne m'était pas trop difficile d'imaginer l'été en ces lieux. Nous avons pris sur la gauche une rue encore plus tranquille. Une petite église anglicane était érigée au sortir d'une courbe. « Une petite église… Tiens donc ! » J'ai entendu la remarque de mon double, mais n'y ai guère prêté attention. Cette rue était bordée de chaque côté de maisons bien coquettes. Avant même que j'aie pu émettre la moindre opinion, Albert m'a devancée :

— On se croirait dans une banlieue, je sais, mais attends, tu vas voir.

— J'ai rien dit, moi !

Mais c'est exactement ce que j'avais pensé, par contre. On a roulé un peu et, rendu à un arrêt, Albert m'a avertie :

— T'es prête ? Ça commence ici.

Mon cœur s'est arrêté de battre. Des bouleaux et des érables longs et fins, dont les branches réunies formaient un dôme, faisaient danser leurs feuilles de chaque côté d'une route de fins cailloux gris. À droite, une clôture de bois peinte en blanc délimitait un terrain. Puis apparurent à la suite trois gros garages jaunes. Albert m'a signalé l'ensemble d'un revers de main négligent.

— Garages adjacents à la propriété.

Albert roulait très lentement pour que j'aie le temps de tout découvrir. Et alors que nous longions la clôture blanche, j'ai vu se profiler un peu plus loin, entre les nombreux arbres, une grosse, grosse maison jaune.

— C'est bien trop gros.

— Attends... Attends de voir.

— Je vois déjà...

Je voyais bien qu'elle était trop grosse pour moi toute seule, mais je n'arrivais pas à détourner les yeux de cette maison de rêve. Mon cœur battait déjà la chamade et c'est ça qui m'énervait au plus haut point. Je suis descendue de voiture, les yeux toujours fixés sur ce qui me semblait être une immense maison. L'agent d'immeubles nous attendait appuyé négligemment contre sa voiture. Albert m'a glissé à l'oreille que ce petit côté « venez visiter si ça vous tente, mais je suis convaincu que cette maison n'est pas dans vos moyens » faisait partie intégrante du style des agents immobiliers de la région. Albert avait raison au sujet des professionnels de l'immobilier. À chaque occasion que nous avions eue de visiter une bicoque ou une grande propriété, au cours des deux dernières années, ils avaient à peu près tous eu cette attitude je-m'en-foutiste. Ils accomplissaient bien leur travail d'agent, mais semblaient très peu passionnés par la vente. Le sourire qu'ils affichaient disait clairement : « Si ce n'est pas vous, l'acheteur, ce sera quelqu'un d'autre. Ce village est très populaire et tout le monde veut y habiter. Alors... » Mais dans la phrase que m'avait murmurée Albert, il y avait une autre vérité : cette maison n'était pas dans mes moyens.

On a fini par se saluer. Le monsieur était aimable, bedonnant et sûr de lui. Tout au long de la visite, il s'est adressé uniquement à Albert, qui l'avait pourtant informé dès le départ qu'il le contactait pour moi et non pour lui, en précisant que, premièrement, nous n'étions qu'amis et pas un couple – il n'était pas entré dans les détails de son orientation sexuelle – et que, deuxièmement, il possédait déjà une maison dans la région. Mais je me suis dit que l'agent n'avait peut-être pas assimilé ces remarques.

— On commence par l'intérieur ou l'extérieur ? a-t-il demandé en s'avançant vers la maison.

Albert et moi avons répondu à l'unisson les deux seules réponses possibles. Il voulait d'abord inspecter l'extérieur de la maison, et moi, l'intérieur. L'agent a donc tranché pour l'extérieur tout en se dirigeant vers le jardin. Est-ce parce que c'était la préférence exprimée par Albert ? Je ne m'en suis pas formalisée puisque de toute façon nous allions tout visiter.

— Allons pour l'extérieur.

Mes yeux s'affolaient et regardaient partout à la fois. Je trouvais déjà la maison trop imposante pour mes besoins. Un petit chemin en ardoise faisait le tour de la maison jaune. De l'ardoise bleue, a spécifié l'agent d'immeubles.

— Il y a toutes sortes d'ardoises. Celle-ci est la plus rare. Elle provient d'une carrière de la région.

C'est à ce moment-là que j'ai eu un coup au cœur. En une fraction de seconde, je me suis retrouvée entre les pages d'une revue de décoration européenne, qu'elle s'appelle *Maison de Campagne, Côté Sud, Maison à Vivre, Campagne Décoration, Atmosphère, Madame Figaro Décoration* ou *Elle Déco*, toutes ces revues que je ne me lassais pas de feuilleter depuis des années.

Ça y est, j'étais entrée à l'intérieur de ces pages glacées, bucoliques à souhait, où l'on découvrait ces maisons de rêve perdues en Toscane ou dans le sud de la France.

4

La vue était magnifique. Puisque la maison était construite sur un rocher – ce qui lui donnait cette allure si
imposante –, le terrain qui partait de la terrasse s'étendait
à perte de vue. Un autre gros rocher trônait au centre
de la pelouse, entouré de roses de différentes couleurs,
de pivoines, de quelques coquelicots perdus, de lisian-
thus et d'innombrables fougères. Et tout au bout, le terrain était bordé d'un petit bois.

— Au fond à droite, c'est le potager. Il y a une multitude de framboisiers tout à côté et, en contrebas, c'est
le Pound.

Le Pound ? Je me mis à fouiller rapidement dans les
tiroirs « langues étrangères » de mon cerveau. L'agent fut
plus rapide que moi.

— L'étang du village. Le Mill Pound.

Pour attirer mon attention de l'autre côté de l'étang
et du rocher faisant facc à la terrasse, au potager et aux

framboisiers, il m'indiqua, d'un geste d'habitué de « ces grosses propriétés qui ne sont certainement pas pour vous », la piscine.

Je me penchai à l'oreille d'Albert.

— Parce qu'en plus il y a une piscine ? ! ! Es-tu fou ? On visite et on s'en va.

Il me prit par le bras et m'entraîna sur le petit sentier qui contournait la terrasse. Au passage, je remarquai des plates-bandes, en fin de floraison et extraordinairement bien entretenues, un beau pommier, et des fougères de toutes sortes bordant une clôture. Ce sentier nous amena à la piscine.

Pendant que l'agent cherchait dans son « listing » les dimensions du bassin, je restai muette d'étonnement devant la taille de la piscine. Elle était peinte en gris, pas une couleur très inspirante pour barboter dans l'eau, mais quel bassin génial pour faire des longueurs. Albert, encore une fois, balaya d'une réplique les critiques que je n'avais même pas formulées à voix haute.

— Ça se change, une couleur. Une piscine de cette dimension, ça n'existe plus. Il y a quelques réparations à faire dans le fond, un coup de peinture, et c'est comme une neuve.

Je le foudroyai du regard.

— Albert Fournier ! Me prends-tu pour une milliardaire ?

Dos à l'agent, pour qu'il ne voie pas mon geste, je fis discrètement le signe qui consiste à se frotter les doigts, en voulant dire que tout ça devait coûter les yeux de la tête. Tout aussi silencieusement, il me fit signe d'attendre, puis fit quelques pas en direction de l'agent pour signifier que la visite se poursuivait.

On a tout visité. Le bord de l'étang et la rivière. Parce qu'en plus il y a une petite rivière bordée d'arbres.

Il y avait même un saule pleureur sur un îlot. L'agent continuait son laïus.

— De la maison, on ne voit l'étang et la rivière qu'à l'automne et en hiver ; quand toutes les feuilles sont tombées.

On a marché le long du potager, des framboisiers, du petit bois pas si petit que ça finalement, du chemin qui bordait la propriété – qui me semblait de plus en plus immense et hors de prix et pas du tout pour moi, mais bon Dieu ! que j'étais bien ! J'avais mentalement bâillonné l'empêcheuse de tourner en rond, mon petit moi autodestructeur, pour n'avoir aucune remarque négative.

On a repris le chemin du stationnement pour se rendre à l'entrée principale. C'est à ce moment que j'ai compris l'orientation de la maison. Lorsqu'on arrive en voiture, on fait face à un des côtés de la maison. L'arrière donne sur la terrasse, camouflée par les arbres et les buissons, et l'entrée de la maison se situe de l'autre côté, auquel on accède par un petit chemin d'ardoises semblable à celui de la terrasse. Comme je restais figée sur place et ne semblais pas prête à visiter l'intérieur, Albert m'a prise par le bras et m'a rassurée.

— Olivia, regarde partout. Je fais de même. On s'en reparlera après, devant un café. Ça ne t'engage à rien. Pour le moment. Même si je suis convaincu que cette maison est pour toi.

Je l'aurais mordu. Mais il avait tout à fait raison. Une visite ne m'engageait à rien et ne coûtait rien. Je suivis les deux hommes et entrai par la porte principale. Bien sûr, c'était vieillot. Bien sûr, les meubles étaient d'une autre époque et la décoration, pas particulièrement à mon goût. Il y avait du tapis « mur à mur » dans la pièce principale, les couleurs n'étaient pas dans ma palette et j'ai horreur du papier peint, mais c'était vraiment bien tenu. J'étais dans une maison dont on avait pris grand soin, qu'on avait aimée, bichonnée même, au cours des ans.

— Les propriétaires habitent ici depuis vingt et un ans. Ils préfèrent retourner en ville pour être plus près de leurs enfants.

Albert en a profité pour me souffler à l'oreille que c'était un bel adon puisque, moi, j'avais envie de venir m'établir à la campagne. Je n'ai même pas relevé sa remarque tant j'étais subjuguée par le point de vue, par la lumière qui entrait par les immenses fenêtres de la salle à manger et celles du salon et du petit boudoir. Les murs de ces trois pièces qui formaient un L et donnaient sur l'extérieur étaient presque entièrement constitués de fenêtres. La cuisine était de facture plus ancienne avec ses armoires de pin sombre, ses appareils ménagers démodés, mais le soleil pénétrant par la large fenêtre au-dessus de l'évier éclaboussait tout sur son passage. Près de la cheminée de briques brunes se trouvait un poêle à combustion lente de couleur bleu faïence. Je me suis approchée de l'évier pour jeter un coup d'œil par la fenêtre au moment où l'agent ouvrait la porte donnant sur la terrasse. Un bruit de chute d'eau attira mon attention. J'ai alors remarqué un bel étang où flottaient des nénuphars. Il y avait tellement à voir sur cette propriété que la proximité de l'étang et de la maison m'avait échappé.

— Il y a de beaux poissons dans cet étang, a dit l'agent.

Je suis sortie pour le constater *de visu*. Effectivement, aussitôt que j'ai été au bord du petit étang, une dizaine de poissons de toutes tailles, certains rouges, quelques-uns blancs, d'autres marbrés, nagèrent à la surface en quête de nourriture. Le petit bruit de fontaine était fort doux à l'oreille et je me suis fait la réflexion que ce serait agréable de faire la vaisselle au son de ce jet d'eau. Ma petite voix intérieure, qui d'habitude me retient dans mes élans les plus fous ou me provoque quand j'hésite trop à me lancer, se mit à rire dans ma tête. « Bon ! La v'là déjà en train de faire la vaisselle ! »

Albert me prit par la main et m'entraîna dans le couloir, au bout duquel nous avons emprunté un bel escalier de bois. À l'étage, la lumière était aussi imposante qu'au rez-de-chaussée. Au haut de l'escalier, les propriétaires avaient installé, sous une fenêtre, un petit bureau servant de table à dessin. La vue sur le jardin, sur les pivoines, les roses, les coquelicots et le coin forêt était suffisamment inspirante pour sortir toiles et pinceaux.

À l'étage, nous avons découvert un petit boudoir présentant plein de possibilités pour le rangement, la couture, le repassage et une petite salle de bain récemment aménagée, que pouvaient utiliser les occupants de la chambre d'amis qui, elle, était tout à fait comme les amis aimeraient en avoir une : claire, confortable et, de surcroît, envahie par le bruit enchanteur de la fontaine de l'étang, juste en bas. Pour ce qui est de la chambre principale, c'était la plus démodée : un vieux papier peint aux fleurs fanées et une salle de bain d'un autre siècle dans les tons de rose et de turquoise. Les dimensions étaient intéressantes, mais la garde-robe cachait une belle fenêtre. Avant même qu'Albert intervienne, et pour lui prouver que j'avais encore quelques sens en éveil, je lui signalai que des murs, ça s'ouvre, et que refaire la salle de bain ne serait pas un gros luxe, mais une grande nécessité. Une porte donnait sur un immense balcon, pour l'instant très dangereux puisque la balustrade était particulièrement basse et non conforme aux normes actuelles, le plancher défoncé à plusieurs endroits et l'état de la toiture, en dessous, fort douteux. Par contre, le paysage qui s'offrait à nos yeux était époustouflant. De ce point de vue, on découvrait tout le terrain, le petit étang aux poissons et aux nénuphars, la rivière qui serpentait au pied du petit boisé, l'immense étang du village, et on avait l'impression d'être suspendu dans les arbres, au-dessus de la terrasse du premier.

Je n'avais plus envie de bouger, mais en même temps je savais qu'il me fallait m'enfuir en courant. Je devais prendre mes jambes à mon cou et me sauver au plus vite de ce lieu qui commençait déjà à me troubler.

5

J'ai finalement réussi, à force d'un gros effort, à tourner le dos à la terrasse. L'agent continuait à me donner des détails, comme s'il enfonçait un clou dans ma tête. La toiture avait besoin de réparations, mais rien ne pressait ; le grenier par contre était en très bon état et bien isolé. Il donnait des chiffres, des dates, des précisions, mais je ne l'écoutais déjà plus. Je descendais les marches et cherchais à m'orienter pour trouver une porte de sortie. Une issue de secours ! Du coin de l'œil, j'ai aperçu Albert qui prenait des mains de l'agent le « listing », cette feuille indiquant les dimensions du terrain, les données sur la maison, les éléments inclus et exclus, les servitudes, les taxes et, il va sans dire, le prix demandé.

J'étais déjà dans le stationnement lorsque l'agent a dit à Albert qu'on pourrait voir les garages et autres dépendances lors d'une prochaine visite. Puis il lui a présenté sa carte. Mon copain lui a scrré chaleureusement la main et lui a fait signe avec le pouce et le petit doigt écartés, près de l'oreille, qu'il le rappellerait bientôt. Tout en se dirigeant vers la voiture, il a lancé au bénéfice de l'agent, et dans un grand éclat de rire, que pour l'instant c'était inutile de poursuivre puisque j'étais en état de choc.

— Elle va vous rappeler. Comptez sur moi.

En état de choc! Moi, j'étais en état de choc?! Pas du tout. J'étais renversée, j'étais défaite, j'avais les genoux en guenilles et le cœur en petits morceaux. Et j'accusais Albert d'être responsable de mon état.

— Pourquoi tu m'as montré cette maison?

— Pour que tu la voies, mon petit cœur.

— Très drôle. Je l'ai vue.

— Et puis?

— Et puis quoi?

Je baignais dans un mélange de colère sourde, d'euphorie indescriptible, de rage contenue, d'envie de fou rire. En fait, je ne me comprenais plus.

— Sors-moi d'ici, je manque d'air.

Quand il est fier de son coup, ou particulièrement heureux, Albert rit. Il rit aux éclats, il s'empourpre et jubile de plaisir.

Nous avons quitté le stationnement et, au bout de la petite route pavée d'or, de rouge et d'orangé, nous nous sommes retrouvés dans la rue. Pour évacuer un trop-plein d'émotion et pour répondre à la question énoncée plus tôt par Albert, j'ai résumé mon opinion en disant que ce domaine était trop vaste et certainement beaucoup trop cher pour mes modestes moyens. En guise de conclusion, entre deux éclats de rire, Albert a rétorqué, comme si mes arguments ne tenaient pas la route:

— Un domaine en plein bois, sur le bord d'un étang. Et tout ça, en plein village! Moi, ça ne me fait rien. Mais...

Nous avons roulé doucement en direction de la maison d'Albert. En silence.

Albert avait calmé quelque peu son enthousiasme débordant et je tentais, tant bien que mal, d'éliminer de mes joues et de mes yeux l'effet produit par cette visite. Je ne tenais pas à ce qu'on y lise comme dans un livre ouvert. Moi la première, je ne voulais pas savoir ce qui y était écrit. J'avais le visage en feu, mes mains étaient moites et mon cœur battait à tout rompre. J'étais contente d'être assise, parce que j'avais les jambes molles. Tout le long du chemin, je me répétais : « Calme-toi, ma belle, du calme. » Et puis je me suis souvenue que la dernière fois où je m'étais trouvée dans un tel état, je venais de tomber amoureuse.

6

François, le copain d'Albert, nous attendait sur le pas de la porte de leur maison, tout sourire. Une espèce de grand doux aux yeux pétillants, à la bouche gourmande, qui doit se pencher pour embrasser les gens ou les écouter. Un genre de grand silencieux qui parle peu, une force tranquille.

— Alors ? C'était comment ?

C'est Albert qui a répondu à ma place.

— Une petite merveille. Un peu grande…

J'ai répliqué aussitôt que cette demeure était plus que grande, elle était immense. Beaucoup trop exigeante sur le plan de l'entretien et des réparations pour mes moyens. Albert a repoussé mon argument du revers de la main.

— Bah ! Si peu. Allez, avance, on va manger.

Et il m'a poussée fermement vers la porte. François ne cessait de m'examiner. Il semblait reconnaître des signes qui ne mentent pas. Des indices que ne manquent pas de remarquer les gens qui ont déjà été amoureux et ceux qui ont déjà fait l'acquisition d'une maison.

Lorsque j'ai mis les pieds dans l'entrée, les effluves d'un mets qui mijote depuis quelques heures sont venus titiller mes narines. J'ai cru reconnaître un des plats qu'Albert réussit très bien : une pièce de bœuf braisée, accompagnée de lard saumuré qui vient de Gaspésie, de carottes, de poireaux et de chou de Savoie.

Tout en enlevant mon manteau, je me disais que c'était exactement ça, l'odeur, la lumière qui traverse les fenêtres, le calme, la convivialité, qui m'attirait à la campagne. Leur intérieur était fort agréable. C'est le confort qui primait dans cette maison aux couleurs assez sombres, mais chaleureuses. Sur la table à café reposaient des plans – la spécialité de François, bien qu'il soit chimiste de son métier –, pour rénover, améliorer ou carrément tout chambouler : la cuisine, la salle de bain, et tant qu'à y être pourquoi pas les portes-fenêtres de la salle à manger et du salon. Aux esquisses étaient joints des cartons de couleur et des coupures de magazines de décoration et de catalogues d'accessoires de salle de bain et de cuisine. Et dans cette maison il régnait un ordre parfait. Je n'arrivais pas à comprendre comment Albert et François pouvaient garder leur intérieur si impeccable. Ils étaient pourtant deux à occuper les lieux, alors que moi, je vivais seule avec mon chat. À côté d'eux, je me sentais terriblement brouillon pour une fille éduquée par les bonnes sœurs et par une mère qui m'avait donné très tôt le sens des responsabilités ménagères.

Avant de passer à table, mes amis ont débouché une bouteille de vin rosé pour célébrer l'été qui s'éteignait et fêter l'achat de ma maison. Je les ai tout de suite arrêtés dans leur élan.

— Wô ! Wô ! les gars ! Ce n'est pas encore fait. C'est un pensez-y-bien.

C'était une grosse décision à prendre. Ça voudrait dire que je m'installerais définitivement à la campagne.

— Et alors ? m'a demandé Albert qui ne voyait aucun problème là.

— Alors ? Alors ? Je… Écoute, Albert, je suis loin d'être millionnaire, il faudrait que je mette mon appartement en vente…

Il a tout de suite rétorqué qu'en ce moment le marché était excellent pour les vendeurs et que les Américains riches à millions se mouraient d'envie d'acquérir un appartement dans le Vieux-Montréal.

— Comment es-tu au courant de cela, toi ?

Albert a répondu que son copain Pascal venait de faire un très gros coup d'argent en vendant le sien, il y a quelques semaines à peine.

— Ils sont en train d'acheter tout le Vieux-Montréal. Pour eux, c'est des *peanuts*.

J'ai eu beau lui objecter que mon appartement était tout petit en comparaison de celui de son ami, et que je n'étais pas riche comme Crésus, moi, il n'y eut rien à faire. Pour Albert, une maison c'est un investissement, et quoi qu'il arrive, on est rarement perdant.

— Avec le goût que tu possèdes pour la décoration, a-t-il ajouté, tu vas transformer cette baraque et en faire une petite merveille qui, dans quelques années, vaudra une petite fortune si tu veux revendre.

Pour lui, toute cette aventure était d'une simplicité désarmante.

— Et puis, de toute façon, avec le métier que tu exerces, tu peux vivre à la campagne sans avoir à te déplacer souvent. Ma petite chérie, les télécopieurs existent ! Et on aura bientôt accès à Internet haute vitesse, dans le village. Il est où, le problème ?

J'écoutais ses arguments d'une oreille distraite. Nous étions assis sur la terrasse et le soleil glissait doucement derrière les arbres aux feuilles flamboyantes. Mes yeux s'éloignaient du côté des montagnes, au loin. L'odeur des feuilles séchées et du festin que nous allions déguster tout à l'heure me troublait au plus haut point. C'était comme si le décor se mettait en place pour assister à ma chute. Parce que c'est ce que je m'apprêtais à faire : une chute incontrôlable vers un changement de vie.

Une grande paix s'installait tranquillement en moi, un calme que je ne me connaissais pas, et c'est ce qui m'effrayait au fond. Je sentais qu'il me faudrait glisser vers ce bien-être puisqu'il m'appelait si fort. En même temps, j'étais morte de peur devant cette évidence.

François ne parlait pas beaucoup, comme à son habitude. Parfois son regard croisait le mien. Je sentais qu'il reconnaissait les signes avant-coureurs du trouble qui m'envahissait.

— Toi, Olivia, qu'est-ce que tu en penses ?

— C'est de la folie. Mais...

— Mais ? répéta-t-il pour m'encourager, comme s'il jouait au psy.

J'ai soupiré, j'ai éclaté de rire, j'ai rougi comme une midinette.

— C'est peut-être faisable. C'est peut-être la mienne.

Ils ont entrechoqué leurs verres. Content de la situation, Albert a ri très fort avant de se moquer de moi.

— Coquelicot ! Tu as l'air d'une petite fille qui vient de tomber amoureuse.

Je me suis contentée de sourire, mais il n'avait pas tort.

Durant quelques instants, je me suis égarée dans le souvenir de mes dernières amours. Le tableau n'était pas particulièrement réjouissant. Une vraie catastrophe en fait. Le bail n'avait pas tenu longtemps. Pas de quoi

signer un acte d'achat de propriété. Je n'étais que locataire dans la vie de mes partenaires. Je n'étais pas prête
à signer un contrat à long terme avec un homme, mais
avec une maison ?

7

Albert est retourné dans la cuisine pour mettre la dernière main au repas – c'est lui le chef. François et moi
avons continué à discuter pendant que le soleil déclinait
à l'horizon. Il a encore été question de notre amour des
propriétés.

Elle ne datait pas d'hier, mon envie d'une maison.
Une maison à moi et qui me ressemblerait. Déjà, petite,
j'arpentais les rues de mon quartier à la sortie de l'école
et dégustais – le mot n'est pas trop fort – la vision des
jolies maisons situées dans les belles rues.

— Tu sais, ai-je dit à François, chez nous, nous
vivions collés serré dans une rue où s'enfilait une série
de blocs appartements à peu près tous semblables, et ce,
des deux côtés de la rue.

Ma famille vivait pêle-mêle dans un appartement
confortable, mais trop petit pour le nombre de ses
habitants. Mes souvenirs sont donc faits « de bruit et

de fureur». De rires aussi, il faut bien le dire. Le calme, le vrai, celui constitué de silence à savourer lentement, n'existait pas. Pas chez moi.

À la maison, c'était comme dans une vraie famille italienne où tout le monde parle en même temps, où chacun a toujours quelque chose à dire ou à ajouter, où l'on fait des grands gestes, des éclats pour les petites joies et les minuscules chagrins, et des drames énormes dignes des plus grandes scènes d'opéra pour pas grand-chose, en fait. Autant les rires que les pleurs explosaient avec fracas. Tout me semblait tout le temps exagéré.

Je me suis mise à raconter à François, dans le détail, ma famille un peu folle. Lorsque le téléphone sonnait – et à l'adolescence ce phénomène s'est amplifié –, on était cinq filles à se précipiter en même temps vers l'appareil. On se battait pour répondre, mais comme on riait également en même temps, la sonnerie avait le temps de s'interrompre avant que quiconque ait réussi à prendre le combiné. La chicane reprenait de plus belle, parce qu'à l'époque les répondeurs n'existaient pas. Les amoureuses transies que nous étions en étaient réduites à piler sur leur orgueil et à téléphoner à tour de rôle à l'élu de leur cœur pour savoir si c'était lui qui venait d'appeler.

On se chamaillait également pour être la première à avoir l'usage de la salle de bain, le matin. On se transformait en chorale au moment de la vaisselle, qui finissait souvent en drame parce que l'une d'entre nous s'était fait asperger les cheveux par de l'eau sale ou avait la cuisse toute rouge à la suite d'un coup de torchon mouillé administré avec trop de vigueur.

Autre exemple d'extravagance : en connaissez-vous beaucoup, des familles où, lorsqu'une personne doit se rendre à l'épicerie du coin chercher du pain ou une pinte de lait, elle embrasse tous les autres membres de la famille présents, comme si elle n'allait jamais revenir ou se faire écraser par un autobus ?

À la suite du tableau que je venais de lui dépeindre, François m'a demandé si j'avais des origines italiennes. Mais d'italienne, ma famille n'en avait que l'apparence, à l'exemple de ces familles exubérantes vues dans les films.

C'est donc dans cet appartement de petite taille que j'ai commencé à étouffer et à vouloir plus d'espace. Mon espace, en fait. Mais à l'époque de ma jeunesse je ne connaissais que cet antre de joies et de peines à l'emporte-pièce où il fallait crier pour avoir l'impression d'exister.

J'ai ensuite demandé à François d'où lui venait son goût des maisons. Il m'a souri, puis ses yeux se sont rembrunis. J'ai cru y déceler tout le chagrin du monde.

— J'avais neuf ans, je pense. On n'arrêtait pas de déménager à cause du travail de mon père qui était ingénieur. On a eu deux appartements, une maison affreuse et sale, ma mère n'arrêtait pas de nettoyer et ça ne donnait rien, et même une roulotte. On était tellement tassés que je me demande encore comment ça se fait qu'on soit encore tous vivants. Mais la maison, celle de mes neuf ans, je l'aimais tellement. Elle était au bord du fleuve, à un endroit où on l'appelle « la mer » tellement il est large, et j'avais enfin ma chambre. Je n'étais pas obligé d'en partager une avec mon frère aîné avec qui je ne m'entendais pas trop. Ça faisait au moins deux ans qu'on habitait au même endroit.

— Vous avez été obligés de déménager de nouveau ? ai-je demandé à François qui semblait être retourné sur le site de sa maison.

— Non. Le feu a pris en plein jour. Mon père était sur un chantier, ma mère faisait des courses et nous, les enfants, on était à l'école. Quand je suis revenu, il ne restait plus rien.

Albert est arrivé à ce moment avec l'entrée. On a fait de la place sur la table pour l'aider. Il s'est assis avec nous et a commencé à nous servir.

— Ah ! Vous parlez de l'incendie de sa maison d'enfance ? Depuis ce temps-là, François a peur du feu. Je ne suis pas encore arrivé à le convaincre de faire installer le gaz pour une vraie cuisinière.

François s'est défendu.

— Ça va venir… Ça va venir… De toute façon, pour l'instant on n'a pas les moyens de changer de cuisinière.

— Ça t'arrange, non ?

Ils se sont taquinés sur le sujet, puis on a attaqué notre salade de fenouil, pommes et parmesan en tranches fines, fines.

Un peu plus tard, Albert a demandé, en prenant un ton imposant :

— Alors ? Une deuxième visite, Olivia ?

François m'a proposé de m'accompagner cette fois-ci.

— À condition que tu utilises ton œil averti. J'ai besoin d'avoir l'heure juste au sujet de cette propriété. Je n'ai pas l'intention de me faire avoir.

En apparence, elle avait tout pour plaire et même davantage. Comme on dit si bien dans les petites annonces : « Et plus si affinités. » J'avais raté tellement d'aventures amoureuses, il était peut-être temps que je m'investisse dans une vraie relation… avec une maison.

8

Je trouvais agréable de rouler seule dans la nuit, dans le silence. Le repas s'était poursuivi jusque tard dans la soirée. Tout avait été délicieux comme toujours et je n'avais pas abusé de l'alcool, comme ça peut m'arriver lorsque la bouffe est excellente et que je me trouve en compagnie de gens que j'aime. Mais puisque je devais prendre la route ce soir, je n'ai pas exagéré.

Était-ce le fait d'avoir parlé de mon enfance confinée en appartement ? Ou d'avoir visité cette maison jaune qui commençait à prendre de plus en plus de place en moi ? Toujours est-il qu'au moment où je ne m'y attendais pas du tout, le prénom d'une jeune fille a surgi de mon passé.

— Desneige !

Je la revis comme si elle était en face de moi. Desneige ! C'était la jeune fille qui travaillait chez nous comme aide domestique afin de donner un coup de main à ma mère qui en avait plus qu'il n'en fallait sur les bras et qui de plus travaillait à l'extérieur pour nourrir son petit monde. Un après-midi, elle m'avait amenée chez elle. Oh ! Une toute petite demeure, rien de bien riche, mais une jolie habitation. Peut-être est-ce à partir de ce moment que la quête absolue d'une demeure à soi a commencé pour moi.

Il faut dire que le fait que cette jeune fille répondait au doux prénom de Desneige a dû contribuer à stimuler mon imagination au sujet des maisons. Et pour ajouter au charme, la fameuse demeure que Desneige partageait avec sa mère ressemblait en tous points, du moins dans mon esprit, à celle d'Hänsel et Gretel. Une résidence tout à fait modeste dans les tons de beige, si ma mémoire est fidèle. Quelques frises de bois ornaient la corniche – de la dentelle, me disais-je, moi qui n'avais d'yeux que pour cette image de conte de fées. Les murs extérieurs étaient faits de planches de bois ondulées dans le bas. Un peu comme des vagues. Sur la porte, rouge, avait été appliqué un enduit très brillant qui la rendait précieuse à mes yeux. La toiture ne ressemblait à aucune autre. « Des tuiles faites en biscuits », ai-je dit à haute voix dans la voiture qui filait vers Montréal. Comme dans les images du conte des frères Grimm.

La maman de Desneige n'avait rien d'une sorcière. Bien au contraire, c'était une vraie mamie aux cheveux blancs, au teint clair et aux yeux rieurs. J'adorais cette maison. Il y avait une cheminée, une grande cuisine et de toutes petites chambres. De quoi vivre au chaud et dans le calme. Ce qui ajoutait à mon ravissement, c'est que cette demeure semblait prise en étau et sus-pendue dans le temps, entre des buildings d'acier et de verre nouvellement construits. Mon imagination a fait son chemin. Quand on s'appelle Desneige, un prénom de contes de fées, et qu'en plus on habite une maison

« savoureuse », on ne peut qu'être heureux. Donc, si je suivais ma logique de petite fille, pour être heureux dans la vie, il fallait posséder sa maison.

Mais qu'est-ce que j'avais à vouloir si fort une demeure ? Il y a des tas de gens qui vivent dans de tout petits lieux, d'autres qui se baladent d'un endroit à l'autre avec leur maison accrochée à leur voiture. Je connais des gens qui ne ressentent aucunement le besoin de mettre de l'argent, du temps, de l'énergie sur un lieu de vie. Je n'en finissais plus de jongler avec mon passé et mon goût pour les habitations des autres.

Une autre maison a pris la place de celle de Desneige. Je l'ai découverte, celle-là, emballée dans une énorme boîte enrubannée de rouge, sous l'arbre de Noël, l'année de mes huit ans. Ma marraine – une véritable fée sans baguette magique – avait apparemment lu dans mes pensées : elle m'a offert une maison de poupée. Ce n'était pas une construction élaborée. Elle était en métal et tout était dessiné directement sur ce matériau. C'était une maison de deux étages. La devanture était fort jolie avec sa porte noire, ses fenêtres à volets, sa galerie, sa toiture en bardeaux d'asphalte et sa clôture de piquets de bois peinte en blanc. Il manquait le quatrième mur, ce qui permettait de jouer à l'intérieur avec les poupées et les petits meubles. Il y avait une cuisine, un grand salon, un bureau, la chambre des parents, celles des enfants et une salle de bain.

C'est à partir de ce moment que je me suis mise à la décoration. Je n'en finissais plus de crocheter des couvertures pour les petits lits en plastique, de coudre des nappes dans des chutes de tissu, de confectionner des housses pour les coussins et les divans. J'avais même fabriqué des rideaux ; il y en avait déjà de dessinés sur la tôle, mais comme je ne les trouvais pas à mon goût, j'en avais confectionné d'autres et les avais collés aux fenêtres de la maison pour camoufler les affreux déjà existants. Des heures de plaisir.

Je continuais de vivre en appartement, mais je bichonnais *ma* maison. Mes sœurs se moquaient allègrement de moi. Et puis un jour, je m'en souviens très bien, ma mère avait décidé qu'il était temps de faire du ménage dans nos jouets. Elle nous avait dit qu'il y avait des enfants plus démunis que nous. Elle insista sur le fait que certains d'entre eux n'avaient aucun jouet pour s'amuser. Elle nous conseilla de faire un choix parmi tout ce qui ne nous servait plus. Et comme Noël approchait, on irait porter les joujoux à un organisme qui s'occupait des enfants dans le besoin. Mes sœurs et moi, nous ne nous fîmes pas prier longtemps et les vieux oursons déchirés, les poupées délaissées, les casse-tête et les jeux estimés trop « bébé » pour nos âges respectifs se retrouvèrent dans une caisse. Notre mère est venue nous aider à faire notre choix. La boîte n'en finissait plus de se remplir.

À un moment donné, maman s'empara de ma fameuse maison. J'ai eu un cri du cœur :

— Non ! Pas ma maison ! N'importe quoi d'autre, mais pas ça.

Ma mère essaya de me faire entendre raison. Elle me jugeait trop grande maintenant pour « catiner » de la sorte. Je me savais, à quatorze ans, trop vieille pour jouer à la poupée, mais je ne me voyais pas me séparer de mon cadeau le plus précieux.

À regret, j'ai dû laisser partir la maison qui, à cette époque, n'avait plus aussi belle allure. Elle avait tout d'une maison désaffectée. Elle avait été emboutie à quelques reprises parce qu'elle était « dans les jambes de tout le monde » ! Elle avait perdu de son vernis et ses couleurs s'étaient elles aussi affadies. Cette maison avait besoin d'une réfection et cela dépassait mes compétences.

Je me souviens d'avoir eu énormément de chagrin, ce que je n'arrivais pas à expliquer aux autres ni à moi-même.

N'ayant plus de maison à décorer, j'avais jeté mon dévolu d'adolescente en peine sur ma personne et sur celle du sexe opposé. Quoi de plus excitant que de changer sa coiffure trois fois par jour, de mettre du rimmel pour faire briller l'œil, de se rosir ou rougir les lèvres dans l'espoir d'un premier baiser. Ce qui ne tarda pas. Adossés à un arbre du parc des Braves, Alain Petigrew et moi, on s'en était donné « à bouche que veux-tu » dans le plus long baiser qui puisse être échangé. Des heures de plaisir.

Malgré la perte de la maison-jouet, j'avais continué à promener mon regard et mon grand corps d'adolescente perdue dans les rues où l'on trouvait de belles demeures. Ma fascination pour les maisons ne s'était pas éteinte pour autant. C'est à la tombée du jour que je préférais admirer ces résidences unifamiliales. À cause de la lumière. À cette heure, on dirait qu'elle coule des fenêtres comme un jaune d'œuf. C'est chaud, c'est rassurant. Non ? Mes amis avaient l'habitude de se moquer de moi à ce sujet. Lorsqu'ils venaient chez moi et que j'allumais les lampes pour créer une atmosphère, ils se faisaient un malin plaisir de mentionner que je couvais mes jaunes d'œufs. Ils m'appelaient « Olivia-la-poule-aux-jaunes-d'œufs-crevés ».

Je suis finalement arrivée à bon port. J'ai stationné la voiture et suis montée à l'étage jusqu'à mon appartement. Je me suis installée pour la nuit, mais je n'ai pas dormi pour autant.

9

Ils se sont tous donné le mot. Mes amis ont décidé qu'ils m'accompagneraient dans la seconde visite de la maison jaune. Fidèle au rendez-vous, le pauvre agent d'immeubles, appuyé contre sa voiture, me fixait d'un regard légèrement affolé en me voyant débarquer avec ma troupe. Le stationnement s'est rempli le temps de le dire. Il devait penser que je voulais faire une commune de cette demeure, ou une colonie de vacances, vu l'excitation qui régnait dans l'attroupement qui se formait dans le stationnement. Il a simplement demandé, à la blague et pour cacher son malaise, s'il fallait attendre l'autobus qui emmènerait le reste du groupe. Je l'ai rassuré :

— Non, non ! Nous sommes au complet.

Il fallait quand même que je fasse bonne figure si je voulais l'avoir de mon bord. Après tout, cet homme n'était pas mon agent immobilier, mais bien celui des vendeurs. J'ai donc fait les présentations et l'agent tendait la main au fur et à mesure. Albert et François étaient au rendez-vous, comme promis. Lulu, ma grande amie de toujours, était également présente. Albert et François ne l'avaient jamais rencontrée.

— On a beaucoup entendu parler de toi, lui a dit Albert en l'embrassant sur les deux joues.

François a fait de même. J'étais contente que ma grande Lulu ait pu se déplacer pour moi. Notre amitié date de nombreuses années. J'adore cette grande fille, tout en jambes, avec son élégance particulière. Elle est dans la jeune cinquantaine, comme moi, mais tient à préciser qu'elle a tout de même quelques mois de moins que moi. Précision inutile puisqu'elle ne fait pas son âge avec son teint de pêche. Même en jeans, chemise toute simple et les cheveux attachés, elle a du chien. J'ai remarqué que mes amis semblaient faire le même constat.

François lui a dit qu'elle serait très utile puisque, d'après ce qu'il avait entendu dire, elle s'y connaissait en maisons.

— Je ne sais pas si je m'y connais, mais j'ai amplement donné dans la rénovation. Mon chum et moi possédons, depuis plus de vingt ans, une vieille maison.

J'ai précisé qu'il s'agissait d'une maison seigneuriale en pierres des champs, du début du siècle dernier, avec les anciennes écuries attenantes. Retapée au fil des années, cette maison est maintenant une petite merveille. Surtout depuis que le chum de Lulu a consenti à rénover la cuisine. J'étais contente de pouvoir compter sur l'expertise de cette dernière, mais je craignais également ses commentaires.

— Tu vas voir qu'une maison, ça coûte cher. Il y a toujours quelque chose qui se déglingue et qu'il faut réparer d'urgence.

J'ai essayé de la calmer. J'avais un peu peur qu'elle me déconseille l'achat de cette maison.

— Vas-y mollo, ma Lulu. J'ai besoin de ton évaluation, mais plus tard, lorsque nous aurons quitté les lieux.

Mon copain Henri, arrivé sur ces entrefaites, m'a prise dans ses bras et m'a fait tourbillonner. Je me suis débattue pour la peine. J'adore l'énergie de ce gars. Il est doux et drôle et ça me plaît bien qu'il soit ainsi.

— Le décorateur ! C'est parfait, a lancé Albert. Comme ça, on aura son expertise également. Ton chum est pas avec toi ?

Henri nous a révélé que Thomas était au Japon pour son travail ; ce dernier est responsable du jardin japonais du jardin botanique de Montréal. Il allait être absent pour quelques semaines.

— Ça va être moi, aujourd'hui, le conseiller en aménagement paysager, a dit un beau jeune homme qui s'approchait. C'est mon métier après tout. Et, surtout, c'est pour ma mère.

Il m'a embrassée.

— Bonjour, Mamita. Est-ce qu'on peut commencer la visite maintenant ? Je dois retourner sur un chantier en fin d'après-midi. Henri aussi doit retourner au travail.

Il s'est présenté à l'agent immobilier.

— Je suis son fils.

Pilou s'est avancé vers Lulu, qu'il a embrassée. Elle lui a passé une main dans les cheveux.

— T'es bien rendu beau, toi ! Tu as l'air d'un Italien.

— Ne lui dis pas ça ! me suis-je exclamée. Il pense que tu fais allusion aux « Gino » de Laval et non aux élégants de Rome ou de Milan.

La compagnie s'est un peu moquée de Pilou. Mon fils connaît tous mes copains. Ces derniers l'ont vu grandir et ont assisté à quelques-unes de ses bêtises, et aussi à ses bons coups. La maison a toujours été pleine depuis qu'il est tout petit.

Je trouvais qu'il avait fière allure, mon rejeton, un rejeton maintenant âgé de vingt-cinq ans. Grand, solide, le cheveu bouclé marron foncé, l'œil rieur derrière ses petites lunettes bleu métallique. J'aime particulièrement le dessin de sa bouche. Un souvenir de son père.

— Où est Massimo ? a demandé Albert.

— Massimo n'est pas là ? s'est informé Henri.

— C'est vrai, a dit mon fils, Massimo devrait être là.

— Non, il ne pouvait pas venir, ai-je précisé. Le véritable Italien s'occupe des perruques sur *Madame Butterfly*. La première est ce soir.

Lulu a empoigné l'épaule de Pilou.

— Viens, le simili-Italien !

Pour ne pas faire attendre l'agent davantage, j'ai poussé mon groupe hors du stationnement.

— Bon, allons-y, qu'on se fasse une idée de cette maison, ai-je lancé à l'agent, puis le gros groupe de visiteurs que nous étions s'est dirigé vers la maison jaune.

10

L'agent devait vraiment se poser des questions. Aucune de ces personnes n'allait habiter avec moi, mais elles venaient toutes mettre leur grain de sel dans cette visite. Il devait penser que cette vente n'allait pas être facile, si chacun donnait son avis.

Ils étaient tous là à titre d'amis qui veulent mon bien à tout prix, bien sûr, mais je leur avais également demandé d'inspecter la propriété selon leur spécialité. Cette demeure avait été fort bien entretenue par les propriétaires, mais elle commençait à requérir certaines rénovations importantes et je voulais vraiment avoir l'heure juste. François concentrerait son attention du côté de la cave ; il vérifierait les fondations et le système de chauffage et jetterait un coup d'œil à la plomberie, inspection essentielle avant l'achat d'une maison.

Mon bel ami Henri, décorateur au cinéma, capable d'imaginer un environnement fabuleux, toujours positif et tellement passionné, me seconderait dans l'évaluation des rénovations à faire pour qu'elles correspondent à mes goûts et à mon budget. Henri est l'être le plus agréable et le plus ingénieux que je connaisse. Je le soupçonne d'être né avec un crayon dans une main et un bloc de papier à petits carreaux dans l'autre. Lorsque je pense à lui, c'est la vision suivante qui me vient à l'esprit : assis à un coin de table, il est penché sur une esquisse qu'il modifie sans cesse pour évaluer toutes les possibilités. Il sirote un café froid et s'amuse comme un grand enfant aux cheveux mousseux d'ange et aux petites lunettes cerclées d'argent d'une autre époque perchées sur le bout du nez.

À mon grand Pilou, mon fils spécialiste des fleurs et de l'aménagement de jardins, j'ai demandé d'évaluer l'étendue de l'entretien que nécessiteraient les plates-bandes, le boisé, le potager et les nombreux bosquets, les arbres et les arbustes de toutes sortes.

La visite a duré quelques heures. L'agent, toujours patient, répondait aux questions de l'un et de l'autre. Je me promenais entre mes amis spécialistes, parfois inspectant avec l'un, discutant avec l'autre.

Mon fils fut le premier à me faire son rapport, agréablement positif, en fait. Ça doit être ça, l'amour filial. D'après Pilou, je n'avais pas à m'énerver. Il y avait en majorité des vivaces dans le grand jardin.

— Ça va repousser tout seul. Le jardin est particulièrement bien aménagé. Bien sûr, il y aura l'entretien normal : pelouse, taille et engrais.

Il avait remarqué un énorme chêne qui exigerait un traitement rapide avant que la maladie qu'il avait décelée ne se propage. Il fallait aussi couper les drageons des pommiers. Les framboisiers étaient de catégorie A. Pilou trouvait par contre qu'il y avait trop de fougères, alors que moi, c'est ce que j'aimais le plus. Devant mon inquiétude au sujet de l'immense potager, il m'a tout de suite rassurée :

— Tu n'es pas obligée d'en faire, un potager. Le reste, c'est de la job normale. Une grosse job, parce que le terrain est grand, mais tout cela est faisable. Si tu veux, je te donnerai un coup de main, quand j'aurai du temps. C'est toi qui décides.

Je lui ai signalé que si je faisais l'acquisition de cette maison, éventuellement elle deviendrait la sienne un jour, puisqu'il est mon seul héritier. Pas de mari en vue et aucune possibilité que je procrée à nouveau.

— Certain que c'est magnifique. Je vivrais volontiers ici. Mais pas tout de suite. J'ai envie de la ville encore un peu. Si tu achètes cette maison, c'est pour toi.

Bon ! Ça avait l'avantage d'être clair. Je me retrouvais seule, par contre, devant mon dilemme. Aucune autre personne ne pouvait véritablement intervenir dans la décision à prendre. On pouvait me conseiller, m'aider à peser le pour et le contre, m'éclairer sur certains aspects, oui, mais pas prendre la décision à ma place. La décision finale m'appartenait. Et la peur de me tromper et de faire le mauvais choix revenait encore une fois. Ça faisait longtemps que mes boyaux n'avaient pas dansé la tarentelle de si joyeuse façon !

Lulu, qui descendait du deuxième, m'a informée qu'Henri réclamait ma présence en haut. Nous nous sommes retrouvés, à l'étroit dans la minuscule salle de bain – vraiment affreuse ! – de la chambre principale, à rire aux larmes le plus discrètement possible pour ne pas heurter le représentant des propriétaires. La fenêtre masquée par le placard était récupérable, selon Henri ; faut dire qu'avec lui tout est toujours récupérable. Il suffisait de défoncer le mur mitoyen du placard et de la salle de bain pour faire une grande salle d'eau et installer ailleurs dans la chambre des placards plus fonctionnels. Il me proposa quelques autres changements dans la maison : éliminer un autre placard jugé inutile au rez-de-chaussée pour faire jaillir la lumière, récupérer un couloir pour en faire une dépense dans la cuisine, changer de côté la porte de la salle d'eau, etc.

J'étais essoufflée juste à l'écouter. Et je ne lui avais pas encore fait mention des changements que moi j'apporterais, entre autres à la cuisine. Hum ! Des heures de plaisir dans la poussière et un trou énorme dans mon portefeuille. Heureusement, il s'est fait rassurant pour mon petit cœur qui s'affolait :

— Tu peux très bien vivre toute une année en ne faisant aucun changement. Tu prends le temps de voir ce que tu veux absolument enlever ou garder. Tu te fais un budget et tu entreprends les travaux quand ça adonne.

Sur ces entrefaites, François est venu me chercher. Il avait quelque chose d'étonnant à me montrer. Tous les membres de mon groupe se trouvant au rez-de-chaussée, on est tous descendus à sa suite dans l'escalier menant à la cave encombrée. C'est là qu'on a découvert que le propriétaire se passionnait pour le vitrail et qu'il avait établi son atelier au sous-sol.

François a attiré notre attention sur une large plaque rocheuse à même le sol. La maison était construite sur du solide.

Nous sommes remontés à la queue leu leu, après avoir constaté que la cave recelait des trésors de rangement : une garde-robe en cèdre comme il ne s'en fait plus, un cellier et un endroit pour entreposer les conserves.

Mes amis se sont retrouvés éparpillés sur la terrasse. Henri dessinait déjà des plans sur son bloc de papier à petits carreaux tout en expliquant à François et à Pilou, qui l'écoutaient religieusement, les changements qu'il avait en tête.

Lulu se trouvait en contrebas et discutait intensément avec Albert. Lulu montrait du doigt la toiture et les fenêtres tandis que lui attirait son attention sur la piscine et le boisé.

L'agent d'immeubles était assis sur une chaise de parterre et attendait patiemment que la visite se termine. Il devait déjà rêver à sa commission alors que moi je jonglais avec les sommes à débourser. J'avais pris place sur un muret de pierres sèches. Le vent chaud d'après-midi se faisait doux. Le temps semblait suspendu. La vie battait doucement. Tandis que mes amis évaluaient si l'achat de cette maison s'avérait une bonne affaire pour moi – je ne savais pas encore si elle avait passé le test –, j'ai senti un grand frisson me parcourir. Les feuilles des arbres au-dessus de moi, peupliers, trembles et chênes, se sont mises à frémir dans le vent. J'ai embrassé les grands arbres du regard. Je les aurais pris dans mes bras tellement j'étais ravie qu'ils aient poussé durant toutes ces années avec autant d'élégance et de force.

Je me suis d'abord demandé pourquoi cette végétation me donnait de pareils émois. Puis je me suis souvenue que, deux ans auparavant, je m'étais plongée, à titre de correctrice, dans un ouvrage de fiction sur le peintre Marc-Aurèle Fortin. L'auteur inventait une histoire à partir des œuvres de l'artiste. J'avais passé plusieurs semaines à corriger les épreuves. Et aujourd'hui, c'était comme si je me trouvais entre les pages du livre, entourée de grands arbres comme ceux qu'a peints Marc-Aurèle Fortin.

L'effervescence autour de moi m'a tirée de ma contemplation. Mes amis riaient et discutaient de mon sort. En une fraction de seconde, je les ai vus : ils étaient tous là, sur cette terrasse, les personnages du film *Vincent, François, Paul et les autres*, de Claude Sautet, que j'avais regardé tant de fois avec un si grand plaisir. Les Yves Montand, Gérard Depardieu (lorsqu'il était jeunot), Serge Reggiani, Stéphane Audran… Ils parlaient tous en même temps, ils rigolaient, se cherchaient querelle et refaisaient le monde, en cette fin d'après-midi d'automne. C'est d'une telle histoire de vie toute simple que j'avais envie, chez moi. J'étais bien consciente qu'il y avait des fenêtres à changer, la toiture à refaire dans quelque temps, beaucoup d'entretien et *tutti quanti*. Mais à cet instant précis, j'avais envie d'une maison pour réunir ma famille et mes amis. Et je voulais les accueillir dans ce lieu, dans cette maison.

Lorsque François a demandé en quelle année la maison avait été construite et que l'agent d'immeubles lui a donné la date, j'ai écarquillé les yeux de surprise. Mon fils s'est inquiété.

— Cinquante-deux ans. Trouves-tu ça trop vieux pour une maison ?

— Non, chéri. C'est parfait.

Et en quittant la terrasse, j'ai murmuré que pour une femme non plus, cinquante-deux ans ce n'était pas trop vieux. Enfin je l'espérais.

Cette maison et moi avions le même âge. J'y ai vu un signe de bon augure. On pourrait vieillir ensemble et prendre soin l'une de l'autre. Cette maison se cherchait un nouveau propriétaire et moi je me cherchais un nouveau partenaire. Je le voulais authentique, fiable, agréable à vivre, coloré, rassurant, confortable et chaleureux, calme et paisible. Je le voulais également ouvert sur l'extérieur, favorable aux échanges, mais capable d'une certaine intimité avec moi. Et pour couronner le tout, je l'aimerais totalement charmant, pareil à un paysage lumineux de Toscane au lever du jour ou attachant comme une plaine odorante de fin de journée en Provence.

À défaut d'un homme, pourquoi pas une maison dans les Cantons-de-l'Est, qui remplirait toutes les conditions énoncées, à long terme ?

11

Chacun est parti de son côté. Henri a reconduit mon fils à son chantier. Direction la grande ville où du travail les attendait tous les deux. Ils avaient grugé du temps sur leur horaire chargé et allaient devoir mettre les bouchées doubles. Je les ai longuement remerciés de leurs conseils. François et Albert sont retournés chez eux, à quelques rues de là, aussi énervés que si c'était eux qui achetaient la demeure. J'ai salué l'agent d'immeubles, qui semblait épuisé. Il s'épongeait le front depuis cinq minutes, à croire qu'il avait perdu toute son eau. Il m'a redonné une fiche descriptive de la maison et sa carte, puis je suis montée dans la voiture de Lulu, qui me ramenait chez moi. Chez elle, en fait, puisque j'y avais laissé mon auto.

On a laissé passer du temps avant de prononcer une parole. Jusqu'à la sortie pour l'autoroute, j'ai surtout apprécié l'ombre des arbres sur le chemin qui longeait le lac. Il y avait quelques embarcations sur l'eau. Une toile de Watteau.

— Douze kilomètres. C'est pas rien, douze kilomètres, ça prend au moins huit minutes.

J'ai interrogé Lulu du regard. À sa mine déterminée, j'ai compris qu'elle s'apprêtait à me faire partager son expertise.

— De la maison à la sortie pour l'autoroute, ça fait drôlement loin.

— C'est pas si loin que ça. Et j'adore conduire, tu le sais. C'est combien, chez toi ?

Elle a hésité, ne semblant plus se rappeler.

— Euh... cinq, six minutes ?

J'ai aussitôt répliqué que de sa maison à l'autoroute, ça prenait facilement douze minutes ; je l'avais calculé. Parfois plus, selon les conditions atmosphériques. Heureusement que l'autoroute 10 était droite : Lulu, tout en tenant le volant, a pu se retourner vers moi à maintes reprises. Nous étions belles à voir. Deux grandes filles qui s'obstinaient sur un détail.

— As-tu pensé aux tempêtes, l'hiver ? Aux files de touristes l'été ?

— Oui. Je travaille le plus souvent à la maison. Je ne serai pas obligée de me rendre au bureau aux heures de grande circulation.

— S'il y a une urgence ?

— Ils m'attendront.

J'avais réponse à tous ses arguments négatifs. Je décidai alors d'aller directement au cœur du sujet.

— Pis, la maison ?

Elle a pris le temps de soupirer un bon coup, comme si elle avait une mauvaise nouvelle à m'apprendre.

— Olivia, je ne sais pas si tu réalises à quel point il y a du travail à faire.

— Non, peut-être pas. Mais je peux me faire aider. Pilou m'a promis d'être là aux changements de saison pour préparer, réparer ou ranger.

Elle a monté le ton.

— Ton fils ! Il n'est jamais disponible. Je lui ai déjà demandé de passer chez moi pour me conseiller pour un aménagement paysager. Ça fait deux ans et j'attends toujours.

Il y a eu un long silence, puis, dans un grand rire où le sarcasme prenait toute la place, elle a ajouté :

— Quand il m'a embrassée, à son arrivée cet après-midi, il m'a dit qu'il ne m'oubliait pas.

Nouveau silence. Il faut dire que Pilou est fort occupé, et pour lui, depuis toujours, le temps est quelque chose qui s'étire à volonté. J'ai quand même espéré qu'il arriverait à se libérer quelques heures par saison pour aider sa petite maman. Et si cet argument n'a pas assez de poids, peut-être le fera-t-il pour son futur grand terrain.

— Au fait, comment ça se fait que Massimo n'était pas là ?

Massimo est un ami de longue date. C'est presque mon frère. Celui que je n'ai pas eu. Et je suis la sœur qu'il n'a pas puisqu'il est enfant unique. Italien d'origine, il est arrivé au Québec dans les années soixante. Il était tailleur comme son père, mais faire des costumes, ça ne lui disait rien. Il préférait flirter avec les clients. Ce que son père n'appréciait guère. Comme il le dit lui-même avec son humour particulier, la seule chose qu'il aimait dans ce métier, c'était prendre les mesures. « Mais, précise-t-il, une fois que ce geste d'intimité est terminé, c'est d'un ennui mortel. Le corps du client n'est plus là ! » Il a quitté la maison, a beaucoup voyagé et il est allé apprendre le métier de perruquier à Paris. C'était au même moment où moi, j'y étais, mais on ne s'est jamais croisés. Notre première rencontre a eu lieu quelques années plus tard.

Il est revenu au pays et a commencé à travailler pour le théâtre et le cinéma.

— Il remplace quelqu'un à l'opéra, ai-je précisé à Lulu.

— Il ne travaillait pas en cinéma ?

— Oui, mais entre deux productions américaines, il fait des remplacements.

Lulu a repris son sujet de prédilection.

— Revenons à la maison.

Elle s'est soudain déchaînée. Elle prenait son rôle très au sérieux. Tout y a passé : les portes et les fenêtres qui ne tiendraient plus longtemps, l'escalier dont la pierre commençait à s'effriter, sans parler de certaines dalles du sentier qui bougeaient… De plus, dans un avenir rapproché, la maison aurait besoin de longues séances de grattage pour ensuite être repeinte en entier.

— Je soupçonne le propriétaire d'avoir peinturé à la va-vite pour faire un bel effet et vendre plus rapidement. Tu risques même de trouver du bois pourri sous la couche de camouflage.

Elle continuait sur sa lancée. Je ne réalisais vraiment pas le temps qu'il fallait investir quand on possédait une maison. Elle le savait, elle : elle avait « déjointé » elle-même les murs de pierres de sa maison pour les « rejointer » l'année suivante. Un travail de moine.

— Et je ne te parle pas de la piscine et des hangars… C'est des heures de boulot. Ça ne finit jamais. Tu me diras que ce n'est que quelques mois par année ! Et as-tu pensé au gazon ? Ça va te prendre une tondeuse électrique.

J'ai failli répliquer qu'elle savait tout le travail qu'il y avait à accomplir parce qu'elle se tapait régulièrement le boulot pendant que son chum avait autre chose de plus intéressant à faire.

Elle a poursuivi son monologue plus calmement, mais avec autant de passion et de professionnalisme.

— Bon ! La maison a l'air solide, elle est bien entretenue. La vue est belle et l'intimité est protégée. Mais il ne faut pas que tu oublies que tu as des voisins, même s'ils ne sont pas visibles de la maison. Tu ne sais pas si ce sont des gens à *party* ou non.

Elle s'est rappelé un détail et m'en a fait part aussi sec.

— On entend le bruit des motos et des camions qui passent sur la route, de l'autre côté de l'étang.

Ah bon ! Ça m'avait échappé, mais pas à mon amie apparemment. Il me semble que tous mes autres copains ont qualifié l'endroit de havre de paix. Ma Lulu doit avoir l'oreille fine.

— L'été, quand il y a beaucoup de touristes, il y a probablement encore plus de bruit. Tu vas bien haïr ça. Et puis, il faudrait que tu demandes à un inspecteur en bâtiment de vérifier l'installation électrique, qui me semble bien désuète. La plomberie n'est peut-être pas récente non plus, et quant à la toiture, c'est difficile à dire si on ne monte pas sur le toit. Tu ne peux pas t'imaginer ce que ça coûte, tous ces travaux. Tu prévois une somme et c'est presque toujours le double.

— Je ne suis pas obligée de tout faire la première année, ai-je avancé.

— Non, si ce n'est pas urgent…

Je lui ai demandé combien d'années il leur avait fallu, à elle et son chum, pour effectuer les améliorations sur leur maison. Elle a été obligée d'avouer qu'elles s'étaient échelonnées sur presque vingt ans.

— Tu vois ?

— Attends, attends ! La différence, c'est que mon chum est bricoleur. Il y a un autre truc qu'il faut que tu vérifies.

Et elle est repartie de plus belle. Je l'ai laissée aller. Je sentais qu'il fallait qu'elle termine son rapport d'amie et de conseillère en bâtiment.

Quand elle a repris son souffle, je me suis fait la réflexion que c'était un bel exercice d'apnée que mademoiselle mon amie venait de faire.

— C'est tout ?

— Tout quoi ?

— Sur la maison.

— Pour le moment, oui. Ah oui ! Il y a autre chose qu'il faut que je te dise.

Elle s'est tournée vers moi et m'a lancé sur un ton dramatique cette réplique que je n'ai pas encore totalement digérée :

— Olivia, j'espère que tu ne t'imagines pas que tu vas nécessairement te trouver un chum parce que tu t'en vas vivre à la campagne.

J'étais assommée par de tels propos. Ceux concernant la maison, je pouvais très bien vivre avec, je n'avais qu'à en prendre et en laisser. Mais ce qu'elle venait d'insinuer sur ma vie privée était inacceptable. Il m'avait toujours semblé qu'elle me connaissait mieux que ça !

— Quoi ? ai-je dit. (En fait, je criais.) De quoi tu parles ?

— Oli ! Regarde ma sœur Fabienne. Ça fait deux ans qu'elle est installée à la campagne. Je devrais dire en plein bois. Ben, elle est encore toute seule. Elle consulte toujours les petites annonces sur Internet et elle fréquente les clubs de rencontre, en vain. Elle n'a encore trouvé personne avec qui partager sa vie.

J'ai pensé tout bas : « Et ça ne l'empêche pas d'être heureuse. » J'ai tenté de me défendre.

— Lulu ! Je ne veux pas aller vivre à la campagne pour me trouver quelqu'un. Je veux vivre à la campagne. Point. Parce que j'en ai envie.

— Tu vas voir que ce n'est pas facile, la campagne, toute seule. En ville, tu as le cinéma, le théâtre. Ici, en fait de loisirs, tu vas avoir du travail supplémentaire.

— C'est parfait. J'aime follement bricoler, j'ai envie de jardiner et j'adore décorer.

— Tu veux faire ça du matin au soir ? Toute seule ? Tu réalises ça, j'espère : tu es toute seule.

J'ai levé les yeux au ciel. Bien oui, je réalisais. Franchement, à quoi elle jouait ?

— Lulu, je suis la mieux placée pour savoir que ça fait au moins douze ans que je suis célibataire et que je m'arrange très bien de cet état.

— Tant de temps que ça ? a-t-elle demandé, étonnée.

— Bien oui, ai-je répliqué. Tant de temps que ça.

Je ne savais pas quoi lui dire. On est restées toutes les deux un long moment sans parler. Lulu était de fort bonne humeur ; elle avait vidé son sac. Le mien gonflait à mesure que la voiture avalait des kilomètres. Et puis, n'y tenant plus, j'ai explosé à mon tour.

Je n'ai pas eu à lui faire l'exposé de ma vie sentimentale. Elle était parfaitement au courant et de l'ensemble de ma vie amoureuse cahoteuse et des détails de l'avant-pendant-après, et ce, depuis les vingt dernières années que nous sommes amies.

— Lulu, écoute-moi. Jusqu'au bout, ai-je insisté. C'est d'une *maison* que j'ai envie. D'une maison qui m'apportera le calme, la paix, la joie aussi, même si je suis toute seule. Je sais que ça représente beaucoup de travail et de responsabilités. Je sais que ça va me coûter un bras parce qu'il n'y a personne pour partager les frais avec moi. Ce n'est pas la première maison dont je m'occupe. Et jusqu'à présent, je ne m'en suis pas trop mal sortie. Je sais que c'est agréable de partager les tâches et le bonheur d'une maison, mais je n'ai pas envie d'être punie parce que je vis seule. Je n'ai pas envie de passer à côté de mon rêve de posséder une maison à la campagne parce que je suis célibataire.

Lulu a paru étonnée.

— Voyons, mon Oli. Tu m'as demandé de me faire l'avocat du diable à la suite de cette visite, c'est ce que je fais.

— Tu peux jouer le rôle d'avocat, mais pas besoin de jouer celui du démon qui brûle tout sur son passage.

Elle a accusé le coup. Puis elle a demandé, le sourire dans les yeux et d'une voix faussement naïve :

— J'ai fait ça, moi ?

— Oh oui ! Même pendant la visite, tu étais déchaînée. Albert et François m'ont demandé si tu étais toujours comme ça.

Elle a éclaté de rire.

— Je voulais seulement t'aider pour que tu ne te fasses pas avoir. C'est parce que je t'aime que j'ai agi comme tu dis.

J'étais encore sur la défensive malgré sa tentative de charme.

— Ben, aime-moi moins fort.

— Je voulais juste essayer de te faire penser à tous ces points importants avant que tu fasses une offre d'achat.

J'étais butée dans mon coin.

— Je n'en ferai pas, d'offre d'achat.

— Comment ça !

— C'est un nique à problèmes, ai-je éclaté en imitant son ton et en reprenant les propos qu'elle m'avait tenus quelques instants plus tôt. Les portes, les fenêtres, la plomberie, l'électricité. De quoi tu as parlé aussi ? Ah oui, la toiture, les dépendances…

— Es-tu folle ? Tu vas me faire le plaisir de faire une offre d'achat au plus vite. Elle est magnifique, cette maison-là. Elle a besoin de quelques travaux de réparation, qui vont peut-être te coûter plus cher que tu crois, mais elle est pour toi.

Je regardais droit devant moi. Je n'avais pas l'intention de céder un millimètre. Elle a continué pour me ramener à de meilleurs sentiments.

— Olivia, as-tu pensé à tous les soupers géniaux que tu vas nous concocter sur ton barbecue ? C'est vrai ! Va falloir que tu t'achètes un barbecue. Mais je connais des endroits pas chers.

Et elle a continué comme ça tout le long du trajet qui nous séparait de chez elle, à me faire penser à tout ce dont j'aurais besoin pour m'installer dans cette maison. Moi, je regardais l'autoroute qu'il me faudrait emprunter beau temps, mauvais temps, été comme hiver, quand j'irais à Montréal. Si jamais j'achetais cette maison !

12

Au volant de ma voiture, je pris la voie de droite sur le pont Champlain. Même si Lulu avait insisté pour que je reste à souper avec elle et son chum, j'avais décliné son offre. On se voyait peu, faute de temps, mais je lui ai expliqué que j'avais besoin de me retrouver seule. La journée avait été éprouvante. J'étais fatiguée, morte.

« Je suis comme une épave ! » Lulu et moi avons entonné en chœur cette réplique qui nous faisait toujours autant rire. Il y a quelques années, le fils d'une de nos amies françaises, à leur arrivée chez moi après un long voyage épuisant, s'était affalé sur le canapé en se déclarant épuisé comme une épave. Dans la bouche d'un enfant de six ans, c'était plutôt rigolo.

L'épave que j'étais se mourait d'envie de se retrouver étendue quelque part pour réfléchir. J'avais chaud. J'ai ouvert la fenêtre. Il faisait encore bon en cette fin de journée qui s'étirait sous un ciel brumeux. Une chance.

L'hiver se tenait encore à distance. J'ai pris une grande inspiration, et l'ai aussitôt regretté. Rien à voir avec ce que j'avais humé tout l'après-midi. Il faut dire que j'étais « hyperventilée », et par l'air frais et par les émotions. À ma gauche, sur le pont, il y avait toutes ces voitures qui prenaient le chemin de la campagne tandis que je m'enfonçais dans le smog de la ville. Une fois rendue dans le Vieux-Montréal, j'ai mis, sans exagérer, plus d'une demi-heure avant de trouver une place de stationnement. Très bonne idée de la municipalité, ces vignettes pour les résidants, mais encore faut-il que les gens respectent les panneaux indiquant les zones réservées aux détenteurs. Ou que la police donne des contraventions pour décourager les fautifs.

Lorsque j'ai franchi la porte de mon appartement, j'ai eu, un instant, l'impression de m'être trompée d'étage. On avait fait la cuisine chez moi. J'en ai eu les larmes aux yeux. Non pas à cause d'une odeur désagréable – bien au contraire –, mais bien parce que, vivant seule, jamais on ne me fait ce cadeau exceptionnel. Si on sent les effluves d'un délicieux repas, chez moi, c'est que je l'ai préparé moi-même. J'étais émue. Je m'approchai de la cuisine et je vis la tête hirsute de mon fils sortant du réfrigérateur.

— Qu'est-ce que tu fais là ?

— Dans le frigo ? J'avais faim. J'ai fouillé dans tes restes. J'ai fait un riz au poulet et aux champignons.

— Non. Qu'est-ce qui me vaut l'honneur de ta présence chez moi ? Tu cuisines, toi ? ai-je ajouté du même souffle.

— Tu serais étonnée. Il y a deux jours, j'ai préparé des filets de porc à la moutarde pour ma blonde. C'était pas mal. Pour répondre à ton autre question, j'ai fini plus tôt et je suis venu t'apporter ça.

D'un geste du menton, il a désigné une petite plante sur la table de la salle à manger.

— C'est un *Cypripedium pubescens*, communément appelé « sabot de la Vierge ». Quand tu mettras cette plante en pleine terre, elle va prendre de l'ampleur.

Devant mon air étonné, il a précisé que c'était pour mettre dans le jardin de ma nouvelle maison.

— Elle irait très bien à l'ombre du pommier sur la terrasse. Tu vois où je veux dire ? Juste à côté de la véranda. Je présume que c'est là que tu vas faire ton bureau, non ?

J'étais sonnée. Mon fils m'apporte souvent des fleurs coupées ou des plantes, c'est vrai, mais pour une occasion spéciale, mon anniversaire, Noël, Pâques. Et la plupart du temps avec quelques jours de retard. Profession oblige. Les fleuristes et les artisans de l'aménagement paysager sont rarement présents avec leurs familles aux fêtes officielles ou au cours de la belle saison, qui représentent pour eux des périodes très occupées. Mais, aujourd'hui, d'abord mon fils prend la peine de se déplacer pour m'apporter une plante, ensuite il s'installe dans ma cuisine pour faire le repas et de plus il m'encourage à acheter cette maison. C'est beaucoup pour une même journée.

On a mis le couvert ensemble. Pendant qu'on parlait de tout et de rien, j'ai réalisé à quel point Pilou avait grandi et changé. Il lisait maintenant, lui qui avait résisté à la lecture pendant des années, bien que les murs de la maison aient été couverts de livres. De plus, il se mettait aux fourneaux, lui qui à l'adolescence préférait manger des chaussons aux pommes de la chaîne qui demande, dans sa publicité : « Un chausson avec ça ? » plutôt que de goûter à ma tarte Tatin. Je devrais écrire un ouvrage pour encourager les parents qui sont totalement désespérés du comportement de leurs ados, pour les assurer que ceux-ci peuvent s'améliorer, avec le temps. Comme dirait l'autre : « Nos enfants, quand ils sont petits, ils sont tellement mignons qu'on les mangerait. Mais quand ils sont adolescents, on regrette de ne pas les avoir mangés. » Et pourtant, lorsqu'ils sont devenus de jeunes adultes, on s'assoit avec eux pour manger ce qu'ils nous ont cuisiné.

— Quand est-ce que tu fais l'offre d'achat ?

— Je ne suis vraiment pas prête.

— Dépêche-toi. Une jolie maison comme celle-là va trouver preneur, ça sera pas long.

— Oui, des fous qui vont travailler jour et nuit pour l'entretenir ou des gros riches qui vont payer pour le faire faire, ai-je objecté.

— Tu vois ça pire que c'est.

— Pilou, je te signale que je n'ai pas gagné à la loterie.

— La vente de l'appartement, ce ne sera pas suffisant ?

De la tête, j'ai fait signe que non. Il m'a regardée avec un air découragé.

— Maman ! Vas-tu continuer à m'appeler Pilou jusqu'à ce que j'aie cinquante ans !

— Je ne serai plus de ce monde quand tu auras cet âge.

Pilou, c'était son surnom lorsqu'il était petit. Je l'ai toujours utilisé. J'aimais bien son véritable prénom, Vincent, mais je trouvais que Pilou – mot français pour désigner notre flanellette – lui allait bien. Et je le pense encore aujourd'hui.

Bouboulina est passée à ce moment et est venue se frotter contre le jean de mon fils. D'un geste brusque, celui-ci a attrapé la chatte au passage et l'a mise sur ses genoux, pour la caresser.

— T'es pas encore morte, toi ? a-t-il demandé à la chatte.

— Avec tout ce que tu lui as fait subir, elle aurait dû rendre l'âme il y a longtemps.

— Bien non… C'est fait solide, ces petites bêtes. Hein, ma grosse toutoune ?

Il l'a déposée par terre et s'est levé pour brosser son pantalon.

— Ah ! T'es pleine de poils.

La chatte, sûrement insultée de se faire traiter de grosse toutoune poilue alors qu'elle est maigre comme tout, a filé tout droit vers ma chambre.

— Pour un chat, c'est normal d'avoir des poils.

Et là, j'ai cru rêver : mon fils s'est penché vers la table et a commencé à desservir, prenant son couvert et le mien. Il a tout mis dans le lave-vaisselle. La vie vous réserve de ces surprises, parfois ! Il a ensuite été chercher son sac à dos et m'a tendu un petit sachet en carton que j'ai tout de suite reconnu.

— Il me reste un chausson. Tu veux qu'on le partage ?

J'ai éclaté de rire.

— Qu'est-ce qu'il y a ? Qu'est-ce que j'ai dit de si drôle ?

J'ai regardé longuement ce grand garçon. Un visage très doux, une bouche bien ourlée, des yeux noisette rieurs, de petites lunettes presque toujours de guingois. Une chevelure presque noire, trop bouclée à son goût, qu'il réussit à dompter à coup de gel à tenue extra. En fin de journée, cependant, la pommade ne fait plus effet. J'ai passé ma main dans cette explosion de cheveux.

— C'est bien, Vincent. Tu changes, mais pas trop.

Et comme pour me prouver qu'il y avait une part de vérité dans ce que je venais d'énoncer, il s'est dirigé vers le réfrigérateur, a pris le litre de lait, a renversé la tête vers l'arrière et a bu à même le contenant de carton. Nos yeux se sont croisés. En s'essuyant la bouche sur sa manche, il a repris son souffle.

— Tu te rappelles ?

Comment j'aurais pu oublier cette anecdote. Tout le temps qu'il a vécu avec moi, j'ai eu beau le sermonner, le punir, discuter avec lui, rien à faire, mon fils a toujours bu son lait à même le litre. J'ai cru, et lui aussi d'ailleurs, qu'il se guérirait de cette mauvaise habitude à la suite d'un incident cocasse. À cette époque, j'hébergeais une copine en instance de divorce. Elle recevait à l'occasion son amant et leurs ébats ne passaient pas inaperçus. Un soir, mon fils est rentré tard. La maison était totalement silencieuse. Sans bruit, il a ouvert la porte du réfrigérateur pour y prendre le litre de lait. La chambre où dormaient ma copine et son amant de passage jouxtait la cuisine. Au moment où Vincent porta le lait à sa bouche, un grand râle de jouissance a éclaté dans la chambre attenante à la cuisine. Mon fils a bien sûr eu la peur de sa vie, le litre lui a échappé des mains et le lait a coulé partout sur son visage, sur ses vêtements avant de faire une flaque sur le plancher.

Pour ma part, je dormais comme une bûche. Je mettais des bouchons dans mes oreilles pour ne pas assister à leurs ébats retentissants. C'était déjà assez difficile de dormir seule, je ne voulais pas, de surcroît, me faire rappeler, à grands coups de plaintes bienheureuses, ce qui me faisait cruellement défaut. Ce n'est que le lendemain, à mon réveil, lorsque mes pantoufles sont restées collées sur le plancher devant le réfrigérateur, que j'ai compris qu'il s'était passé quelque chose. Dans sa hâte, pour ne pas attirer l'attention des amants, mon fils avait essuyé le dégât tant bien que mal, et à la vitesse de l'éclair, avant d'aller se coucher comme si de rien n'était. Aujourd'hui, Pilou et moi, on riait encore à ce souvenir.

Mon fils a réalisé qu'il se faisait tard. Je l'ai accompagné jusqu'à la porte. On s'est serrés dans nos bras. Moi, le nez dans son blouson, lui, penché sur moi.

— Bonne nuit, ma petite maman.

Puis, en faisant référence à la maison, il a ajouté :

— Penses-y comme il faut.

— Je ne fais que ça.

Il s'est reculé et m'a regardée, tout à coup très sérieux.

— As-tu pensé à ton héritage ? C'est une belle somme, non ?

— J'avais l'intention de m'en servir pour quelque chose d'important.

— Ah ! Et cette maison, c'est pas assez important ?

Il m'a embrassée et, avant de s'en aller, il m'a rassurée au sujet de la plante.

— Si tu ne la noies pas comme tu fais d'habitude avec les autres, elle devrait survivre jusqu'à ce que tu emménages à la campagne. C'est recommandé de la laisser pousser à l'intérieur une ou deux saisons avant de la planter au jardin.

Je l'ai regardé s'éloigner. À un moment, il s'est retourné. Il avait l'œil pétillant et la bouche rieuse.

— L'argent de Simone. Pense à ça !

J'ai refermé la porte. Et j'ai su que je passerais une partie de la nuit, qui en serait une d'insomnie, en compagnie de Simone.

13

J'ai fait ma toilette rapidement, j'ai enfilé mon pyjama. Un pyjama d'homme rayé bleu, trop grand pour moi, mais terriblement confortable. À défaut d'une présence masculine à mes côtés, l'habit m'en donnait parfois l'illusion. Assise dans mon lit, ma Bouboulina endormie en appui sur ma cuisse, je me suis retrouvée à Paris, dans la petite rue du Pont-Louis-Philippe, avec Simone.

Les femmes qui ont compris l'art de vivre et qui auraient pu me servir de modèles n'étaient pas légion, à l'époque. Les premières personnes qui m'ont donné accès à cet art du bien-vivre et du savoir-faire, ce sont les bonnes sœurs au couvent. Elles connaissaient l'art ménager et les bonnes manières. Mais elles en faisaient quelque chose de si peu attrayant, tout était une obligation, une tâche, une besogne, qu'on les a écoutées d'une oreille distraite. Et puis, sortant de leurs lèvres pincées, il y avait cette terrible profession de foi, le fameux devoir qui incombait à toute jeune fille de bonne famille qui voulait trouver mari. Je ne voulais absolument pas devenir cette future maîtresse de maison et ménagère accomplie, cette « maman a raison » sans caractère ni fantaisie. J'avais envie de devenir une femme. Point. J'avais envie de traverser la vie comme une femme qui sait reconnaître le beau, l'agréable, et qui sait se mouvoir avec grâce et habileté. Ma mère nous avait bien appris la politesse, à mes sœurs et moi, et à bien nous tenir en toutes occasions – d'ailleurs les bonnes sœurs trouvaient donc que les petites Lamoureux étaient bien élevées –, mais pour le reste, nous l'avons appris par nous-mêmes. Notre petite maman était tellement occupée avec sa trâlée d'enfants et son travail à l'extérieur qu'on a dû apprendre très jeunes à faire preuve de débrouillardise. Et je l'en remercie pour ça, encore aujourd'hui. J'ai dû aller chercher ce qui me manquait. Et puis, j'ai eu le bonheur de rencontrer Simone.

Au début de la vingtaine, j'ai eu la chance de faire un stage dans une maison d'édition. Et pas n'importe où : à Paris. Cet univers m'attirait, et comme j'avais envie d'en savoir davantage et que je ne voulais pas me retrouver trop tôt sur les bancs de l'université, un frère de mon père qui travaillait dans ce domaine, mon oncle Roméo – oui, je sais ! Roméo Lamoureux, c'est le comble pour un passionné de romans –, m'avait recommandée auprès d'un de ses confrères de la Ville lumière.

C'était mon premier voyage de l'autre côté de l'océan. À mon arrivée, j'avais les yeux grands ouverts, tout me plaisait, j'étais en état de grâce constant. Monsieur Kieffer, l'homme qui m'a accueillie, était charmant, drôle et tonitruant ; la maison, délicieuse. Les Éditions de l'Encrier étaient sises rue des Saints-Pères, dans le 6e arrondissement, tout près du Tout-Paris de l'édition.

J'étais donc partie, sac au dos et naïveté sous le bras, faire carrière, en quelque sorte, à Paris. Il en a été tout autrement. J'ai apporté le café à tout un chacun, j'ai vidé les corbeilles à papier, et dans une maison d'édition, de la paperasse, ce n'est pas ce qui manque. La petite Canadienne à l'accent si charmant a appris sur le tas. Les autres membres du personnel se montraient assez distants. Monsieur Kieffer me considérait comme sa fille et avait décidé que j'apprendrais les tenants et les aboutissants de ce métier à la dure. Aucun passe-droit, de la discipline, du travail astreignant. Il s'était donné pour mission de me faire apprécier le métier jusqu'à la passion ou alors de le détester à mort. Ça passe ou ça casse. Il me répétait tout le temps qu'il fallait beaucoup d'humilité dans ce travail. J'en ai rapporté largement dans mes bagages. Le seul vrai cadeau que m'ait fait monsieur Kieffer, c'était sans intention de sa part. Croyant me coller une tâche supplémentaire, il m'a ouvert les yeux encore plus grands sur un univers que je chérissais déjà. Les lieux de vie des gens.

À mon arrivée, je logeais dans un petit hôtel de la rue Casimir-Delavigne. Ma chambrette avec salle de bain dans le couloir était juchée sous les combles. Grâce à l'intervention de monsieur Kieffer, j'ai eu la chance de loger dans plusieurs types d'habitations. J'ai été promue « gardienne d'appart » lorsque des auteurs s'absentaient. Mes tâches consistaient, entre autres choses, à arroser les plantes, à nourrir les chats, s'il y en avait, à monter le courrier à l'appartement. Le courrier aurait très bien pu rester, en leur absence, chez la concierge, mais plusieurs ne faisaient pas confiance à ces femmes, qu'ils jugeaient fouineuses. Les auteurs, hommes et femmes, préféraient de beaucoup que le personnel de l'Encrier s'en charge.

Personne dans la boîte n'aimant ce travail ingrat, tous ont fortement appuyé la suggestion de mon patron.

Ils ne se doutaient pas du présent génial que m'offrait ce dernier. Et quand monsieur Kieffer a ajouté : « Mon petit, ce sera beaucoup plus simple pour vous de loger sur place », il m'a comblée. De cette manière, j'accomplirais plus rapidement ma tâche de surveillante, je m'éviterais plusieurs déplacements et du même coup je n'aurais pas de loyer à payer. Même si à l'époque le franc valait son pesant d'or dans le porte-monnaie du Canadien errant dans Paris, cette économie de loyer me serait très profitable pour les entrées dans les musées, les billets de théâtre et même quelques week-ends à l'extérieur de Paris.

— Ça vous fera du bien, mademoiselle Lamoureux, de côtoyer les auteurs dans leur intimité. C'est une façon comme une autre de connaître leur manière de vivre et surtout de travailler.

J'ai beaucoup plus servi de bonne à tout faire, pour ce beau monde, que j'ai réussi à faire glisser mon crayon rouge sur les manuscrits à corriger, but premier de ce stage à Paris. Mais mon patron n'avait pas tort. J'ai appris beaucoup sur l'humain et son habitat. Sur ses us et coutumes. Sur ses habitudes de vie.

J'en ai vu de toutes les couleurs durant mon séjour à Paris. J'ai connu le luxe, le moderne, le cafouillis, le malpropre et l'original. Je me suis fait les bras et les mollets lorsque les appartements étaient nichés au cinquième ou au sixième étage sans ascenseur. J'ai été confrontée aux manies des auteurs, surtout. Il y a des choses à faire et à ne pas faire. Je l'ai rapidement appris. Ce fut le cas, notamment, au retour de madame Simone, auteure de romans qui récoltaient un très gros succès de presse et qui par la suite est devenue pour moi un guide dans la vie, un mentor, une amie.

14

La personne qui m'a fait le plus beau cadeau lors de mon séjour parisien demeure encore Simone. Tout le monde devrait connaître une telle femme pour apprendre à mieux vivre.

Sa réputation la précédait. À l'Encrier, les rumeurs les plus folles couraient à son sujet. C'était l'auteure-vedette de la maison. Cette femme lui avait donné quelques best-sellers traduits en plusieurs langues et apporté de nombreux prix. On disait qu'elle avait son franc-parler, qu'elle ne savait peut-être pas ce qu'elle voulait vraiment, mais qu'elle connaissait par cœur la liste de tout ce qu'elle détestait au plus haut point. On la disait capricieuse, sûre d'elle, et si vous ne faisiez pas son affaire, elle pouvait vous retourner d'où vous veniez vite fait, bien fait. Elle m'effrayait avant même de l'avoir rencontrée. Je me sentais bien petite dans mes souliers lorsqu'elle m'a donné rendez-vous chez elle à son retour de voyage. J'avais séjourné dans son appartement pendant une semaine sans même la voir au préalable. Elle avait dû partir à la hâte pour ne pas rater son avion et j'avais emménagé chez elle sans qu'elle y soit. Pendant mon séjour, j'avais accompli les tâches habituelles au mieux de ma connaissance et, au moment de mon départ, j'avais bien rangé l'appartement, en ne laissant aucune trace de mon passage. Jusqu'à ce jour, aucun des propriétaires des appartements dont j'avais été responsable ne s'était plaint. Au contraire. Certains en redemandaient tant ils trouvaient que j'avais bien pris soin de leur intérieur.

C'est donc un peu inquiète que je me suis présentée au domicile de l'écrivaine, au 22, rue du Pont-Louis-Philippe. Nos débuts ont été mémorables. Lorsqu'elle a ouvert la porte, j'ai été surprise de la voir si petite. J'avais bien vu sa photo en quatrième de couverture d'un de ses livres, mais je l'imaginais aussi grande que son talent. C'est sur un ton assez sec qu'elle m'a invitée à entrer chez elle. Je suis restée sur le palier, même si je connaissais par cœur l'appartement. Je sentais le reproche dans sa voix et j'étais malheureuse comme les pierres d'avoir pu la contrarier. Elle m'a prise par la main, m'a tirée à l'intérieur, elle a refermé la porte qui a claqué dans le silence et m'a traînée avec énergie vers son bureau. D'un geste brusque, elle m'a montré sa table de travail où régnait un fouillis pas possible. Dire que quelques jours auparavant j'avais passé plusieurs heures à tout ranger, les papiers, notes, revues, dictionnaires et autres outils utiles aux auteurs.

— Alors ? C'est quoi tout ça ?

Je me sentais coincée, j'étais persuadée que j'allais dire une bêtise, mais je n'ai pu m'empêcher d'utiliser une expression des filles de la maison d'édition.

— Euh… Un bordel pas possible.

Elle me regarda avec ses yeux bleu acier rendus minuscules par la colère.

— Non, mon petit ! Et de grâce, n'utilisez pas de gros mots.

Elle pointa un doigt énergique vers la table.

— Ça, c'est une table de travail. Et de surcroît, une table d'auteur. Savez-vous vraiment ce qu'est une table d'auteur ? Hein ? Le savez-vous ?

Je ne savais plus où poser les yeux. Je passais de l'amoncellement de documents, de livres et de paperasses à l'affichette, sur le babillard, qui disait clairement : *Le plus difficile pour un auteur, ce n'est pas d'écrire, c'est de se rendre à sa table*, puis à ses yeux accusateurs.

Devant mon silence figé et mon regard noyé de larmes, elle poursuivit sur un ton plus calme.

— Écoutez, mon petit. Au fait, quel est votre prénom ?

Je le lui dis, d'une voix de petite fille prise en défaut.

— Olivia, un auteur a besoin de son désordre pour se retrouver. C'est sa seule façon de pouvoir écrire. Certains préfèrent le vide : seulement une feuille de papier et un stylo ou une dactylo. Moi, c'est ça. Moi, c'est seulement de cette façon que je peux fonctionner. Ici, vous pouvez chambouler tout ce qui vous tente, mais vous ne touchez pas ma table. On s'entend bien ?

J'avais envie de lui dire que je ne changerais rien à rien dans ce lieu, tant j'aimais tout. Tout me plaisait. Le choix des meubles, leur emplacement. Les lampes, leur éclairage tamisé, les objets de décoration, les tableaux, les miroirs… Le choix des couleurs. Tout. Si j'avais pu déménager toutes les pièces, telles quelles, pour les déposer dans mon appartement de Montréal, je l'aurais fait.

Elle me fit signe de la suivre à la cuisine.

— Venez, nous allons prendre le thé.

On s'est assises à la cuisine, une pièce chaude, intime, comme j'en avais vu dans les revues de décoration que je dévorais depuis mon arrivée à Paris. Et c'est confortablement installées devant deux jolies tasses de porcelaine que nous avons pris le thé. La théière était anglaise et le thé à la bergamote, délicieux. Sans jamais me faire la leçon ou de discours prêchi-prêcha, elle m'expliqua le thé. Son histoire, sa provenance, la façon de le déguster. Elle fit de même avec les madeleines qu'elle confectionnait elle-même. Elle parla de leur légèreté, du temps de cuisson, de leur coloris. J'étais conquise.

Cette femme avait une façon de raconter tout à fait unique. Je la retrouvais pareille à son écriture. Ses mains volaient comme des papillons. Quand elle précisait un détail, du bout des doigts elle en formait le dessin dans les airs pour plus de compréhension. Elle s'enflammait pour un détail. Simone s'amusait de tout.

Cette femme était fascinante. Elle avait près de cinquante ans. Pour moi c'était une vieille dame qui était restée jeune. Elle avait des cheveux de jais qu'elle retenait pêle-mêle dans un chignon relâché et des yeux très bleus, d'une grande douceur, entourés de petites rides qui ne la vieillissaient pas pour autant. Des rides de rire, comme elle disait. « Il faudrait que j'arrête de rire comme une imbécile. Ça creuse ! » affirmait-elle.

Elle s'habillait de couleurs vives. Ses tenues étaient à la fois élégantes et osées. Elle portait des vêtements en provenance de Chine et de Mongolie, qui semblaient faits sur mesure pour elle. Je l'enviais. Plus je la regardais et plus je trouvais que cette femme possédait un don rare. Elle savait vivre.

15

Simone semblait tout connaître de la vie. De l'art de vivre en fait. Avec elle, j'avais la sensation de partir à la découverte d'un pays encore inconnu, de suivre la piste d'un site archéologique enfoui dans les sables depuis des décennies. J'étais Christophe Colomb, Vasco de Gama ou alors Jules Verne et j'explorais l'inconnu, je mettais au jour les plus grands mystères, je m'approchais d'un univers insoupçonné.

Elle déposait une figue dans ma main et un monde s'ouvrait à moi. Elle racontait l'aventure de ce fruit fragile et délicieux et j'étais suspendue à ses lèvres en écoutant une histoire fabuleuse. Elle coupait le fruit en deux et nous nous penchions toutes les deux sur une des merveilles du monde. Elle se précipitait alors dans sa vaste bibliothèque et revenait les bras chargés de livres d'art, de poésie, de cuisine. Elle les déposait sur la table à côté du plateau de figues et l'on partait en voyage.

J'avais vingt ans, je ne connaissais pas grand-chose à la vie et cette femme m'ouvrait toutes les portes d'un monde insoupçonné. J'avais atterri dans la caverne d'Ali Baba et je ne voulais plus en sortir.

Un jour, elle m'a fait une démonstration digne de Sarah Bernhardt, avec une petite touche de comédie, pour m'apprendre à obtenir ce que je voulais à Paris. J'en avais marre de me faire rabrouer à tous moments par les commerçants ou les vendeuses de tickets de train ou de billets de théâtre. Simone avait la solution.

— D'abord, il faut monter ta voix de plusieurs degrés. Une voix haut perchée et énergique, ça fait tout à fait parisien.

Simone me faisait trouver la note juste comme si je prenais une leçon de chant.

— Maintenant, il faut que tu adoptes un ton déterminé. Le problème ne vient pas uniquement de l'accent. Les Québécois, vous êtes trop polis lorsqu'il s'agit de demander.

Et je calquais ma voix sur la sienne du mieux que je pouvais. Il y avait quelques ratés, mais je m'appliquais dans la formulation. Simone me tendait le combiné du téléphone et m'obligeait à m'exercer. Les « J'aimerais aller à Angoulême » ou « J'aimerais voir le Molière » se transformaient en exigeants « Je veux une baguette », « Je veux une place », « J'exige une bonne couchette ».

Simone rigolait comme une enfant lorsque je lui apprenais, en échange de son savoir, des expressions de chez nous. « J'ai d'la broue dans le toupet » était sa préférée.

Un jour, j'ai cru qu'elle avait un malaise, en pleine rue. En fait, elle riait tellement que j'ai dû la rattraper pour qu'elle ne tombe pas. Ce jour-là, j'avais vraiment fait une folle de moi. Voulant appliquer à la lettre sa formule du ton haut perché et déterminé, j'avais demandé avec beaucoup d'aplomb, à un homme qui passait près de nous, où se trouvait le métro « Vagin », au lieu de « Vavin ». Je revois encore le petit sourire en coin et l'œil allumé de l'homme lorsqu'il m'a dit, d'une voix mielleuse, qu'il pouvait m'y conduire personnellement, si je le voulais. Et ma Simone qui n'arrêtait pas de rire. Et moi qui rougissais de plus belle.

On s'est baladées partout. Elle m'a montré le Paris secret boudé des touristes. On marchait bras dessus, bras dessous, en rigolant comme deux fillettes. On s'est promenées dans les plus beaux jardins et les cimetières de Paris. On visitait autant les musées que les marchés. J'ai passé des heures à écouter Simone, mon guide, me raconter l'aventure fabuleuse d'auteurs, de peintres, de musiciens et de poètes célèbres ayant vécu à Paris. Tout cela, grâce à Simone. Je dois beaucoup à cette femme.

Quand elle ne pouvait m'accompagner, elle me traçait un itinéraire précis, que je suivais à la lettre. Je devais lui faire un compte rendu à mon retour. Je ne sais pas pourquoi, il y avait toujours une gourmandise pour les yeux ou la langue au cours de ces trajets. C'est ainsi que j'ai découvert Mariage Frères et leurs thés exquis. Grâce à Simone, j'ai savouré les délices de la boulangerie Poilâne, de la rue du Cherche-Midi, j'ai apprécié le goût unique de la mâche, je me suis régalée des glaces à nulle autre pareilles de chez Berthillon, dans l'île Saint-Louis. Mes papilles ont goûté les saveurs d'ailleurs dans la rue des Rosiers, le thé à la menthe de la mosquée de Paris.

Dans ses périodes d'écriture, je ne la voyais pas. Elle se rendait invisible. Elle ne répondait ni au téléphone ni à la porte. J'étais laissée à moi-même. C'est ainsi que, en parcourant le lacis des rues tranquilles, étroites et tortueuses de Paris, j'ai appris à apprécier les teintes des façades, le travail ouvragé des portes, les différents heurtoirs, les pignons, les toits de tuiles et les fenêtres aux carreaux plombés. C'est là aussi, au cours de ces déambulations, que j'ai commencé à zieuter du côté des maisons pour voir les intérieurs.

Sans le savoir, cette femme délicieuse m'a mise en contact avec ce qui goûte bon, ce qui est beau, ce qui est doux au toucher, ce qui fait du bien à l'âme. Elle m'a tout appris de l'art de vivre agréablement.

Et puis un jour, j'ai dû repartir vers le Québec. Vers mon travail, vers ma vraie famille. Simone et moi avons inondé de nos larmes l'esplanade des Invalides en attendant l'autocar qui me mènerait à Orly. Puis elle m'a poussée vers le car avec mes valises qu'elle avait remplies de petits pots de foie gras, de confitures maison, de quatre-quarts, d'huiles aromatisées, de citrons confits – des aliments qui n'étaient pas sous scellé et qui ont réussi à franchir les douanes sans encombre, je me demande encore comment. Elle m'a serrée un peu brusquement dans ses bras, en me demandant de ne pas me retourner.

— Il ne faut pas regarder les gens s'éloigner, m'a-t-elle dit, et elle a promis de m'écrire.

16

Ce sont mes propres sanglots qui m'ont réveillée. J'étais encore avec Simone près du car. Le chauffeur attendait que je monte pour prendre la route de l'aéroport. J'étais encore dans les vapeurs du sommeil parce que je me demandais pourquoi le klaxon sur lequel le chauffeur appuyait impatiemment résonnait comme une sonnette d'entrée. Puis j'ai compris. Je me suis assise dans mon lit, la tête encore lourde des affres du sommeil, et j'ai entendu la sonnette de la porte d'entrée, qu'on faisait tinter à répétition.

Je me suis levée péniblement et je me suis traînée, à moitié endormie, vers la porte de mon appartement. En regardant par le judas, j'ai reconnu mon amie Lulu. Après avoir ouvert la porte, j'ai aussitôt fermé les yeux à cause de la lumière crue.

— Qu'est-ce qui t'arrive ? m'a demandé Lulu. Tu as l'air d'avoir passé la nuit sur la corde à linge.

— J'étais à Paris.

Elle m'a examinée quelques instants et a dit soupçonner plus que le décalage horaire. Puis elle m'a tendu un sac de papier.

— Je n'ai pas déjeuné. Toi non plus, je présume.

— Qu'est-ce que tu fais ici, à cette heure ? ai-je demandé tout en me rendant à la cuisine déposer le paquet, où j'en profitai pour mettre en marche la cafetière.

— Je te signale, a répondu Lulu tout en sortant les couverts pour notre petit déjeuner, qu'il est plus de onze heures, et que je suis venue t'aider.

— À quoi ? ai-je répliqué, encore embrouillée dans mon rêve.

— À quoi ? Voyons, Olivia. À prendre une décision au sujet de la maison, à mettre ton appartement en vente et à commencer tes boîtes.

J'ai regardé mon amie pétante de vitalité.

— C'est beaucoup d'un coup, non ?

Elle a admis que les boîtes pouvaient attendre, mais a ajouté que si je voulais faire une offre sur la maison jaune, même conditionnelle, j'avais intérêt à mettre mon appartement en vente rapidement.

— Je ne suis pas encore décidée, ai-je dit en me servant un café dans un énorme bol.

La journée précédente et la nuit avaient été plutôt riches en émotions. J'avais la sensation qu'un camion m'était passé sur le corps. J'avais mal partout et j'étais épuisée comme si je venais de terminer un marathon, bonne dernière des deux mille six cents participants.

— As-tu pris un verre de trop, hier soir ?

J'ai ri.

— Non, je ne bois pas toute seule. C'est trop dangereux quand tu es célibataire. J'en connais qui ont commencé ça et qui ne s'en sortent pas.

— Oh ! Parlant de ça. J'ai rencontré Marco.

— Marco ?

— Voyons, Olivia. Marco Lamarche. Ton ex.

— Il va bien ?

— Oui, oui. Il avait l'air en pleine forme. En fait non, pas tant que ça.

— Voyez-vous ça ! C'est quoi cette fois-ci ? Sa nouvelle maîtresse ne veut plus de lui ? Sa régulière veut le quitter ?

— Euh, tu sais, Olivia, c'est un gars tout à fait gentil, Marco. Il ne l'a pas eu facile. On a parlé longuement. Sa blonde a fait une fausse couche. Ils vont bientôt se séparer. Ça va super mal. Il a demandé de tes nouvelles. Il...

J'ai regardé mon amie Lulu dans les yeux. J'étais maintenant tout à fait réveillée.

— Ne me dis pas qu'il s'ennuie de moi !

Elle a fait signe que oui.

— Non ! *Come on !* Il voudrait reprendre ?

— Il a pas dit ça comme ça, mais il voudrait te revoir. Il n'ose pas t'appeler.

— Je comprends qu'il n'ose pas. Après ce qu'il m'a fait. Eille ! Il m'a fait croire pendant presque deux ans qu'il n'y avait que moi dans sa vie et la première chose qu'il a trouvée pour que je ne m'attache pas trop à lui, ce sont ses propres paroles, ç'a été de faire un bébé à l'une de ses maîtresses. Assez tordu, le mec. Maintenant qu'il n'y a plus de bébé, il voudrait renouer... Écoute, Lulu, je ne croirai plus jamais ce gars. Même s'il fait bien pitié. Il m'a fait trop de peine.

— Oui, mais... il a changé.

Je me suis penchée vers elle et lui ai dit :

— Il a tellement changé qu'il te fait transmettre ses messages. Marco Lamarche, c'est un sujet clos. OK ? Il est adorable, j'en conviens, mais ce n'est pas un homme pour moi. Et ça ne le sera jamais. Ça m'a pris du temps pour comprendre, mais aujourd'hui, je pense que je vaux plus qu'une parmi tant d'autres. Sur ce, je vais prendre une douche.

Et je suis partie vers la salle de bain. Je n'arrivais pas à croire ce que je venais d'entendre. Les hommes sont-ils inconscients au point de croire que les femmes vont les attendre au cas où ils auraient envie de revenir ? Ou jusqu'à ce qu'ils soient enfin libres ? Je ne suis pas en manque à ce point. Je préfère encore vivre seule jusqu'à la fin des temps plutôt que de me retrouver dans cette valse-hésitation qui m'avait laissée en petits morceaux. La douche m'a remis les idées en place.

17

Quand je suis revenue à la cuisine, j'ai parlé à Lulu de la suggestion de Vincent d'utiliser l'héritage que Simone m'avait laissé.

— Une grosse somme ?

— Assez importante pour l'utiliser comme mise de fonds sur l'achat d'une maison. J'ai rêvé de Simone toute la nuit.

Comme je lui avais dit peu de choses sur Simone, Lulu voulut en savoir davantage sur elle, et surtout pourquoi elle m'avait choisie comme héritière. Je lui ai raconté mon départ pour Paris, mon stage aux Éditions de l'Encrier, les auteurs chez qui j'avais eu la chance de séjourner et surtout ma rencontre avec Simone. Puis comment, après mon retour à Montréal, celle-ci avait tenu sa promesse de rester en contact avec moi.

— Pendant quelque temps, j'ai reçu de ses nouvelles à mon anniversaire et à Noël. Elle m'a également envoyé son plus récent roman. Moi, les photos de mon mariage, et des polaroïds montrant les pièces de mon appartement, qui l'ont bien fait rire. Parfois, elle incluait une recette, un bouquet de lavande ou de mimosa séché. Et puis les missives se sont faites plus rares. Et puis, ce fut le silence. Mes lettres restèrent sans réponse.

— Qu'est-ce qui est arrivé ? s'est informée Lulu qui m'écoutait raconter tout en dévorant ses croissants.

— J'ai laissé passer quelques mois. Ensuite, croyant qu'elle avait déménagé, ce qui m'étonnait tout de même, j'ai envoyé un mot à son éditeur, Bernard Kieffer. La réponse s'est fait attendre. Quand elle est finalement arrivée, Kieffer m'apprenait que Simone était très malade. Elle avait séjourné deux mois à l'hôpital et on venait de la renvoyer chez elle puisqu'il n'y avait plus rien à faire. Il lui restait seulement quelques semaines à vivre. Son éditeur était très inquiet parce que son auteure préférée n'avait pas d'enfants, et le peu de famille qui lui restait était éparpillé un peu partout dans le monde. En résumé, il n'y avait pas grand monde pour prendre soin d'elle dans ses derniers jours. Il y avait bien une infirmière, que Simone mettait à la porte trois fois par jour sous prétexte qu'elle ne savait pas faire les choses. Et Simone s'entêtait, elle était catégorique, elle ne voulait voir personne. L'éditeur me demandait si je voulais être avertie lorsque Simone s'éteindrait. C'étaient ses propres mots. Simone allait mourir ? Impossible. Pas elle. Pas la femme que j'avais connue si vive.

— Qu'est-ce que tu as fait ? m'a demandé Lulu.

— Je n'ai pas attendu très longtemps. J'ai demandé un congé sans solde à mon patron. Congé qui n'en était pas vraiment un, puisque j'apportais avec moi du travail.

— Tu travaillais déjà comme correctrice ?

— Oui. Simone m'avait dit que j'étais une très bonne lectrice et que ce travail de moine était tout à fait pour moi. Donc, j'ai aussi demandé un « congé » à mon mari. Tu ne l'as pas connu, toi. Un drôle de numéro. Il n'aimait pas beaucoup que je m'éloigne de lui. En fait, ce n'était pas de l'amour, il était incapable de vivre seul et de se débrouiller par lui-même. Mais comme je n'arrêtais pas de pleurer, Francis a fini par céder. Il ne m'avait jamais vue si abattue. Je comptais rester deux ou trois semaines, tout au plus. Je devais bien cela à Simone. Huit jours ont suffi à ma grande amie pour rendre son dernier souffle. Un cancer du cerveau, ça ne pardonne pas. Lorsque je suis arrivée chez elle, elle m'a tout de suite reconnue. Pas moi. La quintessence de Simone s'en allait tranquillement. Elle avait beau se battre, c'était peine perdue. Elle a été consciente jusqu'à la dernière minute. Elle était contente d'en finir avec cette maladie. Elle avait suffisamment souffert. Elle me disait : « Je suis détériorée, comprends-tu cela, Olivia ? Laissez-moi partir. »

Lulu m'a regardée, tout à coup très grave.

— Penses-tu qu'on ferait la même chose, si ça nous arrivait, à toi ou à moi ? m'a-t-elle demandé.

— Moi je le ferais, je pense.

— Moi aussi, a-t-elle répondu.

Nous nous sommes souri, puis elle a voulu que je lui raconte la fin de Simone.

— J'ai fait du mieux que je pouvais. J'ai essayé de lui rendre un peu de tout ce qu'elle m'avait appris. Je faisais les courses avec soin, je n'achetais que des aliments frais, comme elle les aimait. Je mettais dans son lit les draps fraîchement lavés et repassés à l'eau de verveine. Je vaporisais sur ses oreillers une brume odorante qui favorise le sommeil, comme je l'avais vue faire tant de fois, lorsque je logeais chez elle. Je lui cuisinais quelques douceurs qu'elle semblait apprécier, même si elle ne mangeait presque pas. Je lui apportais des bouquets. J'ouvrais les fenêtres pour la faire profiter un peu de la douceur d'avril. Je lui faisais la lecture, je lui tenais la main, et je la voyais perdre sa lumière un peu plus chaque jour.

— C'est d'elle que te vient ce goût des intérieurs, des saveurs, du beau.

Ce n'était pas vraiment une question, mais un constat. Lulu et moi sommes restées silencieuses quelques instants, puis j'ai poursuivi.

— Simone est morte un jeudi de la mi-avril. *Frisson d'avril*, comme chantait Maxime Le Forestier. Étrange frisson. Il faisait trop beau pour mourir. Quelques cousins éloignés sont venus à son enterrement, ses amis également, qui, eux, avaient été en état de choc en apprenant la nouvelle de sa mort. Tu te rends compte, Lulu, elle avait fait croire à tout le monde qu'elle était en période d'écriture, donc inaccessible. Les gens de la maison d'édition étaient là aussi. J'ai revu quelques collègues, mais on pleurait tellement qu'il n'y a pas vraiment eu de retrouvailles. On l'a mise en terre au Père-Lachaise, pas trop éloignée de la tombe de Brillat-Savarin. J'entends Simone me dire qu'elle aurait pu tomber plus mal. Enfin, c'est une façon de parler. Mais cette cohabitation me rassurait.

Je fis signe du doigt à Lulu pour qu'elle regarde, au-dessus du grand miroir de la salle à manger, l'inscription que j'avais peinte à la main. C'était une phrase de Brillat-Savarin qui affirmait que la gourmandise était favorable à la beauté.

— Je peux presque les entendre, Simone et lui, discuter avec passion, devant un petit en-cas, de leur philosophie du goût.

Je me suis levée pour reprendre du café.

— Ensuite j'ai fermé les volets dans son appartement, j'ai mis des housses sur les fauteuils et j'ai refermé la porte pour la dernière fois. J'ai été porter la clé chez le notaire comme me l'avait demandé son éditeur. Et j'ai repris l'avion.

À l'enregistrement des bagages, quand on m'a offert le choix entre la section fumeurs ou non-fumeurs…

— La belle époque ! n'a pu s'empêcher de s'exclamer Lulu, ex-fumeuse.

— … j'ai plutôt demandé si je pouvais avoir une place dans la section «pleureurs». La jeune femme n'a pas compris. Ça devait être parce que j'étais incapable d'employer le ton de voix aigu et déterminé qu'il aurait fallu. Et puis la vie a repris son cours. J'ai fait de même.

— Elle t'a laissé quelque chose en héritage ?

— Oui.

Je me suis levée pour me rendre à la bibliothèque.

— Quelques mois plus tard, j'ai reçu un gros paquet recommandé, en provenance de Paris. À l'intérieur se trouvait une lettre, elle était signée par le notaire qui s'occupait de la succession de Simone et qui me priait de bien vouloir accepter cette part d'héritage qui me revenait. J'ai ouvert la boîte et j'y ai trouvé ce gros *Larousse ménager illustré*.

J'ai tendu l'ouvrage à Lulu. Sa couverture verte était défraîchie puisque ce volume avait beaucoup servi. « C'est ma bible ! disait Simone. Il y a tout là-dedans. »

— Je peux l'ouvrir ? m'a demandé Lulu.

Je lui ai fait signe que oui. Sur la première page, en dessous de la signature de Simone, il y avait une inscription tracée à la plume, de sa belle main d'écriture. Lulu s'est mise à lire à haute voix.

Pour mon amie, ma presque fille, Olivia.
De quoi t'occuper toute une vie.
Sois heureuse et
Fais-nous un enfant.
      Tendrement,
        Simone

Il y eut un grand silence entre nous. Lulu avait les yeux pleins de larmes.

— C'est drôle. J'ai l'impression de retrouver ma grand-mère. Elle était un peu comme ta Simone.

— Ce n'est pas tout. Dans sa lettre, le notaire me demandait de lui faire parvenir des pièces établissant mon identité, une preuve de ma citoyenneté et mon lieu de résidence pour qu'il puisse, en toute légalité, me faire parvenir un chèque de trois cent cinquante mille francs, soit près de cinquante mille dollars canadiens, à l'époque. Une petite fortune. Je me suis dit que, bien placé, cet argent pourrait servir à un achat important.

Lulu m'a regardée. Elle avait retrouvé son sourire.

— Une maison, c'est un achat important. Ta Simone serait ravie.

18

Il y a bien eu quelques visites supplémentaires de la maison. À ce prix-là, on n'est pas trop regardant pour satisfaire le client. La cliente, dans ce cas-ci. L'agent d'immeubles s'est probablement imaginé que j'avais besoin d'en parler à mon mari avant de prendre une décision. Son scénario typiquement masculin suggérait que c'était certainement monsieur Lamoureux qui payait les factures des envies ou des lubies de madame.

Mais il n'y avait pas de monsieur amoureux de madame Lamoureux. Madame Lamoureux vivait seule. Et jusqu'à ce jour, elle s'était pas trop mal débrouillée, seule. Elle avait beaucoup d'amis hommes proches, mais, par un drôle de hasard, ils étaient tous d'allégeance différente : ils étaient tous gais et heureux de l'être. Les nouvelles familles se forment comme elles peuvent. Je n'avais nullement envie d'entrer dans ce genre de détails avec l'agent immobilier. Il pouvait penser ce qu'il voulait.

Avant de signer une offre d'achat, j'avais besoin de sentir, toute seule, les lieux. Mon cœur était déjà sous le charme, ma tête y arrivait, elle aussi, à force de calculs savants et de raisonnements acrobatiques, mais j'ai toujours éprouvé le sentiment que si mon corps est bien dans un endroit, il le sera pour longtemps. Quand je rencontre des yeux qui brillent dans ma direction, un sourire qui me fait signe, je suis attirée. Si je veux développer la relation, j'écoute. J'ai découvert, un jour, que je ne pourrais pas suivre un homme dans la rue sans avoir entendu sa voix au préalable. Le plus bel homme du monde, avec les traits les plus séduisants qui soient, mais qui posséderait une voix insipide, et surtout qui n'aurait rien à dire, ne trouverait pas grâce à mes yeux. Alors que le contraire est tout à fait possible. J'ai déjà eu le plus merveilleux des amants, que la nature n'avait pas gâté, mais sa voix était profonde et douce à la fois, et j'ai été admirablement comblée par cet homme. C'est une question de charme. Tout n'est pas obligé d'être parfait. Bien au contraire, j'aime les traits de caractère distinctifs. Il y a même certains défauts qui ne m'effraient pas trop. Par contre, l'essentiel doit y être.

Pour la maison, l'essentiel y était. Elle était solide, elle était entourée d'arbres matures dont l'ombre sur les murs jaunes me rassurait et m'émouvait à la fois, et la lumière y entrait à pleine fenêtre. Il y avait moyen de faire quelque chose d'intéressant avec l'espace alloué pour la cuisine, et je pouvais appliquer le même principe à la salle de bain dans la chambre principale. L'évaluateur qui viendrait plus tard ferait sûrement les mêmes constatations que les miennes. Et le petit côté «pas complètement parfait» ferait aussi partie de ses observations, du style : il va falloir refaire la toiture un jour, changer les fenêtres et quelques portes. Mais pour l'ensemble, ça allait.

J'ai fait les choses dans l'ordre. J'ai mis mon appartement de Montréal en vente. J'ai rappelé la femme qui me l'avait vendu. Elle m'a rassurée. Le marché était complètement fou. Tous les étrangers voulaient habiter le Vieux-Montréal. L'agente, avec mon accord, a fixé un prix très élevé pour la vente de l'appartement – j'en avais un peu le vertige et n'arrivais pas à croire que quelqu'un puisse être prêt à donner autant d'argent pour l'obtenir – et elle l'a inscrit sur le marché. Il ne restait plus qu'à se croiser les doigts.

Et puis je suis retournée voir la maison jaune, toute seule, avant de faire le grand saut. Je me suis promenée sur la propriété une fois encore. J'aimais ce calme qui m'enveloppait. J'étais ravie par le bruit de mes pieds dans les feuilles mortes et celui de la fontaine de l'étang. Je me suis assise dans chaque pièce de la maison. Et dans chacune je me suis sentie parfaitement bien. Je me savais à la bonne place. Ce que cette maison me racontait me plaisait suffisamment pour conclure qu'elle pouvait être mienne. Il était donc temps de faire une offre.

J'étais chez moi, dans l'attente de la réponse. J'avais donné vingt-quatre heures aux propriétaires de la maison jaune pour faire une contre-proposition ou accepter la mienne telle quelle. Je tournais en rond, n'arrivant pas à mettre quoi que ce soit en marche. Quand le téléphone a sonné, je me suis précipitée, le cœur battant. C'était Massimo. Il voulait savoir où en étaient les choses. Je l'ai presque envoyé promener.

— Massimo, je te rappelle aussitôt que l'agent d'immeubles m'a fait signe. Ciao ! Ciao !

— Ciao, *bella* !

J'ai attendu une demi-heure et l'appel est enfin arrivé.

— Madame Lamoureux ?

— C'est moi.

J'essayais d'avoir une voix tout à fait calme et détendue alors que j'étais énervée comme une puce.

— Les propriétaires ont pris leur décision. Votre offre est refusée.

J'ai éclaté.

— Refusée ! Comment ça, refusée ? Les propriétaires ne font pas de contre-offre ? D'habitude, on fait une contre-offre.

Il faut dire que j'avais misé très bas, sur les recommandations de mes amis. Chacun y était allé de ses remarques. « Ils veulent vendre. Laisse-les venir, ont-ils insisté. Il y a beaucoup de travaux à faire dans cette baraque, tu peux l'avoir pour pas trop cher. »

Mais je m'attendais à devoir négocier avec les propriétaires. L'agent immobilier m'a fait comprendre, sur un ton légèrement méprisant, qu'ils n'avaient pas de temps à perdre.

— Ils veulent bien vendre leur propriété, madame, pas la donner.

Je trouvais qu'il avait ce ton condescendant de ceux qui nagent aisément dans un océan de supériorité. Sans gilet de sauvetage. On m'avait avertie que les agents d'immeubles de la région se montraient facilement au-dessus de leurs affaires. La région attirait beaucoup de gens. Les propriétés à vendre étaient belles et fort bien entretenues. Elles trouveraient preneur sans difficulté, et à un très haut prix. Dès notre première rencontre, les yeux de l'agent d'immeubles me l'avaient dit clairement : « Si ce n'est pas vous, l'acheteur, il y aura quelqu'un d'autre avec plus d'argent. »

Lui non plus n'avait pas de temps à perdre. Mon offre signifiant une commission moindre pour lui, il avait dû pousser les proprios à la refuser. Il ne m'aidait pas du tout.

J'étais un peu sonnée. Même pas de contre-offre ! J'ai eu envie de tout laisser tomber. Puis, j'ai réalisé que je désirais vraiment cette maison. J'avais maintenant un double problème. Il me serait difficile de cacher dorénavant mon envie pour cette propriété et je devrais revenir à la charge avec une nouvelle offre au montant beaucoup plus élevé. Comme me l'a précisé l'agent : « Un montant qui démontre votre sérieux. »

Je me sentais anéantie. J'ai laissé un message dans la boîte vocale de Massimo, qui devait être retourné au travail. J'ai informé Lulu que mon offre avait été balayée du revers de la main et je me suis précipitée à la campagne chez mes amis François et Albert. Ils ont accueilli leur presque-future-voisine avec un verre de vin et leur bonne humeur habituelle. Albert trouvait la situation très drôle.

— C'est un jeu, coquelicot. Il faut jouer selon les règles, c'est tout. Tu n'en es pas à ton premier achat. Et si ça ne fonctionne pas pour celle-ci, il y en aura une autre.

Mon air dépité montrait bien que c'était celle-là que je voulais. François, qui n'en était pas à l'achat de sa première demeure lui non plus, me rassura.

— Maintenant tu connais les attentes des propriétaires. Ils veulent vendre, mais pas au-dessous d'un certain prix. Et ils semblent prêts à attendre ce prix.

Il m'expliqua que ce serait sur les détails que j'allais pouvoir négocier. Il m'a dressé une liste des choses à ajouter à ma future proposition. Il ne fallait cependant pas oublier de préciser de nouveau que l'offre était conditionnelle à la vente de mon appartement (qui n'était pas encore chose faite) et à l'inspection par un professionnel.

— C'est sur d'autres points que tu vas pouvoir négocier. La date de prise de possession de la maison, par exemple, ou la possibilité que les vendeurs effectuent quelques réparations à la suite de l'inspection. Pense à tout ce qui pourrait faire baisser le prix ou être réalisé à ton avantage.

Pendant une partie de la soirée, j'ai écouté Albert et François raconter des histoires d'horreur qu'ils avaient vécues ou qui étaient arrivées à certaines de leurs connaissances lors de l'achat d'une maison. Il y avait de quoi faire dresser les cheveux sur la tête ou encore donner l'envie de se terrer sur une île déserte dans une cabane en bambou.

— Voici ce qui est arrivé à un gars au labo, a raconté François. Le vendeur a fait croire à mon copain et à un autre acheteur potentiel que ce serait lui, l'élu. Pour s'assurer d'être le futur propriétaire, chacun bonifiait son offre. Le vendeur a fait durer le petit jeu assez longtemps jusqu'à ce qu'un des deux abandonne. C'est le gars qui travaille avec moi qui a laissé tomber.

Albert avait lui aussi des anecdotes tout aussi effrayantes.

— Il y a l'histoire du couple qui était chez le notaire en compagnie du propriétaire, quand celui-ci s'est levé soudain et a décidé qu'il ne vendait plus. Il devait payer pour un papier confirmant les titres de propriété, mais refusait de le faire. La vente ne pouvait avoir lieu sans ce document. Et cette autre histoire où le vendeur, qui refusait de laisser partir sa propriété…

— Les gars, s'il vous plaît, je n'en peux plus…

La soirée s'est terminée sur cette note un peu bizarre et je suis retournée en ville, plus fatiguée que jamais.

Je me suis obligée à attendre quelques semaines avant de revenir à la charge. J'en ai profité pour faire des calculs. L'héritage reçu de Simone entrait dans la colonne des sommes garanties. Par contre, ce que me rapporterait la vente de mon appartement, qui n'avait pas encore trouvé preneur, entrait dans la catégorie des montants plus aléatoires. Ce temps de réflexion m'a confirmée dans mon envie de quitter la ville et de devenir propriétaire de la maison jaune. Étant sur place, Albert pouvait me tenir au courant des développements dans la vente de la propriété. En fait, personne ne s'était présenté pour effectuer une visite ou soumettre une offre d'achat. La maison jaune m'attendait toujours. Mais pour combien de temps ?

19

L'hiver est arrivé pour de bon et le froid s'est installé. J'ai employé ce temps d'hibernation pour entreprendre le tri de mes choses et commencer à faire quelques boîtes. Si je n'achetais pas la maison jaune, je devrais me trouver une autre demeure puisque mon appartement était l'hôte de plusieurs visiteurs qui semblaient intéressés à en faire l'achat. D'après mon agente, c'était une question de semaines.

— Attendez que le beau temps arrive. Ça va se faire tout seul.

La bonne nouvelle est arrivée au début de mars. Un couple d'Américains s'est décidé à faire l'acquisition de mon appartement. L'offre était au-delà de mes espérances. Ces gens ont payé le plein prix, ajoutant même une somme de cinq mille dollars comme réservation, pour être sûrs de ne pas perdre la propriété. Comme le disait mon agente, les Américains sont des habitués de ce type de transaction. Et pour eux, nos évaluations en monnaie canadienne, c'est de la petite bière.

Forte de cette promesse d'achat en bonne et due forme, je suis revenue à la charge avec une offre substantielle sur la maison jaune, qui a eu l'heur de plaire aux propriétaires et à l'agent. Il y a eu bien sûr une contre-proposition, que j'ai acceptée, en y ajoutant quelques demandes personnelles, que les vendeurs ont approuvées, mais en y annexant un petit quelque chose en leur faveur, également. Albert avait bien raison, c'est un jeu où le plus fort l'emporte.

Je ne voyais pas le jour où cette transaction se conclurait, mais il est finalement arrivé, à mon grand soulagement. La vente de mon appartement fut signée, ma demande de prêt à la banque, acceptée, et l'inspection, approuvée. Les propriétaires étaient satisfaits, et moi aussi, tout compte fait, même si encore aujourd'hui je suis convaincue d'avoir payé trop cher. Finalement, la madame était bien contente ! Le plus heureux dans tout cela, je crois que c'était l'agent, qui a fait un beau profit. Il ne nous restait plus qu'à passer chez le notaire. Et c'est là que ça s'est gâté.

J'avais choisi quelqu'un du village. Tant qu'à habiter à la campagne, aussi bien faire les choses en future propriétaire de la place. Et ce notaire était une notaire. C'était la seule personne libre dans le bureau où je m'étais adressée et, de plus, on me l'avait chaudement recommandée. Nous étions tous assis devant elle. Les deux vendeurs et leur agent immobilier. Le mari et la femme, que j'avais rencontrés à maintes reprises, s'étaient bien vêtus comme pour un jour important. Quant à moi, je m'étais fait accompagner par mon agente immobilière de Montréal, qui veillait sur ma future acquisition à titre de conseillère et amie.

Je devinais que la propriétaire avait le cœur gros même si elle essayait de le cacher. La maison était à son nom, mais lorsqu'on cherchait à obtenir des renseignements sur la propriété, mal à l'aise, elle dirigeait aussitôt les questions vers son mari. Celui-ci se faisait un vif plaisir de répondre en grand connaisseur. Nous avons tous assisté à la lecture du long document. Chaque fois que la notaire mentionnait les sommes que j'aurais à payer, j'avais de grosses crampes dans le ventre et les mains moites, tandis que le propriétaire, lui, semblait satisfait. Lorsqu'elle faisait état des montants correspondant à la part du vendeur, le propriétaire devenait nerveux et semblait ne plus s'y retrouver. Il lui disait même qu'elle embrouillait tout. Patiente, la notaire reprenait ses explications pour lui permettre de comprendre.

Puis la panique s'est emparée du propriétaire lorsqu'elle lui a dit que le document du cadastre qu'elle avait en main n'était pas à jour. Il s'est emporté, l'a presque traitée de menteuse et a décidé de retourner chez lui, sur-le-champ, chercher sa copie. Il en profiterait pour appeler son notaire qui lui confirmerait, il en était convaincu, son bon droit. Il s'est levé et a quitté la pièce sans autre commentaire. On s'est tous sentis mal à l'aise.

La notaire a cependant continué la lecture des documents malgré l'absence de l'homme puisque, légalement, c'était sa femme qui était propriétaire de la maison.

Il est revenu une demi-heure plus tard, avec sa copie. La notaire lui a démontré que le document n'était pas conforme aux exigences de la loi et que la vente ne pouvait avoir lieu sans les documents officiels. Il était mortifié. Moi, j'étais au bord de la panique, même si mon agente me faisait de petits signes discrets pour que je ne m'en fasse pas. Décidément, les histoires d'horreur de mes copains me rejoignaient. Tandis que le propriétaire réfléchissait, sa femme attendait en silence, la notaire patientait, l'agent au fond de la pièce s'en foutait et moi je me consumais sur place. Après ce qui m'a semblé une éternité, il a finalement, et à son corps défendant, accepté de payer pour la mise à jour des documents. La somme n'était pas énorme, mais il devait avoir l'intime conviction que, vendant sa maison, l'argent devait entrer dans sa poche, pas en sortir.

Ensuite, on a apposé nos signatures. La passation des documents se faisait devant la notaire, d'une femme à une autre femme, même si la propriétaire n'avait été pour ainsi dire que signataire. Ça m'a fait réaliser à quel point les choses avaient évolué. Il n'y a pas si longtemps, on n'aurait pas vu ça, une telle transaction s'effectuer entre trois femmes.

On s'est congratulés, on s'est serré la main et on a quitté le bureau de la notaire. J'ai soupiré d'aise et je suis allée fêter avec mon agente immobilière et Albert et François. J'ai téléphoné à mon fils et à Lulu pour leur dire que j'étais officiellement l'heureuse propriétaire de la maison jaune. Le téléphone arabe ferait le reste. Mes camarades étaient ravis que je sois leur nouvelle voisine et fiers que j'aie mené à bien cette aventure. J'étais contente aussi, mais je me sentais épuisée comme après un parcours périlleux et semé d'embûches. Ce que je ne savais pas, c'est que ce n'était que le début.

J'ai quitté le village qui serait bientôt le mien et une maison qui était à moi, mais pas encore tout à fait puisque les propriétaires l'habiteraient jusqu'au début de juillet. Je suis retournée en ville, dans cette ville où je ne résiderais plus dans quelques mois. Je suis entrée dans l'appartement qui ne m'appartenait déjà plus. Je me sentais un peu perdue. Pelotonnée dans mon lit, les genoux remontés au menton, je songeais que je venais d'apposer au bas d'un parchemin la signature d'Olivia Lamoureux qui l'engageait, elle et elle seule, à payer l'hypothèque de la maison jaune avec son magnifique jardin, sa piscine et ses dépendances. Avais-je fait une folie ? Sûrement. Avais-je payé trop cher ce petit domaine que je mettrais des années à rembourser ? Sûrement. Est-ce que j'étais complètement inconsciente de m'engager toute seule dans une pareille aventure ? La réponse était toujours la même : sûrement !

D'un autre côté, j'étais plutôt fière d'avoir réussi à surmonter les nombreux obstacles pour devenir l'acquéreur de cette maison. Mais en même temps, je ne pouvais nier que j'avais peur comme jamais dans ma vie.

20

Dans les semaines qui ont suivi, les boîtes ont commencé à s'empiler dans mon appartement. Lulu venait me donner un coup de main quand son horaire le lui permettait. Je passais tout mon temps libre à feuilleter des revues de décoration pour m'inspirer quant au style, aux couleurs, aux ambiances, aux meubles, aux accessoires que j'aimerais retrouver dans ma future maison. Je découpais des images et les plaçais dans un grand cahier. De cette façon, je pourrais montrer à l'entrepreneur, à Henri, mon ami décorateur, et aux autres copains qui m'aidaient dans les choix à faire pour mon *future home*, ce qui me plairait vraiment dans ma nouvelle maison. Au fil des jours, j'ai dû renoncer à une baignoire trop grande pour l'espace disponible, à une cuisinière trop chère, à une rénovation beaucoup trop ambitieuse pour mes moyens. À mon grand désespoir, beaucoup de ces images sur papier glacé prenaient rapidement le chemin du bac de récupération, mais, à tour de rôle, Henri et Massimo trouvaient une solution qui s'avérait souvent meilleure que ma première idée.

Munis d'un galon à mesurer et d'un calepin dans lequel j'avais noté la moindre mesure des pièces à garnir, nous arpentions les centres de matériaux de rénovation et les grands magasins. Penchés sur des catalogues d'appareils de salle de bain et de cuisine, nous discutions avec les marchands. Parfois, sans s'en rendre compte, mes copains m'écartaient complètement de la discussion.

— Qu'en penses-tu, Massimo ? Une douche ronde ou une carrée ?

— Et que dis-tu de celle-ci, Henri ? répondait Massimo. Il me semble qu'elle…, enchaînait-il avec son bel accent chantant.

J'essayais d'intervenir.

— Moi, je crois qu'une douche en angle…

Ils se tournaient alors vers le vendeur, demandaient des précisions, s'informaient des prix, des délais de livraison.

Avais-je parlé, moi ? Avais-je énoncé la plus petite opinion sur un sujet qui me concernait pourtant ? Je me tenais à l'écart et j'attendais. Et puis, n'y tenant plus, je rappelais tout le monde à l'ordre.

— Hé ! Ho ! Ça ne me fait rien, les gars, mais peut-être que vous pourriez me consulter, non ? Après tout, c'est pour moi tout ça.

Ils revenaient quelques instants à mes préoccupations, mais, l'enthousiasme aidant, ils me reléguaient presque aussi vite aux oubliettes. Je les regardais aller et je n'en revenais pas. Trois gars qui discutaient robinetterie, lavabo et baignoire. Le vendeur n'était guère mieux que les deux autres. Comme si une fille était totalement ignorante en la matière. Quand je n'en pouvais vraiment plus de ce manège et de leur attitude macho, je m'adressais au marchand et lui disais, avec mon plus beau sourire, qu'il devrait tenir compte de mon opinion, puisque c'était moi qui allais présenter la carte de crédit pour régler. Alors, comme par magie, on s'intéressait à la « petite madame ». Nous sortions du magasin, les bras chargés de catalogues présentant toutes les marques et tous les styles possibles. Henri me conseillait de regarder tout ça à tête reposée et de faire mon choix.

À la sortie des magasins, et surtout quand l'agenda de chacun le permettait, on se précipitait pour manger des sushis jusqu'à plus faim. Ces deux gars avaient l'horaire le plus chargé qui soit. Ils parlaient métier, Henri étant décorateur et Massimo, perruquier et coiffeur pour le cinéma et le théâtre. Je les laissais discourir sur les films en chantier à Montréal, ceux d'ici et ceux, plus rares maintenant, réalisés par des cinéastes des États-Unis. Ces derniers leur plaisaient davantage puisque les gros budgets américains leur laissaient plus de liberté de création.

Massimo et moi adorions le cinéma. On passait de beaux après-midi, épaule contre épaule, dans les salles noires quand il y a peu de monde. Bien calés dans nos fauteuils, on décollait pour un voyage fantastique et bien vite l'émotion nous étreignait.

Massimo et moi, nous étions déjà comme frère et sœur. On s'était d'ailleurs beaucoup rapprochés lorsqu'il avait passé quelques mois à la maison. Son appartement – extraordinairement décoré – avait été la proie des flammes ; le feu avait presque tout détruit. C'est la cuisine et la pièce de rangement, à l'arrière, qui avaient subi le pire. Les travaux de réfection de son appartement incendié devant s'étendre sur une longue période, je l'avais invité à s'installer chez moi, il avait donc séjourné dans la chambre d'amis. Au moment du sinistre, il m'avait appelée à l'aide, il était tellement défait, d'une fragilité extrême, que j'avais eu de la difficulté à reconnaître le Massimo de tous les jours. J'étais allée le chercher et l'avais emmené chez moi. Il était en état de choc. Je l'avais mis au lit en lui donnant un cachet pour lui permettre de se détendre et de dormir. Une fois que j'avais entendu son souffle régulier, j'étais retournée à son appartement. Les pompiers y étaient encore. Tandis qu'ils s'affairaient à boucher le trou béant qu'avait fait le feu dans la toiture, j'avais récupéré, à la course, les articles de toilette, quelques vêtements et les dossiers de Massimo. Quelle désolation ! Quelle chose terrible qu'un incendie ! Malgré ce malheur, il y avait de bonnes nouvelles. Les meubles n'avaient pas été touchés. L'appart allait exiger un grand nettoyage. Dire qu'il venait à peine d'en terminer l'installation. C'est lui qui avait réalisé la patine sur les murs ; on se serait cru en Toscane. Tout serait à recommencer.

Le dimanche matin, lendemain de son arrivée chez moi, je m'étais réveillée avec une étrange sensation. La maison embaumait le café fraîchement moulu. Personne ne prépare le café pour moi ; je dois me lever pour ça. Tout en enfilant ma robe de chambre, l'esprit embrumé par le sommeil, j'ai détecté une odeur de croissants cuisant au four. Il y avait quelque chose de pas normal. Je suis descendue au rez-de-chaussée pour voir ce qui se passait. Rendue sur le palier, je me suis arrêtée pile. Massimo, en kimono, versait le café dans les bols. La table était mise, il ne restait plus qu'à sortir les croissants du four.

En me voyant, il s'est inquiété.

— Y a quelque chose que je n'aurais pas dû toucher ?

— Wow ! Le café sent divinement bon, le déjeuner est servi comme à l'hôtel et il y a un homme dans ma cuisine.

Massimo s'est alors retourné vivement, à la recherche de cet homme dont je parlais.

— Un homme ? Où ça ? Où ça ?

Étant tous les deux attirés par les hommes – heureusement pour nous, pas les mêmes –, nous avons ri de cette blague durant des semaines. Et la vie à deux, tout le temps des réparations qu'on faisait chez lui, s'est avérée formidable. Je cuisinais, il mangeait. Il parlait, je riais. On échangeait des livres, je le calmais dans ses moments de détresse. Je l'appelais affectueusement « mon grand brûlé ». Parfois il me donnait un coup de peigne, moi, un coup de main. On passait des heures à regarder de vieux films. Un de nos grands bonheurs, durant la période de Pâques, était de nous installer devant le téléviseur, en pyjama, pour revoir les vieux films bibliques. Notre plus grand plaisir consistait à détecter les fermetures éclair qui n'auraient pas dû se trouver sur les péplums de l'époque.

Une chose est sûre, Massimo s'y connaît en déco. C'est au cours de cette période où il créchait chez moi qu'il a complètement transformé mon appartement. Il a tenu quatre jours avant d'oser changer les meubles de place dans le salon. Il faut dire qu'il a l'œil.

— *Bellissima*, c'est là que ça va. Un point c'est tout.

Il a également un don particulier pour créer des ambiances. Il m'a fait installer dans chaque pièce des gradateurs pour tamiser la lumière. Ayant constaté l'effet, je ne me suis plus jamais passée, dans mes demeures, de ce gadget fabuleux.

Massimo et moi avons également des tonnes de souvenirs de vacances passées ensemble au bord de la mer ou à Paris. À Venise aussi. Je le devine d'un regard, il sait comment m'attraper avec son sourire dévastateur.

Pour en revenir au magasinage en compagnie de Massimo et Henri, nous étions attablés au restaurant

O Tokyo devant nos délicieux sushis et tout à notre discussion sur la décoration de la maison jaune. En connaisseur, Henri m'a établi un calendrier pour les travaux.

— Si ça prend plus de six semaines pour la livraison des appareils de la cuisine et ceux de la salle de bain, il faut planifier la réparation des lieux et l'installation avec l'entrepreneur. Au fait, as-tu quelqu'un en vue ?

— Albert me propose un jeune qui a beaucoup de talent, qui commence et qui ne demande pas trop cher.

Massimo s'est informé s'il n'était que mignon ou s'il était également compétent.

— Je me méfie des goûts d'Albert. Tu vas voir, il va tout le temps être fourré chez toi pour regarder le mignon entrepreneur travailler torse nu.

Je n'ai pas relevé son commentaire.

— J'ai vu ce qu'il a fait chez François et Albert, et c'est bien. Il est de la région, ça facilite les choses.

Au dire d'Henri, ce n'est que le temps et les résultats qui pourront nous permettre de juger. Encourageant ! N'ayant jamais fait rénover une maison de la cave au grenier, je me fiais aux compétences de mes amis. J'avais tout de même envie d'éclaircir un point.

— Au fait, les gars, pourquoi vous ne m'avez pas laissée parler avec le vendeur, tout à l'heure ?

Ils se sont regardés tous les deux comme si je venais de dire une incongruité monumentale. Puis ils ont décidé de mettre cartes sur table. Henri a décrété que je regardais cet homme avec des yeux trop brillants, inutilement.

— Comment ça, inutilement ? ai-je rétorqué. Tout ce que je voulais, c'était attirer son attention.

— Nous y voilà ! a lancé Massimo.

— Vous charriez, les gars. Je voulais attirer son attention en tant que professionnel.

Massimo m'a alors servi l'argument suivant :

— De toute façon, *bella*, ce n'est pas un homme pour toi.

— Et pourquoi ? ai-je demandé en riant. Parce qu'il est plus jeune que moi ? Pourquoi je ne pourrais pas plaire à un jeune ?

Mes copains ont répliqué en chœur :

— Ce n'est pas un homme pour toi...

— ... parce que c'est un homme pour nous.

— Ma pauvre chérie, pas celui-là ! Pas parce qu'il est jeune et beau garçon, mais parce qu'il est dans notre équipe, m'a expliqué Henri.

— Un autre !

— Eh oui ! C'est comme ça. Les plus mignons sont pour nous, a conclu Massimo.

Et voilà, nous revenions une fois de plus à notre discussion sur l'éventail restreint des hommes hétéros et disponibles pour une femme de mon âge. Et je n'étais pas la seule dans cette situation. Le tableau n'était guère reluisant. Ou bien ils sont célibataires par choix et tout ce qui est jeune, frais et naïf les intéresse – donc je ne suis plus dans la course –, ou bien leur femme les a laissés tomber et forcés, par le fait même, à revenir sur le marché des célibataires. Ils sont alors perdus, frustrés, ou veulent qu'on les prenne en charge parce qu'ils sont habitués à être logés, nourris, blanchis. Les hommes les plus intéressants sont souvent mariés et heureux – tant mieux pour eux –, ou alors, tout en prétendant être mariés et heureux, ils veulent quand même un petit supplément d'affection régulier, en toute discrétion, si possible. Tous les autres sont gais. Et je n'ai pas du tout l'âme d'une missionnaire pour les faire changer de camp. Pas simple tout ça.

J'avais vécu assez bien, en célibataire, ces dernières années. Parfois cependant, la vie à deux me manquait cruellement. Et pas seulement parce que j'avais des décisions à prendre ou un besoin urgent d'installer une tablette. Mais dans les circonstances actuelles, j'avais d'autres chats à fouetter et ma réflexion sur ce dossier chaud allait devoir être renvoyée aux calendes grecques. Une fois de plus.

21

J'ai eu la possibilité de revoir la maison à quelques reprises avant d'en posséder les clés. Lorsque le propriétaire – ou plutôt l'ancien propriétaire – me voyait arriver avec mon mètre à ruban, il ne comprenait pas pourquoi j'avais besoin de toutes ces dimensions que je prenais.

— Cette maison-là aura jamais été autant mesurée. Dans tous ses recoins. À quoi ça va vous servir, toutes ces mesures-là ?

Sa femme prenait ma défense.

— Ça ne nous regarde plus, voyons ! C'est sa maison, maintenant.

Je n'arrivais pas à croire que cette demeure était la mienne et que j'allais en prendre possession dans quelques semaines. Je regardais ces deux belles personnes qui en avaient pris soin plus d'une vingtaine d'années. À chacune de mes visites, la dame m'emmenait dans le jardin pour admirer ses fleurs et m'apprendre à les reconnaître. Elle était magnifique, cette femme d'un autre âge, élégante et coquette. Elle s'excusait chaque fois de ne pas être à son avantage. Elle passait sa journée les mains dans la terre.

—Je suis habillée n'importe comment, disait-elle.

Mais, dans le fond, je sentais qu'elle était parfaitement heureuse. Le jardin, c'était son domaine. Avant son départ, elle a pris le temps d'inscrire sur des bâtonnets de plastique le nom de chaque plante, de chaque fleur. Je n'allais pas la décevoir. Il ne me resterait plus qu'à entretenir ce qu'elle avait déjà semé, planté avec amour. De l'eau bien sûr, un peu d'engrais, un désherbage régulier et beaucoup d'amour. Un jour, nous sommes restées longtemps à admirer les rosiers en boutons. Elle me les a nommés comme si elle prononçait le prénom d'une amie.

Le propriétaire, pour sa part, s'activait du matin au soir, réparant, remplaçant, bricolant tout ce qui exigeait de l'entretien. J'allais me rendre compte, plus tard, que tous ces soins personnels étaient plutôt de l'ordre du rafistolage amateur. Ça tenait, mais souvent de peur.

Mais on n'en était pas encore là. Ce qui préoccupait surtout l'homme, c'était de savoir qui s'occuperait du terrain.

—C'est un travail énorme, vous allez voir. Nous autres, on commence à six heures du matin et on en a jusqu'au coucher du soleil.

—Je vais me faire aider.

Il a paru tout à coup très déçu de ma réponse.

—Ah! Par du monde engagé!

À chacune de mes visites, il me demandait quand est-ce que mon fils allait venir. Je ne comprenais pas pourquoi il insistait tant pour parler à mon fils. Je lui avais pourtant expliqué que Pilou vivait en ville, qu'il avait une blonde, un travail à Montréal. Je tentais alors de le rassurer sur mon sort et celui de la maison.

— Il va venir me donner un coup de main de temps en temps.

— J'aurais besoin de le voir pour lui expliquer le fonctionnement de la fournaise et de la pompe de la piscine, a-t-il précisé un jour.

Je n'arrivais pas à le croire. J'avais beau lui répéter que c'était moi la propriétaire, que je m'étais déjà occupée de l'entretien d'appartements et d'une maison sans trop mal m'acquitter de cette tâche, rien à faire, il n'en démordait pas.

Pour clore ce dossier qui commençait à me fatiguer, j'ai donc demandé à François, en sa qualité d'homme, de rendre visite à l'ancien propriétaire, histoire de suivre un cours de chauffage à ma place. Ensuite, je n'en ai plus entendu parler. L'ancien propriétaire était totalement rassuré, on avait mis un homme là-dessus.

Je me souviens aussi que, lors d'une de mes visites avec Henri, le propriétaire expliquait les complexités inhérentes à la demeure. Je me tenais juste à côté d'Henri, mais l'homme ne s'adressait pas à moi. C'était un sujet pour hommes. Mon ami Henri, très sensible à ce genre de comportement, se rapprochait de moi pour m'inclure dans la conversation, puisque le propriétaire ne semblait pas vouloir le faire. Mais même si Henri se tenait derrière moi, l'homme continuait à ne s'adresser qu'à lui. Comme je suis plus petite qu'Henri, ce dernier s'est même penché sur ma tête pour m'inclure dans l'échange en cours. Le propriétaire ne semblait même pas me voir. En fin de compte, le plus subtilement possible, Henri a collé sa joue contre la mienne. Ça nous faisait une tête à quatre yeux. À ce moment seulement, j'ai fait partie du débat.

22

Les anciens propriétaires devaient déménager le 4 juillet, mais ils m'ont demandé si on pouvait remettre ça au 6, puis au 7 du même mois. Je me sentais mal à l'aise de pousser deux personnes âgées à partir. D'après la femme du propriétaire, ils ne croyaient pas avoir tant de choses à déménager.

— Voulez-vous un bon conseil ? m'a dit le monsieur. Essayez de ne pas tout garder « au cas où ». C'est fou ce qu'on accumule. Imaginez, nous, ça fait vingt et un ans qu'on est ici.

Après consultation auprès de l'entrepreneur, il s'est avéré que ça ne posait pas trop de problèmes puisqu'il terminait un chantier avec ses gars. Mais le lundi 8 au matin, ils devaient entrer dans la maison pour jeter à terre les cloisons qui devaient disparaître, selon mes plans. « Sinon on va être en retard, a précisé l'entrepreneur. Dans pas longtemps, ça va être les vacances de la construction et on pourra plus avoir les ouvriers spécialisés. »

Pour ma part, je m'étais entendue avec mes acheteurs, en ville, pour rester dans l'appartement jusqu'en septembre, à titre de locataire.

— Allons pour le 7. Mais pas plus tard.

Les propriétaires m'avaient dit qu'à midi ils seraient partis. Cette fameuse journée, je suis venue à la propriété. J'ai vu le gros camion de déménagement quitter les lieux par le petit chemin. Mais il restait encore beaucoup de choses à embarquer. Les enfants du couple avaient loué une petite camionnette et utilisaient aussi leurs voitures pour emporter des boîtes. Pour ne pas leur mettre de pression, je suis allée me promener dans le village. J'ai pris un café dans un petit restaurant. J'ai savouré le temps qui passait. Je n'arrivais pas à croire que dans quelques moments j'allais entrer dans cette maison vide, dans ma maison. Je suis revenue, discrètement, un peu plus tard. Il restait toujours une voiture dans le stationnement. Il était plus de cinq heures. Le propriétaire est venu m'informer qu'il attendait la dépanneuse. Sa voiture refusait de partir. Le propriétaire aussi, je crois.

Je me suis assise sur un banc, à l'écart pour ne pas ajouter à son énervement. Moi qui croyais que c'était sa femme qui avait de la difficulté à quitter sa magnifique maison. Je pense que ce monsieur cachait bien son attachement. Sa voiture qui refusait de démarrer me semblait un signe flagrant qu'il serait bien resté encore, même s'il avait pris la décision de vendre. Même s'il s'estimait trop vieux pour voir à l'entretien de cette maison, je devinais qu'il avait retrouvé toute son énergie et éprouvait peut-être l'envie de déchirer les papiers de la vente. Je songeais à quel point l'affection que l'on a pour une demeure pouvait être forte. Il devait certainement être très difficile, le moment venu, de laisser derrière soi ce qu'on aime le plus au monde. C'est alors que l'expression « casser maison » prenait tout son sens.

L'entrepreneur m'avait demandé d'entreposer à la cave tout ce que je voulais conserver et d'enlever tous les accessoires inutiles, rideaux, stores, etc. À la première heure, le lendemain, ils commenceraient à arracher les tapis – je voulais des planchers en bois – et à abattre des cloisons. Assise sur le grand banc, inclus parmi ce qui devait rester sur place, ça me faisait tout drôle de savoir que la maison attendait d'être complètement vidée de la présence des anciens propriétaires pour m'accueillir.

Quand le monsieur a finalement quitté les lieux, je suis entrée. Il me semblait que c'était la première fois que je me retrouvais seule à l'intérieur. J'aimais la sensation de me promener dans ce lieu vide. J'aimais entendre l'écho qui me renvoyait le bruit de mes pas dans l'espace désert.

La poussière voletait dans les rayons de soleil, bien que l'ancienne propriétaire eût pris le temps de faire le grand ménage. Je lui avais pourtant affirmé que le nettoyage de la maison était inutile, mais elle voulait laisser la propriété bien propre. Je n'avais pas osé lui dire que dès le lendemain de leur départ les démolisseurs arriveraient avec leurs gros marteaux.

Je n'avais que les stores de métal à enlever. La propriétaire avait insisté pour me les donner. Ne voulant pas la froisser, je les avais acceptés, même si je savais que je n'en avais pas besoin. François m'avait offert de venir m'aider.

— J'aimerais me promener toute seule dans la maison.

Il a compris et m'a suggéré de l'appeler avec mon cellulaire quand je serais prête.

— Ça ne te mettra pas trop en retard ?

— Non, non.

En faisant le tour du rez-de-chaussée, j'ai constaté qu'il y aurait beaucoup de papier peint à arracher. Pourvu que les murs ne viennent pas en même temps que la tapisserie, comme ça m'est déjà arrivé dans une maison de la rue Laval. La lumière de cette fin de journée était fabuleuse. Elle éclaboussait partout. De ce côté-là, j'avais fait le bon choix. La morosité n'entrerait pas ici à moins de prévisions météorologiques désastreuses sur une longue période.

J'ai essayé d'imaginer la nouvelle cuisine à l'aide des plans que j'avais élaborés avec Henri. Il y aurait beaucoup de travail à faire. Mais j'avais la joie de constater que la pièce paraissait beaucoup plus grande, une fois les meubles et appareils enlevés. Là aussi la lumière s'en donnait à cœur joie.

Je suis montée à l'étage. De belles pièces vides, lumineuses. Une affreuse salle de bain, un placard inutile, mais, somme toute, beaucoup de possibilités. J'ai savouré le silence. Puis j'ai cru percevoir des sons. En fait, c'était de la musique. Ça ne venait pas de l'intérieur, il ne restait rien sur les lieux. Ça venait donc du dehors. J'ai invoqué le Créateur : mon Dieu ! pourvu que les voisins ne soient pas bruyants et de grands adeptes de *partys*. S'il vous plaît ! Ma prière ne semblait pas avoir été entendue. Il y avait bel et bien de la musique à l'extérieur. J'ai ouvert les portes donnant sur le grand balcon attenant à la chambre principale. Et c'est là que j'ai été accueillie avec tambours et trompettes. Des cuivres, des cors et des instruments à percussion battaient la mesure dans une valse entraînante. J'y ai vu un signe de bon augure. La fanfare du village, qui jouait le dimanche dans le kiosque du parc, me souhaitait la bienvenue dans la maison jaune ! Cet élan de vanité m'a fait rire aux éclats, ce qui a fait fuir quelques oiseaux qui assistaient eux aussi au concert, perchés sur les branches des arbres.

C'est à ce moment que j'ai pris mon cellulaire dans ma poche pour appeler François.

— Tu peux venir, je suis prête.

— C'est quoi le bruit que j'entends ?

— C'est une fanfare qui célèbre mon arrivée dans le village

Il ne m'a pas crue.

23

Deux jours plus tard, je suis revenue à la maison. Je ne m'habituais pas encore à la considérer comme mienne. La veille, travail oblige, j'avais dû rester à Montréal pour une rencontre importante avec un auteur qui remettait en cause la plupart de mes suggestions dans la correction de son manuscrit. Bon nombre de nouveaux auteurs – presque la majorité d'entre eux, selon mon expérience – se rebiffent contre la moindre virgule déplacée, la moindre recommandation au sujet d'une syntaxe boiteuse ou un resserrement justifié dans un chapitre interminable. Ils sont convaincus que les correcteurs veulent détruire leur œuvre et uniformiser le style. J'ai dû user de beaucoup de doigté et de patience pour faire comprendre à mon jeune génie que, s'il voulait obtenir, un jour, le Nobel de littérature, il avait intérêt à réviser les complexités de la langue française, et que je n'étais pas là pour tuer sa verve créatrice, mais bien pour l'aider à se faire comprendre.

À l'extérieur de la maison, rien n'avait changé, à part la présence dans le stationnement de deux camionnettes arborant le nom de l'entrepreneur. C'est à l'intérieur que ça se passait. Lorsque je me suis engagée dans le couloir menant à la cuisine, j'ai été accueillie par un nuage de poussière qui flottait dans l'air. Je n'ai remarqué aucun changement, mais j'ai entendu des éclats de voix au deuxième étage.

— Attention ! Ça va faire mal !

Cet avertissement fut aussitôt suivi d'un éclat de rire aux sonorités masculines et d'un fracas épouvantable. Je me suis précipitée à l'étage. On était en train de démolir ma maison ! J'ai dû m'arrêter au haut de l'escalier, je suffoquais. Après une bonne quinte de toux, j'ai pu ouvrir la porte de la chambre principale. Il ne restait pas grand-chose. La salle de bain et ses accessoires, bain, lavabo et toilette, avaient entièrement disparu. Les carreaux des murs et du plancher, en miettes, jonchaient le sol, et un ouvrier les ramassait à l'aide d'une pelle. Il s'adressa à moi :

— Madame Lamoureux, vous ne vouliez pas les garder, j'espère.

Le temps que je lui fasse un signe négatif, il jetait déjà la pelletée par la fenêtre. J'aurais voulu l'arrêter dans son geste, mais c'était trop tard.

— Les plantes ! Les buissons en dessous !

En m'approchant de la fenêtre, j'ai découvert que les ouvriers avaient installé un conteneur, en faisant attention à la végétation, pour y jeter les déchets. Quand je me suis retournée, j'ai cru déceler un sourire moqueur sur le visage des ouvriers. Le jeune entrepreneur s'est avancé vers moi.

— *We take care*, madame Lamoreux. Avec le construction, *shit happens*.

Avec le peu d'anglais que je possède, j'en ai conclu qu'il essayait de me dire qu'on ne fait pas d'omelette sans casser des œufs. J'ai senti que nos conversations allaient se résumer à l'essentiel. Je lui ai demandé de m'appeler par mon prénom au lieu de massacrer mon nom de famille, que j'aime beaucoup.

— Bien, Olive.

— ... Via. Olivia, ai-je précisé.

Il m'a montré le travail déjà exécuté : la garde-robe avait disparu, la salle de bain avait été mise à nu et la porte, enlevée. On pouvait déjà entrevoir les possibilités qui s'offraient pour faire une grande pièce d'eau. Sur ces entrefaites, un des ouvriers est venu me demander si je voulais conserver les plinthes électriques. On les a observées de près. Elles étaient très vieilles et très sales.

— On va les changer.

— C'est comme si c'était fait.

J'ai regardé les gars s'affairer. Ils ont enlevé les plinthes en un rien de temps.

— C'est quoi ça ? ai-je demandé.

Il y avait un grand cercle noir, sur le mur, autour du trou par lequel passaient les fils. Au même instant, le plus vieux des ouvriers retira sa main du mur avec un cri de douleur.

— Câlice ! Qu'essé ça ?

L'homme se secouait la main, ayant visiblement reçu un choc électrique.

— Faut ouvrir, décréta l'entrepreneur.

Il joignit le geste à la parole et, avec un ciseau et un marteau, entreprit de percer le mur le long des fils électriques. Quand les fils furent mis au jour, nous nous sommes tous penchés pour comprendre ce qui se passait. Un des hommes décida d'aller couper le courant dans le sous-sol pour pouvoir tirer sur les fils sans danger.

— C'est pas vrai !

Devant ce ton mélodramatique, je m'inquiétai.

— Quoi ?

— Incroyable !

— Mais quoi ?

L'entrepreneur me montra les fils. Le ruban qui les recouvrait était tout séché et c'est maintenus par des clous qu'ils couraient le long des deux par quatre. Et il n'y avait même pas de marrettes là où des fils avaient été reliés. L'entrepreneur s'est frotté la tête.

— Tout le reste doit être pareil. Défoncez.

J'ai assisté alors à une scène unique en son genre, et qui se répéterait trop souvent à mon goût tout au long des rénovations. Ces grands gars-là, transformés tout à coup en des petits de maternelle, éprouvaient un malin plaisir à démolir avec leurs outils ce qui était en place. Après avoir extirpé les fils courant dans d'autres murs, ils ont constaté la même anomalie partout. L'entrepreneur en a conclu qu'il fallait démolir tous les murs. Devant mon expression atterrée, il m'a expliqué, dans son français assaisonné d'expressions anglaises, que j'étais chanceuse que cette maison n'ait pas déjà passé au feu. Les deux autres ouvriers ont approuvé eux aussi : c'était la seule solution. Ils se sont faits rassurants.

— C't'un nique à feu. C'est ben trop dangereux. Faut refaire entièrement l'électricité, madame. On va en profiter pour remplacer l'isolant, qui vaut pas grand-chose.

Le plus jeune, qui était allé vérifier l'état des fils dans les deux chambres de l'étage, est revenu en disant avoir fait la même constatation.

— C'est pareil partout.

J'ai laissé échapper un long soupir. Je ne sais plus lequel du trio m'a lancé que c'était ça, la rénovation : on sait comment ça commence, on ne sait jamais jusqu'où ça ira. Rassurants, les gars !

— Ça va coûter un peu plus cher, mais vous allez être plus tranquille avec l'électricité refaite et une meilleure isolation. Ça paraît sur les factures de chauffage, vous allez voir. Ça doit coûter une beurrée, chauffer cette baraque-là.

— Dire que ce que je voulais faire comme rénovation dans cette pièce, c'était juste enlever le papier peint sur les murs.

Dans un rire amusé, l'entrepreneur m'a répondu, du tac au tac :

— J'ai un bon truc pour ça. *Look*, ça s'enlève ben vite.

Un autre a ajouté en riant qu'ils avaient les instruments pour ça et il a brandi sa grosse masse.

Les ouvriers n'ont pas attendu la fin de la phrase pour s'en donner à cœur joie sur les murs qui se sont effrités, le temps de le dire. J'ai dû quitter la pièce, suffoquée par la poussière.

Albert est arrivé quelques minutes plus tard. J'étais dehors, où j'étais venue prendre de bonnes bouffées d'air. Pas facile, la rénovation, pour quelqu'un qui est allergique à la poussière de plâtre, aux produits nettoyants puissants et à la colle. J'entendais la calculatrice, installée dans mon cerveau, qui se faisait aller. Les chiffres s'additionnaient à une vitesse folle. En plus de débourser des sommes supplémentaires pour le système électrique, l'isolation et la reconstruction des murs, j'allais devoir acheter des pompes pour lutter contre l'asthme. J'ai décrit à mon ami Albert, avec force détails, la situation telle qu'elle se présentait à l'étage.

— Hum… Bienvenue dans le merveilleux monde de la rénovation !

On s'est assis sur les chaises de parterre, qui avaient été livrées la veille. Albert s'en était occupé. Il avait placé la table de teck sur la terrasse et les chaises tout autour. Ça faisait très convivial. Cet espace à l'extérieur allait nous servir tout au long des rénovations pour échapper à l'atmosphère de fin du monde qui régnait à l'intérieur.

— Voyons, coquelicot, ce n'est pas dramatique. Et tu ne voudrais quand même pas courir le risque que le feu prenne dans les murs. C'est toujours plein de surprises, les vieilles maisons. Prépare-toi, ça ne fait que commencer.

— J'aime ton enthousiasme.

— Allez, viens manger. Ça va te faire du bien pour ce que tu as.

On a opté pour un petit café, à deux pas de chez moi. Une soupe chaude, un sandwich, ça vous remet les esprits en place. Le propriétaire du café était assez bavard.

— Comme ça c'est vous qui avez acheté la grosse maison jaune !

J'ai jeté un coup d'œil à Albert qui ne semblait pas du tout surpris de cette familiarité. Il m'a chuchoté, discrètement à l'oreille, que c'était ça, vivre dans un petit village. L'homme a continué sur sa lancée.

— Vous pis votre mari, vous n'êtes pas au bout de vos peines.

Albert m'a regardée avec un sourire comique et a continué à marmonner dans mon oreille.

— J'ai des petites nouvelles pour lui. Il risque d'avoir une méchante surprise !

Au-dessus de ma soupe qui fumait sous mon menton, j'ai demandé au serveur propriétaire ce qu'il voulait dire au juste.

— Elle est pas neuve, c'te maison-là.

Comment lui expliquer que c'était justement ça, l'idée ? Je n'avais pas du tout envie d'une maison neuve. Je lui ai servi mon plus beau sourire en guise de réponse. Et Albert, pour faire l'intéressant, a ajouté son grain de sel en me prenant à partie.

— Ça ne nous fait pas peur, les gros travaux, hein, ma chérie !

J'ai joué le jeu.

— Non, mon cœur, ça ne nous fait pas peur.

Mais je lui ai quand même asséné un grand coup de coude dans les côtes tandis que l'homme s'éloignait de notre table.

Après avoir bien ri de la situation, on a mis au point la suite des opérations. Comme je ne pouvais pas toujours être présente sur les lieux, Albert avait gentiment offert de m'aider. Enseignant au cégep, il avait de longues semaines de vacances d'été et voulait bien agir à titre de chef de chantier.

— Que dirais-tu de « contrôleur de la qualité et du budget alloué » ? ai-je demandé.

— Je pourrais jouer le rôle du mari ? a suggéré Albert en riant.

J'avais donc un ami, mari d'emprunt, qui veillerait au grain. Les choses rouleraient rondement avec lui. J'avais pleinement confiance qu'avec lui sur le chantier, lorsque je ne pourrais pas être présente, les travaux seraient effectués dans le temps prévu et en respectant le budget.

— Ça va quand même t'en prendre un ! a dit Albert.

— Un quoi ? ai-je demandé.

— Un vrai !

— Ah ! Tu m'énerves ! Un vrai quoi ?

— Un vrai mari !

Dans le café, tous les gens se sont tournés pour nous regarder rire aux éclats.

24

Lulu est entrée dans mon appartement en trombe. Elle avait toutes les allures d'une bombe à retardement. Je n'ai pas eu droit à un bonjour, encore moins aux becs sur les joues habituels. Elle s'est rendue directement dans le salon. Elle était rouge de colère. Je voyais bien que quelque chose n'allait pas. Et je la connaissais suffisamment pour savoir qu'il fallait attendre qu'elle se calme. Et puis c'est sorti.

— Je vais le tuer !

Je savais que la personne qu'elle désirait trucider était nul autre que son chum. Je l'avais souvent entendue s'exprimer en ces termes lorsqu'ils étaient en crise. Mais ça m'a également rappelé une situation que j'ai eu maintes fois l'occasion de vivre avec mon fils.

— Moi aussi je disais ça, au sujet de Vincent, à l'adolescence.

— Tu ne crois pas si bien dire. Un vrai adolescent !

Presque à chaque été depuis que je la connaissais, Lulu voulait étriper son chum ou le laisser carrément.

— C'est quoi, cette fois-ci ? ai-je demandé le plus doucement possible.

— Comme d'habitude.

Elle faisait les cent pas dans la pièce et n'arrivait pas à se percher. Je lui ai offert un grand verre de jus, qu'elle a calé d'un trait. Après être allée déposer le verre vide dans la cuisine, elle semblait aller mieux.

— T'as pas des boîtes à faire, toi ?

— Oui, ai-je répondu. Mais je pensais...

Elle s'est dirigée d'un pas décidé vers la salle à manger, où je rangeais les ciseaux, la ficelle et où étaient empilés des cartons, et a entrepris de former des boîtes. J'ai regardé ma grande amie qui cherchait un exutoire à sa colère et je l'ai laissée se défouler sur les cartons.

J'avais déjà commencé à remplir quelques boîtes qui s'empilaient contre le mur. On était en juillet et septembre s'en venait à grands pas. Je ne devais pas trop tarder à préparer mon départ si je voulais être prête lorsque le camion de déménagement serait à ma porte.

J'ai donc aidé Lulu dans sa tâche. On a travaillé en silence. Et quand il nous a été impossible de nous mouvoir dans la pièce – Lulu avait déjà formé une vingtaine de boîtes –, je l'ai regardée en souriant.

— Je pense qu'on en a pas mal pour commencer.

Elle s'est arrêtée d'un coup. Puis s'est assise. Elle était plus calme.

— C'est quoi, cette fois-ci ? ai-je de nouveau demandé à Lulu.

— C'est tout le temps la même chose. Monsieur s'amuse pendant que je me tape tout le travail. Juste hier, j'ai fait trois lessives, j'ai fini de planter les fleurs dans la plate-bande, j'ai tondu la pelouse, ce qui m'a pris deux bonnes heures, et j'ai commencé à teindre le patio.

— Pas mal ! ai-je commenté.

C'était un monologue que je connaissais presque par cœur. Il y avait peu de variantes. L'été venu, le chum de Lulu s'amusait. Il travaillait très fort toute l'année – elle aussi, il faut dire –, mais les vacances arrivées, il se la coulait douce. Pourtant, quiconque possède une propriété sait pertinemment qu'en été il y a beaucoup à faire : aménager, repeindre, installer les accessoires pour le jardin, la terrasse et la piscine, en plus du quotidien… Pendant que Lulu s'échinait à terminer le travail saisonnier, Armand allait à la pêche avec ses copains, faisait des balades, prenait du bon temps, quoi.

— Sais-tu quelle est la différence entre les jouets d'un adulte et ceux d'un enfant ?

Comme elle m'a posé cette question en mordant dans chaque mot, je savais que la réponse avait de l'importance aux yeux de mon amie. Ne sachant trop quoi lui dire, j'ai préféré battre en retraite et j'ai donné ma langue au chat.

— C'est le prix, ma belle. Le prix !

Elle a entrepris de me mettre au parfum de la dernière lubie de l'homme de sa vie. C'est un bricoleur-né. Tout ce qui est mécanique le fascine. Il y passe tous ses moments libres. Sa dernière trouvaille était un petit avion et un hélicoptère téléguidés. Après les avoir fait venir d'Europe, il les avait montés avec minutie.

— Il a passé toutes ses soirées du printemps à travailler dessus, et maintenant que le beau temps est arrivé et que j'ai besoin de lui, il s'amuse avec ses copains à les faire voler. Ils ont même fondé un club. Mon chum se prend pour un pilote de brousse. Il a cinquante ans, bordel !

— Lulu, il a toujours été comme ça. C'est pas nouveau.

— Oui, mais là, ça va faire. Je ne suis plus capable.

Je n'ai pas osé lui dire que chaque été elle disait la même chose, presque mot pour mot ; qu'elle pleurait, rageait, menaçait de le quitter, et que finalement ça passait.

Elle m'a regardée, puis, comme si elle devinait ma pensée, a dit :

— Je ne le changerai pas, je sais. Mais maudit qu'il m'enrage !

— Tu n'as pas envie de faire comme lui ?

— Qu'est-ce que tu veux dire ?

— Bien... T'amuser toi aussi. Aller te promener... Je sais pas, moi...

— Et qui va tondre le gazon ? Qui va entretenir le potager, la piscine ?

J'ai tenté de lui expliquer que ce n'était pas uniquement sa responsabilité, mais celle de son chum également.

— Lorsqu'il trouvera le gazon trop long, il finira bien par le tondre. Si l'eau de la piscine est trop sale, il va peut-être s'en occuper.

— Ouin. C'est pas bête. Le problème c'est que c'est moi qui ne tiendrai pas longtemps.

— Une chance que vous n'avez pas d'enfants.

— Tu te trompes. J'en ai un grand, a dit Lulu, puis elle a ajouté, en souriant : un grand insignifiant qui se prend pour Howard Hughes et qui s'amuse avec sa flotte d'avions !

— L'amour de sa vie, ... c'était pas Katharine Hepburn ? Ça t'irait bien comme rôle, je trouve.

Elle a ri de ma suggestion. Puis on a repris le travail. J'avais vidé les tiroirs où s'entassaient mes vêtements d'hiver. Je triais les collants de laine et les tricots de corps et lui passais ceux que je voulais garder pour qu'elle les mette dans une boîte. On faisait la chaîne tout en parlant.

— Tu vois, Lulu, c'est pour ça que je vis seule. Il y a des inconvénients, c'est sûr, mais il y a des avantages aussi.

— Tu trouves ça un avantage, toi, d'avoir à te farcir un déménagement toute seule ?

— En étant seule, ça m'évite d'avoir à crier après un chum pour qu'il vienne m'aider. Je n'ai pas d'attentes, donc je ne suis jamais déçue. Et puis j'ai des tas d'amis super.

— Vu sous cet angle…

Je lui ai raconté qu'il m'était arrivé à maintes reprises d'être invitée à des soupers où toutes les filles présentes étaient accompagnées, sauf moi. Au début de la soirée, chacune y allait de sa petite remarque sur le fait que je faisais donc pitié, puisque je n'avais pas d'aide n'ayant pas de partenaire pour me seconder dans la maison, avec les enfants, pour les décisions à prendre. À la fin de la soirée, lorsque les masques étaient tombés, que les phrases acerbes avaient atteint leur cible, que les reproches avaient émergé à la surface, j'étais bien contente de rentrer toute seule. Je savais que je n'aurais pas de chicane de ménage au lit, moi.

Lorsqu'une boîte était pleine, Lulu la scellait avec du ruban adhésif. J'y inscrivais un numéro que je notais ensuite dans un cahier. J'y écrivais également le contenu du carton. Une méthode extraordinaire pour s'y retrouver.

À un moment, Lulu m'a dit en riant qu'elle en avait une bonne à me raconter.

— Hier j'ai accompagné ma mère chez l'optométriste. Lorsqu'elle est ressortie de la salle d'examen, elle m'a dit d'un air atterré : « Bon ! Je vais être obligée de porter des verres dégradants, maintenant. »

On a éclaté de rire à l'unisson.

— Joli lapsus. Elle n'a pas tort, ta petite maman. C'est un peu ça, vieillir, non ? On s'en passerait.

— Si tu savais comme elle est encore coquette. Et elle va l'être jusqu'au bout. J'aime ça. Il faut lutter tant qu'on peut.

Nous avons poursuivi notre travail en silence. La blague sur les verres dégradés et « dégradants » nous faisait sans doute réfléchir.

Lorsque j'ai été rendue aux chandails de laine à ranger dans les cartons, je les passais à Lulu en les nommant.

— Jean-Pierre, Haïm, Marco.

— C'est quoi ça ? a fait Lulu, étonnée. Tu donnes un nom à tous tes chandails ?!

— Non, seulement aux chandails de rupture. J'ai réalisé un jour que chaque fois que j'étais en peine d'amour je m'offrais un chandail chaud et moelleux. Ça me faisait des bras pour me consoler, je suppose.

— Haïm ? Je ne l'ai pas connu, lui.

— Hum... Un Juif marocain que j'ai connu à Paris. Le plus bel amant de ma vie. Des nuits sans fin.

Je lui ai passé un gros col roulé fait main.

— Celui-là, je l'ai tricoté moi-même. Ça m'a pris deux ans et demi.

— C'était pour qui ?

— Francis, mon ex-mari.

On s'est regardées et on a pouffé.

— T'es folle, a dit Lulu en me passant la main dans les cheveux. Allez ! a-t-elle ajouté, Katharine Hepburn va t'aider à transporter cette boîte. Elle est trop lourde pour toi, Bette Davis !

— J'haïrais pas être Marilyn Monroe, plutôt.

On s'est attaquées à la boîte en rigolant et on l'a placée sur une des piles, déjà imposante.

25

Me voilà, à demeure, à me battre avec les aléas de la rénovation. Je ne peux pas encore me permettre de dire « en
la demeure », parce que ladite demeure, je ne l'habite
pas encore. La poussière, les odeurs de colle, les travaux
et les ouvriers sur place en permanence m'empêchent
d'en prendre possession. Je fais la navette entre la ville
et la campagne. Albert vient régulièrement jeter un
œil attentionné au chantier, puis me fait un rapport
détaillé. La baignoire, la douche et les éviers, celui de
ma chambre et celui de la cuisine, devraient être livrés
cette semaine. L'entrepreneur n'arrête pas de dire qu'on
est dans les temps, mais le déménagement approche à
grands pas et il me semble qu'il n'y a pas grand-chose de
fait. Il ne reste plus aucune cloison au deuxième étage,
l'eau a été coupée et il n'y a ni électricité ni chauffage.
Travaux obligent. Heureusement qu'il ne fait pas encore
froid. Les sacs de laine minérale entrent à pleine porte

et prennent le chemin du deuxième. Les murs de ma chambre et de celle des invités seront bien emmitouflés dans un tricot de corps mousseux, chaud et rosé, en prévision des temps froids. Me voilà rassurée de penser que les murs de ma maison porteront la petite laine rose réconfortante pour les nuits fraîches et non pour les peines d'amour.

— Tant qu'à y être.

Le mot avait été lâché. Il sortait de la bouche d'un des ouvriers. Celui-ci a décidé, « tant qu'à y être », de vérifier l'état de l'isolation des murs du rez-de-chaussée. Belle initiative de sa part, mais qui risquait de s'avérer dangereuse pour mon portefeuille. Heureusement pour moi, il a fait chou blanc : dans mon bureau, le salon et la salle à manger, les murs étaient isolés de façon acceptable. Ouf ! Une dépense de moins.

— Si j'étais vous, moi je...

Oui, je sais. S'il était moi, il changerait tout. Les portes, les fenêtres, les murs, les planchers, la toiture, les deux salles de bain ; tant qu'à y être... Je me souviens d'ailleurs d'avoir entendu un des ouvriers dire, en arrivant chez moi, que de toute façon tout était à refaire dans cette baraque. Alors tant qu'à y être...

Je ne sais plus combien de fois j'ai entendu ces expressions. Elles viennent par groupe de trois. Tous les gens qui entrent dans le périlleux univers de la construction et de la rénovation en savent quelque chose. Les voici, dans le désordre : *Tant qu'à y être, Moi, si j'étais vous...* – ou *Si j'étais vous, moi...*, selon la région d'origine de l'ouvrier – et celle qui m'horripile au plus haut point, *Impossible, ça ne se fait pas.*

Le fameux *Tant qu'à y être* s'emploie dans des phrases comme : « Tant qu'à y être, pourquoi ne pas démolir cette cloison ? Tant qu'à y être, pourquoi ne pas refaire la rampe d'escalier au complet ? De toute façon, va falloir la changer un de ces jours. Pourquoi pas aujourd'hui ? Tant qu'à être dans le bordel, un petit peu plus ou un petit peu moins…» *Tant qu'à y être* se déguise souvent en une proposition fort alléchante qui semble tomber presque tout le temps sous le sens. Celle-ci s'avère toujours ruineuse, cependant, et au budget prévu s'ajoutent quelques zéros, qui donnent le frisson. Il faut se méfier de telles suggestions et les fuir comme la peste.

La formule *Moi, si j'étais vous* ou *Si j'étais vous, moi* est tout aussi pernicieuse. Elle peut vous faire perdre un bon ouvrier si vous y réagissez trop vivement. Après un *Moi, si j'étais vous* on a envie de l'envoyer promener avec un retentissant : « Vous n'êtes pas moi ! » Mais les ouvriers sont si difficiles à recruter que lorsqu'on en tient un, aussi bien s'arranger pour le garder en le laissant radoter sur tout ce qu'il ferait si… Pour tenter de clore le sujet, on peut avoir recours à une autre formule qui a du poids, elle aussi : « Désolé, ce n'est pas dans mes moyens. Je ferai ça plus tard. » Ce à quoi on vous répondra peut-être : « Ça va vous coûter encore plus cher, plus tard. Moi, si j'étais vous…»

Arrhh ! On ne s'en sort pas facilement. Aller prendre une bonne bouffée d'air frais constitue une solution. Autrement, vous vous imposez de façon assez ferme, tout en enfilant vos gants blancs pour ne pas froisser votre précieux ouvrier, et le sujet est clos. Pour le moment. Il va revenir à la charge, le lendemain, en prenant vos amis à témoin.

— Vous, monsieur Albert, vous feriez quoi ?

Heureusement, Albert ne se mêlait pas de ça.

— Je ne suis pas elle, répondait-il. Je suis ici pour voir au bon déroulement des travaux et au respect de l'échéancier et du budget. Ne me mêlez pas à ça.

L'ouvrier allait poursuivre son travail en boudant comme un enfant à qui l'on aurait enlevé son jouet préféré. À intervalles réguliers, malgré les bruits de la scie sauteuse, on l'entendait ronchonner que, s'il avait été moi, ce n'est pas ce qu'il aurait fait.

De toute façon, je suis une femme, qu'est-ce que je peux bien connaître à la rénovation ? C'est moi qui ajoute cette réflexion. Mais la façon dont cet ouvrier me toisait me donnait la nette impression que c'était l'opinion qu'il avait de moi. À tout moment il s'adressait à Albert, ou alors se rabattait sur un autre de mes copains de passage, pourvu qu'il soit de sexe masculin. Ils ne s'y connaissent pas plus que moi, mais ce sont des hommes. Et c'est bien connu, un gars, ça s'y connaît côté vis, scie sauteuse ou clé anglaise, même s'il est professeur, coiffeur ou chimiste.

Cet ouvrier me tombait royalement sur les nerfs avec ses consultations dans mon dos. Un jour, j'ai fini par le faire taire. Je suis entrée dans la pièce où il poursuivait son petit manège de macho et j'ai brandi mon chéquier au-dessus de ma tête, en le secouant pour attirer son attention.

— Même si vous consultez tous les gars qui se présentent ici, je suis désolée de vous l'apprendre, mais c'est moi qui aurai le dernier mot.

Et j'ai parodié sa façon de s'exprimer.

— *Moi, si j'étais vous…* j'en tiendrais compte parce que c'est *moi* qui signe les chèques.

C'est drôle, mais à partir de ce moment, je ne l'ai plus entendu parler de ce sujet.

26

Un coup de marteau suivi d'un sacre retentissant nous a tous fait bondir et accourir dans la cuisine. Heureusement, le coup porté contre une des parois de la pièce n'avait occasionné aucune blessure, seulement un grand étonnement de la part de l'entrepreneur.

— *My God ! What the fuck is this ?*

Il nous montra le trou qu'il venait de faire en plein centre du mur et, du même coup, quelque chose sur le plancher.

On s'est tous approchés pour voir de plus près. Entre les débris et la poussière, il y avait sur le sol un petit tas de grains de riz.

— Qu'est-ce que ça fait là ? ai-je demandé en me retournant vers les ouvriers.

Ils m'ont répondu d'un haussement d'épaules collectif. Personne n'avait jamais vu cela. Devant un incommensurable mystère, c'est bien connu, l'*Homo sapiens* cherche à comprendre. C'est ce que mes ouvriers ont fait. Ils ont agrandi le trou et nous avons assisté alors à un phénomène bien étrange, une chute de grains de riz. Le riz avait été entassé sur toute la surface entre deux colombages, là où repose habituellement la laine isolante. Le chantier en cours a été momentanément arrêté. Heureusement, mes ouvriers sont payés à contrat et non pas à l'heure. Au cours de cette récréation improvisée, les réflexions les plus saugrenues ont émergé.

À quel moment le riz avait-il été entassé et pourquoi ? Pour la maison ou pour de petits rongeurs collectionneurs ? Y avait-il eu une période, dans la construction, où l'on isolait avec du riz ? Et si oui, pourquoi en mettre juste dans la partie inférieure du mur ?

— Jamais entendu parler de ça, a dit un ouvrier. Du papier journal, ça oui. Mais du riz…

Quelqu'un d'autre a émis l'opinion que des Chinois avaient dû habiter la maison et avaient choisi ce type d'isolation. L'entrepreneur a décidé qu'on en aurait le cœur net et il a éventré, à coups de marteau, les autres sections du mur. *Niet*. Rien. Même pas la présence de laine minérale. Nous sommes restés longtemps devant cette unique section où du riz avait été emmagasiné. Mystère. Le mot était lancé. Les ouvriers ont décidé de prendre leur pause de midi tout en épiloguant sur les secrets des maisons.

Je ne m'étais pas trompée en faisant livrer la table de jardin et ses chaises, maintenant installées sur la terrasse. C'était le seul lieu propre où l'on pouvait se retrouver pour manger, discuter des plans de rénovation ou tout simplement respirer l'air frais du dehors en toute tranquillité, ou encore, surtout dans mon cas, pour contempler quelque chose qui tenait encore. Les fleurs poussaient toutes seules comme des grandes et ne requéraient, pour le moment, que peu de soin. Moment de répit.

Une fois les boîtes à lunch ouvertes, les langues se sont déliées. J'en ai appris de toutes sortes. Albert s'était joint à nous. Il avait eu la gentillesse d'aller faire préparer des sandwichs en bon faux mari, rôle qu'il jouait à merveille quand le besoin s'en faisait sentir.

Les ouvriers ont énuméré les trouvailles que l'on peut faire dans une maison en rénovation.

— De la poussière et de la saleté pour en remplir un dépotoir, madame. C'est fou comment les gens qui quittent leur maison peuvent la laisser dans un désordre épouvantable.

— Ce n'est plus leur maison, justement. Heureusement qu'ici c'était bien entretenu, ai-je commenté.

— Et c'est nous qui faisons le bordel.

Chacun y est allé d'une anecdote. Ça allait des trouvailles les plus étranges – le riz en était une – aux plus horribles : des chauves-souris trouvées mortes dans un conduit de cheminée, des sacs de plastique utilisés pour boucher des trous dans le plafond. Un des hommes nous a fait part du plus grand nombre de couches de papier peint qu'il avait jamais enlevées sur les murs d'une pièce.

— Dix-sept ! Vous vous rendez compte ? Des petites fleurs, des grosses, des rayures, des minces, des larges, d'autres qui étaient sur le biais, des animaux de la ferme et de la jungle, des carreaux, des dessins géométriques, des taches, du papier peint uni de différentes couleurs, des petits pois, des gros pois, et j'en passe. Et la dernière couche à enlever, bien sûr, c'était du papier journal. Daté de 1906.

L'un de ses compagnons en train de s'étouffer de rire lui a demandé s'il était payé à l'heure.

— *Yes, sir.* J'pense qu'on a mis deux ans à la terminer, cette maison-là.

J'ai ri pour ne pas avoir l'air mauvaise joueuse, mais je ne la trouvais pas drôle. Les gars se frappaient les cuisses. Je me faisais la réflexion suivante : pourvu qu'ils ne fassent pas durer ce genre de plaisir dans ma demeure. Mais j'avais intérêt, aussi, à ne pas me les mettre à dos. Il est de bon ton d'avoir ses ouvriers de son côté. Albert n'était pas de cet avis et il les brassait aussi souvent qu'il le pouvait. Il exigeait que mes ouvriers arrivent à l'heure dite, terminent les travaux dans les délais prévus et ne dépassent pas les prévisions budgétaires. J'étais tout à fait d'accord avec ce programme, mais il me semblait qu'on n'était pas obligé de leur crier après. Je le laissais quand même agir à sa guise. C'était le rôle qu'il s'était donné et jusqu'ici il s'en sortait bien.

La conversation sur les découvertes étranges se poursuivait.

— Moi, ce que j'ai trouvé de plus fantastique, a dit le plus vieux d'entre eux, c'est une boîte en métal avec des vieilles pièces de collection. Elle était cachée dans le grenier.

Je lui ai demandé s'il l'avait gardée pour lui.

— J'y ai pensé. Mais je l'ai remise au nouveau propriétaire. Je pensais qu'il la remettrait à la personne qui lui avait vendu la maison, mais il l'a gardée.

Le groupe a poursuivi avec un long échange sur les fameux trésors cachés dans les cheminées ou sous les solives de la cave. L'un des ouvriers a révélé avoir craint, il y a quelques années, de trouver un cadavre sur un chantier.

— Ça sentait tellement mauvais dans un mur de la cave qu'on craignait le pire. On a trouvé de la chair brûlée et des ossements. On avait la chienne. En fait, c'était la carcasse d'un cochon. Qu'est-ce qu'il faisait dans le mur ? Fouille-moi !

Un autre avait trouvé des centaines de bouteilles de vin... malheureusement vides. Un autre encore avait découvert des radiographies dans une armoire murale cachée par un buffet de salle à manger. Cette maison du carré Saint-Louis, à Montréal, avait servi de clinique privée au début du siècle.

— Olivia, m'a demandé Albert, c'est pas ta chum Lulu qui a trouvé, dans la maison de son frère, quelque chose sous le tapis ?

Effectivement, Lulu, en aidant son frère qui venait de faire l'acquisition d'une maison de style chalet suisse dans les Laurentides, avait trouvé sous la moquette, dans la pièce principale, des bons du Trésor au porteur d'une valeur de soixante-quinze mille dollars.

— Beau magot. Qu'est-ce qu'ils ont fait ?

— Le frère de Lulu les a remis à la femme de l'ancien propriétaire. Son mari, qui souffrait de la maladie d'Alzheimer, venait de mourir. Lui ne se souvenait certainement plus de ce bien et elle n'était pas au courant que son mari avait mis cette petite fortune à cet endroit.

On s'est tous arrêtés de parler un moment. Chacun devait réfléchir à la façon dont il agirait s'il lui arrivait de trouver un trésor. Puis l'entrepreneur s'est levé, mettant fin à la pause-repas.

— *If I find something*, je te les donne, madame Lamoreux.

Et l'un des ouvriers, tout en refermant sa boîte à lunch, m'a chuchoté – assez fort pour que la galerie entende – que jusqu'à maintenant tout ce qu'on trouvait entre les murs et sous les planchers de ma maison, c'étaient des vices cachés.

— On vous redonne tout ça parce que ça vous appartient. Ça c'est sûr.

Les autres ont ri de sa blague et sont retournés à leurs tâches. Quant à moi, je suis repartie vers la ville, pas trop rassurée.

Est-ce que j'avais acheté une maison « citron », comme les voitures qui ne valent rien ? Une maison hantée ? Un grenier à riz ou un garde-manger pour souris ? Un paquet de troubles, il semblerait. Alors que tout ce que je voulais trouver en faisant l'acquisition de cette maison, ce n'était ni un trésor ni des millions, c'était juste la paix.

27

Mon appartement de Montréal se vidait peu à peu de son contenu. Tout ce que je possédais se retrouverait bientôt empaqueté dans des boîtes qui s'accumulaient, en piles, dans la salle à manger. Ma Bouboulina chérie, ma chatte adorée, s'affolait de plus en plus de ce branle-bas de combat. Elle se sauvait en « catiminou » et se cherchait un coin tranquille, une cachette qu'elle ne semblait pas capable de trouver. J'avais beau la rassurer, lui faire miroiter un nouveau domaine de rêve, rempli de fauteuils confortables, de coussins au soleil, un jardin idyllique d'odeurs et de saveurs, de nouveaux petits amis oiseaux, poissons et écureuils, rien n'y faisait.

Peut-être mes propos n'avaient-ils rien de réconfortant, compte tenu de toutes les étapes à franchir pour arriver au bout de nos peines. Elle décelait peut-être aussi le doute dans ma voix mal assurée. Elle n'était pas la seule à s'inquiéter. Moi aussi, d'une certaine façon, je craignais de voir le grand jour arriver enfin. Alors difficile pour moi de la convaincre qu'on s'en allait vers le paradis. Pour l'instant, cet éden que je lui promettais n'était fait que de gravats, de poussière, de clous tordus et de grains de riz échappés des murs.

J'ai attrapé la chatte, qui s'était installée sur la grande table de la salle à manger, table qui n'est déjà plus la mienne puisque les nouveaux propriétaires l'ont achetée en même temps que l'appartement. Il ne faudrait pas que Bouboulina en égratigne la surface. J'ai pensé la déposer sur un des fauteuils du salon, mais eux aussi ont été vendus au couple d'Américains qui a acheté mon appart. Également inclus dans la vente : la cuisinière, le réfrigérateur et le lave-vaisselle tout neuf ; comme les acheteurs semblent fort occupés et que l'ensemble plaisait à la femme, je laisse ces appareils dans l'appartement. Si j'avais écouté cette dame, j'aurais tout laissé sur place. Je lui laisse la bibliothèque murale, construite de mes blanches mains. J'ai cette habitude de construire moi-même une bibliothèque dans chacune de mes habitations. La première biblio, je l'ai construite autour des portes et des fenêtres d'une pièce, à l'étage, et j'ai l'intention d'en installer une semblable dans la nouvelle maison. Celle de l'appartement de Montréal couvre tout un pan de mur dans un couloir et se déploie du plancher au plafond. Elle ne peut plus être bougée. Elle a été tellement bien fixée qu'il faudrait que j'emporte le mur avec elle. Aussi bien la laisser en place et faire des heureux. Il en va de même de quelques luminaires.

Avec l'argent de la vente, j'ai acheté de nouveaux appareils : réfrigérateur et lave-vaisselle. Je cherche toujours la cuisinière qui ferait mon bonheur. Je la veux imposante, en acier inoxydable, et, surtout, je tiens absolument à ce qu'elle fonctionne au gaz. J'en ai vu plusieurs, mais elles sont toutes hors de prix.

Massimo m'a convaincue de me départir, sans culpabilité aucune, de mes meubles trop modernes pour la nouvelle maison à la campagne. Il a voulu m'entraîner dans des boutiques de luxe. Henri, plus pragmatique, m'a donné quelques tuyaux sur les périodes de soldes. J'ai trouvé une table patinée à l'ancienne de couleur crème et de belles chaises confortables. Mes amis et moi sommes le genre de personnes à rester des heures autour de la table de la salle à manger, à boire et surtout à refaire le monde. C'est primordial que les sièges soient on ne peut plus agréables pour le fessier. J'ai également déniché un petit vaisselier plein de tiroirs qui se marie bien avec l'ensemble. En fait, je n'aurais que ce genre de meubles. Cet engouement pour le mobilier de type « meubles de métiers » me vient de mes séjours en France. Je suis une fana des meubles qui, à une autre époque, ont eu un autre usage. Des meubles, habituellement en bois, avec des tiroirs très étroits ou de multiples casiers, comme on en trouvait dans les boutiques ou chez les artisans, dans les merceries ou chez les marchands de couleurs, par exemple, ou chez les architectes et les apothicaires. Le boulanger et le grainetier faisaient également usage de meubles de ce genre. On commence à trouver ce type de mobilier de ce côté-ci de l'océan. J'ai un faible pour les meubles de grands hôtels avec les casiers numérotés qui accueillaient les clés et le courrier des voyageurs. Si je m'écoutais, il n'y aurait que ce type de mobilier chez moi. Je fais collection de boîtes à chapeaux, glanées un peu partout, et de tout meuble comprenant de fins tiroirs ou de petits casiers.

Massimo me traite de « Miss Ramasseuse ». Je me défends comme je peux, mais c'est difficile d'avoir raison sur ce sujet avec lui. Un jour, dans un magasin, alors qu'il venait encore une fois de m'appeler par ce nom, j'ai rétorqué :

— Je n'ai pas tant de choses que ça.

— Cette fois-ci, Olivia, il faudrait que tu aies une maison zen, a-t-il dit. Un lieu dépouillé où il n'y aurait que de la lumière partout.

— Ça va être pratique pour s'asseoir.

C'est habituellement à ce moment qu'il me fait le coup du grand connaisseur découragé devant une ignare totale. Et cette fois encore, je n'y échapperai pas.

Il s'est éloigné de moi, a fait une rotation sur lui-même, est revenu sur ses pas. Il a levé les yeux au ciel avec un air si affligé qu'on en aurait pleuré. Dans un geste mélodramatique, il a posé la main sur sa poitrine. Sa lèvre inférieure tremblait. Il a attendu quelques instants, comme s'il essayait de se retenir de pleurer et a fini par remonter sa main à la bouche pour ne pas éclater en sanglots.

Deux dames s'étaient arrêtées et ont assisté à la grande scène du II de ce mélodrame amateur interprété par mon grand ami, Italien de surcroît, et assez bon acteur, je dois l'avouer. J'ai attendu qu'il ait terminé son numéro de *commedia dell'arte*, comme je connais le scénario par cœur, puisqu'il me le joue régulièrement, puis je l'ai entraîné vers la section des fauteuils. Sur notre passage, une des dames, fort impressionnée, a fait cette réflexion à sa compagne :

— Hon ! C'est des acteurs. Mais pourquoi on les connaît pas ?

Parce qu'on n'est pas des comédiens, madame, avais-je envie de lui dire. On s'est plutôt éloignés bras dessus, bras dessous en riant comme deux imbéciles heureux.

Assise à ma grande table, j'ai regardé les photos des meubles que j'ai achetés avec Massimo – il a tenu à ce que l'on fasse des épreuves avec son polaroïd pour que je puisse en rêver avant la livraison – et j'étais aussi heureuse que lorsque je garnissais de petits meubles ma maison de poupée. Mais aujourd'hui, me voilà propriétaire d'une vraie maison, et je m'apprêtais à répandre la bonne nouvelle avec des avis de déménagement.

Bouboulina s'était enfin calmée et avait trouvé son bonheur sur une pile de papiers. Il s'agissait des listes de coordonnées de mes connaissances professionnelles et de mes amis. Je devais soulever la pauvre bête chaque fois que j'avais besoin d'un nom et d'une adresse pour les écrire sur les cartons fournis par le service des postes. Patiente, Bouboulina se levait, faisait le tour des autres papiers étalés sur la table, puis revenait se placer en boule juste sur ma liste. J'avais beau en étaler tout plein, les autres feuilles ne l'intéressaient pas. Elle a toujours agi de la sorte, notamment avec les pages corrigées des manuscrits qui envahissent mon bureau. Avant de les remettre aux auteurs, je dois parfois les essuyer pour enlever toute trace de poils.

C'était un vrai plaisir d'écrire ma nouvelle adresse. Chemin Saint-Paul. Ça sonne bien. J'ai également envoyé mes nouvelles coordonnées par courriel aux gens qui utilisent ce moyen de communication. En principe, je dis bien en principe – je commençais à devenir méfiante –, téléphone, télécopieur et accès à Internet devraient être en place au moment du déménagement. Voulant m'assurer d'avoir ces services quand j'emménagerais, je m'y suis prise d'avance, mais ça ne m'a pas évité de longues heures d'attente pour effectuer les changements. Albert m'a prévenue que les choses ne se passent pas toujours comme on le voudrait lorsqu'on vit à la campagne.

— Tu vas voir, ici, le temps est élastique, a-t-il dit. Attends d'être installée, tu vas vraiment comprendre ce dont je parle.

Le soir même, j'ai reçu quelques courriels en réponse à mes envois ou coups de téléphone enthousiastes.

Certaines de mes connaissances n'étaient pas au courant de mon futur déménagement. Elles croyaient que j'avais fait l'acquisition d'une maison à la campagne tout en conservant un pied-à-terre à la ville. Parmi ces gens, certains semblaient étonnés que j'en fasse ma demeure principale. Mon ami Jacques m'a écrit un très court message :

> *Tu t'en vas t'embarrer à la campagne !*
> *Qu'est-ce qui t'arrive ? C'est à cause d'un homme*
> *ou bien tu es atteinte d'une maladie grave*
> *que tu nous aurais cachée ??*

28

Dans les semaines qui suivirent, je me sentais complètement déstabilisée chaque fois que je revoyais ma maison, je la découvrais de plus en plus démantelée. Des murs et des plafonds avaient été éventrés ; le plancher avait été dépouillé, ici et là, de plusieurs de ses lattes, à remplacer. Il n'y avait plus qu'un grand trou béant à la place du placard devant la porte principale, au rez-de-chaussée. L'attente de la remise à neuf de la maison me semblait interminable et me donnait de méchants maux de ventre. Les délais me semblaient s'éterniser, les dépenses grossissaient à vue d'œil, plus les surprises de dernière minute, tout cela contribuait à amplifier mes angoisses. Je ne voyais pas le jour où cette maison redeviendrait vivable. À travers ça, je planifiais les livraisons. Je passais un temps fou au téléphone à discuter avec des personnes qualifiées, certes, mais qui ne semblaient pas comprendre mon impatience.

— C'est partout comme ça, madame. Les délais de livraison, ce n'est pas nous qui les contrôlons. Je vous appelle aussitôt que ça arrive.

Et bien sûr, ce qui avait été commandé arrivait rarement au moment prévu. Heureusement, ça ne retardait pas trop le travail des ouvriers, qui en avaient suffisamment pour s'occuper. Je m'étais entendue avec l'entrepreneur pour que le jour J du déménagement la chambre principale du deuxième et sa salle de bain soient entièrement terminées, c'est-à-dire l'isolation posée, les murs refaits à neuf, les joints tirés, le carrelage installé dans la salle de bain, où le bain, la douche et le lavabo devaient être fonctionnels, la garde-robe complétée et les murs peints de frais. Il avait aussi été question que deux cloisons soient abattues au premier et que les planchers soient refaits à neuf et vernis d'un beau brun chocolat. On pourrait alors déménager les meubles, quitte à les recouvrir d'une toile protectrice, s'il le fallait. Il s'agissait de rendre le lieu vivable en partie, en attendant que les rénovations de la cuisine, qui étaient prévues en dernier, soient terminées.

Mais... Le fameux *mais* ! Mais on était en pleine période des vacances de la construction. Je les avais oubliées, celles-là. Durant ces deux semaines, ce fut impossible de faire livrer les matériaux, les carreaux et les appareils déjà commandés. Impossible également d'obtenir les services d'un électricien et d'un plombier. De grands fils pendaient des plafonds en attente de mains expertes pour l'installation des luminaires qui, eux, attendaient sagement dans leurs cartons. Et du côté de la plomberie, l'installation finale exigeait aussi un expert, qui ne viendrait pas avant la fin des quinze jours de vacances réglementaires.

On était loin d'être prêts. Le fameux jour du débarquement à la campagne arrivait à grands pas. Je m'en plaignais aux ouvriers.

— Ça valait bien la peine de tout programmer d'avance, de tout planifier !

— Les rénovations, on sait quand ça commence, jamais quand ça finit, me répétait avec un grand sourire l'assistant de l'entrepreneur.

J'en profitais donc pour m'avancer dans mon travail de correction, afin de me libérer l'esprit pour plus tard. Et je passais de longs après-midi dans les quincailleries à la recherche des couleurs qui changeraient mon intérieur, qui m'apporteraient calme et sérénité, ou alors stimuleraient ma créativité. Je tombais pile. C'est ce que proclamait, en lettres noires sur fond de couleurs flamboyantes, le dépliant d'une compagnie de peinture.

Un après-midi, je me suis retrouvée, à Sherbrooke, dans une grande surface pour bricoleurs. La section où étaient proposés une multitude de tons alléchants était impressionnante. Toutes les compagnies y allaient de leurs suggestions veloutées, coquille d'œuf, mates ou super-brillantes. Je cherchais un blanc pour la chambre et un crème chatoyant pour tout le reste de la maison. Je rêvais d'un camaïeu clair pour rendre mon intérieur lumineux. Quelque chose d'apaisant qui mettrait en valeur la couleur des meubles et des accessoires. Je me disais : « Un blanc, c'est simple. C'est blanc. » Eh bien non ! Un blanc, c'est mille teintes différentes, et les différences, subtiles, sont parfois indétectables pour un œil non averti. Quant aux noms donnés aux couleurs, ils peuvent s'avérer dangereux. Il est facile de succomber à un vocable alléchant, puis de constater, une fois la peinture étendue sur les murs, que l'effet est horrible.

J'en étais à admirer les *ultra-blanc, quasi-blanc, blanc maritime, blanc nébuleux, cumulus* et *blanc timide* lorsqu'une voix toute masculine avec un léger accent m'a demandé :

— C'est quoi le différence entre *oignon émincé*, *clair du lune* et *buée de la matin* ?

Juste la façon dont avait été prononcé le mot *oignon* m'a tout de suite attirée. J'ai un faible pour les hommes qui écorchent savoureusement une langue. Je trouve ça follement sexy. Je me suis rendu compte, à ce moment-là, que j'avais chaud physiquement et ce n'était pas à cause de la température ambiante, mais bien à cause de l'accent du monsieur. Je me suis retournée vers mon interlocuteur.

Devant moi se trouvait un grand gars, très grand même, la quarantaine avancée mais bien entretenue, hirsute, un nez aquilin, un nez ayant du caractère. Il affichait un grand sourire irrésistible, ce qui n'enlevait rien au portrait, et tenait des cartons de couleurs dans sa main fine et élégante. Il semblait aussi perdu que je l'étais devant un choix délicat à faire. Je lui ai souri et nous avons parlé coloris. Je l'ai laissé se dépêtrer avec les mots difficiles et j'en ai retiré une joie extrême. Je suis même allée jusqu'à le faire répéter pour éprouver encore plus de plaisir. Entre les *lait de vache*, *tartine au beurre*, *Natashquan* – c'est Vigneault qui doit être content ! –, *mayonnaise*, *gaufre belge*, *dentelle royale*, *volage*, *plumage*, *brouillard* et *tapioca*, j'ai appris qu'il était professeur de littérature anglaise à l'Université Bishop, qu'il était nouvellement célibataire et qu'il repeignait son appartement, ayant laissé l'autre à sa dernière compagne.

— La décoration, c'était elle. Je recommence à partir du zéro !

Ça faisait longtemps que je ne m'étais pas trouvée en présence de quelqu'un de si charmant. De si spirituel et rigolo à la fois.

Je lui ai parlé un peu de ma nouvelle maison, de mon travail. Je me mourais d'envie d'aller prendre un café avec lui, mais je n'osais pas le lui suggérer. Je suis nulle, côté drague. Je ne vois jamais venir les avances, toujours convaincue que les œillades que lancent les hommes ne s'adressent pas à ma petite personne.

Toujours est-il qu'on a beaucoup rigolé de certains noms dont étaient affublées les couleurs. J'ai dû en traduire quelques-uns. Il a fait de même pour moi. Je n'ai jamais autant enrichi mon vocabulaire qu'à ce moment-là. Mais comment rendre en langue anglaise, une langue que je ne parle pas très bien, des termes comme *route joyeuse*, *teint de teddy-bear*, *rouge zélé* ou encore *bleu de Cana*, *jaune sournois* ou *léthargie*, alors que tout ce qui occupait mon esprit était de donner un nom au vert intense de ses yeux ? Tendre fougère ou mousse sauvage ? À moins que ce ne soit un vert saule pleureur. Pourvu qu'il ne soit pas du type « gazon maudit » ! Au moment où je me sentais prête à m'étendre dans le sous-bois frais de ses yeux, j'ai entendu un cri joyeux qui a mis fin à mon déjeuner sur l'herbe.

— Ah ! Vous êtes là !

Une femme haute en couleur s'est approchée. Elle avait les cheveux mi-longs, joli mélange de mèches blondes et grises qui bougeaient allègrement autour de son visage radieux. Avenante, elle a tendu une main ferme vers l'homme qu'elle a appelé Harris en glissant sur le *s* comme si elle savourait un bonbon.

— *You disappeared ! I lost you.*

Elle s'est ensuite tournée vers moi.

— Allison. *And you ?*

— Moi, c'est Olivia. Olivia Lamoureux.

Harris a alors prononcé mon nom pour la première fois.

— Olivia. Lemoureux ? *Is that like : « the lover » ?*

J'ai eu envie de répondre du tac au tac : « *You bet !* » Mais je n'ai émis qu'un timide « si on veut ». N'étant pas sûre de mon anglais, j'avais peur de dire un gros mot, comme ça m'est déjà arrivé. Puis il s'est présenté à son tour.

— Harris Hughes.

D'un geste vigoureux, la femme répondant au nom d'Allison a attrapé Harris par le bras et l'a entraîné plus loin en lui disant avec un accent anglais impeccable quelque chose comme : « Si vous voulez que je vous aide pour tout trouver, il faut s'y mettre et commencer. » En tout cas, il s'est éloigné, kidnappé par cette femme.

Il a tourné la tête et m'a souri timidement. Il avait, me semble-t-il, un soupçon de regret dans le regard.

« Tu vois, m'a murmuré ma petite voix intérieure, si tu parlais anglais, tu aurais pu… » Je n'avais nullement envie d'entrer en conflit avec moi-même. Pour fermer le clapet à l'enquiquineuse qui me servait de conscience, j'ai admis que c'était un fait, je ne parlais pas anglais. Mais comme je m'apprêtais à vivre dans un village à majorité anglophone, j'allais apprendre. « Mais lui ne sera plus là ! Dommage ! Il avait l'air gentil comme tout, cet homme. »

J'étais tout à fait d'accord avec l'autre partie de moi. J'en aurais même rajouté sur le sujet, mais je sentais que dans la situation présente l'une de nous deux devait être raisonnable, et j'ai décidé que ce serait moi. Je suis donc retournée à mon choix de couleurs. Ce joli intermède de « vie en rose » se terminait là, et je me retrouvais entre *prés mouillés* et *absinthe*. J'aurais pourtant aimé prolonger l'échange de regards entre son *vert galant* et mon *bleu Saint-Malo, après la pluie*.

29

Patience. Le mot venait d'être lâché. Je me demandais pourquoi je désirais tant m'installer à la campagne. Je croyais, dans ma naïveté de petite citadine, que c'était pour jouir du temps qui passe et des changements de dame Nature. Eh bien non ! C'était pour apprendre la patience. Je regardais mon beau banc de bois, fabriqué par les mains agiles d'un groupe d'élèves en ébénisterie de Saint-Hyacinthe. Je l'ai fait installer sous le chêne gigantesque. Je ne voyais pas le jour, ou le soir, où je pourrais m'y asseoir pour regarder les feuilles bouger ou rougir, avec un livre à la main, ou encore pour contempler, avec mon chat sur les genoux, l'immensité du ciel m'offrant ses étoiles scintillantes. Qui dit rénovation dit retards. Je l'apprenais à mes dépens.

Albert me faisait faire le tour du deuxième étage, en partie terminé. Les murs de la salle de bain sont recouverts de carreaux blancs, de type « métro ». J'ai passé plus d'un an à les admirer, à Paris. Ils sont maintenant sur mes murs. Et contrairement à ceux du métro, ils ne risquent pas d'être couverts de graffiti.

— Les carreaux du plancher seront posés plus tard.

— Pourquoi ? ai-je demandé à mon copain. Il y aurait au moins une pièce entièrement terminée.

Devant son hochement de tête, j'ai tout de suite compris.

— Parce qu'ils ne sont pas arrivés. C'est ça ?

Il m'a fait signe que c'était bien ça. Et on a enchaîné en chœur, l'habitude étant prise : « Mais ça ne saurait tarder. » Mieux valait en rire.

Albert m'a confirmée dans mon choix pour la couleur des murs de ma chambre. *Mayonnaise et mousseline*.

— On dirait un titre d'émission pour enfants, lui ai-je fait remarquer.

— Dans le sens « salle de jeu » ? m'a demandé Albert, un sourire moqueur en coin.

— Très drôle. Montre-moi le reste. Je dois repartir tôt, cet après-midi.

Nous avons continué la visite. Pour la chambre d'amis, dite « la chambre à Massimo » – depuis qu'il a décrété que ce serait la sienne –, j'avais d'abord craqué pour un rouge chinois et un jaune tendre. Erreur fatale ! Sous l'effet de ces teintes, on avait l'impression que la pièce avait été rapetissée de plusieurs mètres, et je suis convaincue que personne n'aurait pu s'endormir entre ces murs terrifiants. J'ai repris moi-même le travail, après avoir choisi un petit vert tendre.

— Tu as bien fait de recommencer. Je n'osais pas te le dire, mais c'était horrible.

Et moi, j'étais persuadée que Massimo n'aurait jamais réussi à fermer l'œil dans cette chambre aux teintes criardes. La nouvelle couleur porte le nom de *brin de romarin*.

On a ouvert la fenêtre qui donne sur l'étang. Le bruit de la chute nous parvenait jusqu'au deuxième.

— Les amis vont bien dormir avec ce bruit de fond.

— Pas sûr, a répliqué Albert. Moi, je ne pourrais pas. Avec ce bruit d'eau qui coule tout le temps, je me lèverais sans arrêt pour aller aux toilettes.

— Ceux à qui ça ne plaira pas n'auront qu'à fermer la fenêtre.

Puis je me suis rendue dans la petite pièce attenante à la «chambre de Massimo», qui pour l'instant était un genre d'atelier-débarras-salle de couture. J'étais contente du résultat. Le bleu lavande et le crème chantilly des murs faisaient tout à fait penser aux chambres des maisons de vacances dans l'île de Ré. Dans un avenir lointain, j'ajouterai de larges rayures sur la housse de la couette ou sur les stores bateaux que j'ai l'intention de confectionner. Comme ma mère nous a toujours dit à mes sœurs et à moi : «Les filles, avec vos goûts de luxe, vous avez intérêt à apprendre à faire quelque chose de vos dix doigts. » C'est à cause de cela que maintenant je sais coudre et tricoter. Merci maman ! Pour l'instant, il y avait plus urgent à faire.

Avant de redescendre au premier, j'ai montré à Albert l'endroit où je souhaitais ériger la bibliothèque, que j'avais l'intention de peindre de la même teinte que les murs.

— Tu auras tout l'hiver pour faire ça, coquelicot.

Nous avons descendu l'escalier. Tous les murs du premier étage étaient maintenant peints d'une teinte crème, chaude et douce.

— Les planchers vont être terminés pour vendredi ? ai-je demandé à Albert.

— En principe, a-t-il répondu. En principe.

— Comment ça, en principe ? C'est vendredi que j'arrive avec les déménageurs. Je dois rendre mon appartement vendredi matin au plus tard.

— Calme-toi. L'entrepreneur m'a promis que ça serait fait.

Ces parquets furent un joli puzzle à exécuter. Comme dans une partie du salon et de la salle à manger il n'y avait pas de plancher sous le tapis qu'on a enlevé, il fallait en ajouter. Un plancher neuf, ça coûte cher. Et comme on dépassait régulièrement le budget, j'ai mis le holà. Les ouvriers allaient devoir trouver une solution moins onéreuse.

Il n'en a pas été de même dans tous les cas, mais je dois avouer que dans cette délicate entreprise l'entrepreneur a joué d'habileté. Il a récupéré des planches de la garde-robe maintenant démolie. Le résultat est étonnant : au rez-de-chaussée, les planchers sont maintenant constitués de lattes de bois dépareillées.

— C'est génial. Une fois le tout verni, ça ne paraîtra pas.

Albert m'a ensuite poussée vers la sortie puisque les ouvriers attendaient notre départ pour sabler les planchers.

— Quand tu arriveras vendredi dans l'après-midi, tout sera fin prêt. Tu vois, on y est arrivés.

Je l'ai embrassé, l'ai remercié pour tout et l'ai quitté rassurée. Il avait fait du bon travail en mon absence.

Je suis retournée en ville pour terminer les préparatifs du déménagement. Dans deux jours, j'emménagerais enfin dans ma maison. La cuisine ne serait pas entièrement terminée, mais j'avais prévu l'achat et la livraison d'un barbecue. Ainsi, je pourrais faire à manger dehors en attendant que la cuisine soit fonctionnelle. Malgré tout ce qui restait à faire, je pourrais donc m'installer dans ma maison.

En quittant, j'avais réellement le sentiment que nous étions dans les temps. J'avais tout planifié, les délais, les retards, les complications… Mais pas ce qui allait suivre.

30

J'ai fermé la porte de mon appartement. Elle a claqué dans le silence de cette fin d'avant-midi et l'écho m'a fait sursauter. À l'intérieur, tout était prêt pour recevoir les nouveaux occupants. Il ne restait aucune trace de ma présence à part la couleur sur les murs, quelques luminaires, les meubles et les appareils qu'ils ont achetés, et la bibliothèque impossible à déménager. Il y a sûrement encore quelques boules de poils et de la poussière ici et là. Mon fils et sa blonde, qui sont venus m'aider, ont fait pour le mieux avec le ménage.

De toute façon, tout ça ne me regardait plus. Je fermais une porte et je tournais la page. J'allais vers un ailleurs où m'attendait une nouvelle vie. Les klaxons à l'extérieur me ramenèrent à la réalité. J'ai quitté rapidement le hall d'entrée, mon sac à main sur l'épaule et de l'autre côté, en appui sur ma hanche, le panier souple en bandoulière contenant Bouboulina tapie tout au fond.

Une fois dehors, j'ai jeté un dernier regard en direction des fenêtres du deuxième étage, vers ma vie d'avant, vers ces sept années au cours desquelles j'avais été heureuse presque à chaque moment.

« Es-tu folle ? Tu quittes la ville ! Qu'est-ce qui te prend ? » « Quoi ! T'as vendu ton superbe appartement ? Non ! T'as pas fait ça ! » « Qu'est-ce qui t'a pris ? Es-tu malade ? Tu vas t'ennuyer à mourir ! » « On te verra plus ! Pourquoi tu vas t'enterrer à la campagne ? » Depuis des mois, j'en avais entendu beaucoup, de telles exclamations de stupéfaction et de semblables questions où, derrière l'apparente inquiétude, se cachaient à peine le jugement et la désapprobation de mes proches. C'est fou ce que les collègues, la famille et les connaissances sont encourageants, dans ces moments-là. Heureusement que mon fils et mes amis étaient là pour me soutenir. J'avais tenté tant bien que mal de me défendre et de répondre à ces commentaires, même si mes interlocuteurs, au lieu de m'écouter, hochaient la tête d'incompréhension.

Non, je n'étais pas folle. Quand même un peu, c'est vrai, pour me lancer dans une telle aventure. Ce qui m'avait pris de faire cette folie ? Je n'en savais trop rien, en fait. C'était comme ça. Un matin, je m'étais levée et j'avais su, hors de tout doute, que la ville, c'était terminé pour moi. J'allais vers autre chose. Eh oui ! J'avais fait ça. Et aujourd'hui je quittais mon magnifique appartement.

Tandis que j'installais Bouboulina sur le siège passager, j'entendais mon fils qui invoquait tous les saints du ciel. Il était penché sur le coffre de ma voiture et s'efforçait de le fermer. Il semblait totalement découragé.

— T'en as ben, des affaires ! Je te l'ai dit, tu aurais dû faire du ménage.

— Mais j'en ai fait. J'ai donné plein de choses, tu ne peux pas savoir.

Effectivement, mes copines s'étaient servies dans mes placards et un organisme était venu chercher des tonnes de livres. J'ai jeté le trop vieux et distribué l'inutile. J'avais même découvert, dans le cagibi qui me servait de rangement au sous-sol, une boîte d'articles de décoration qui n'avait jamais été ouverte. Elle était là depuis sept ans. Je me suis dit que si j'avais vécu toutes ces années en m'en passant, je pouvais bien continuer. Donnée, celle-là aussi.

Il semblerait que mon fils avait décidé de n'en manquer aucune, aujourd'hui.

— T'as pas besoin d'autant d'affaires ! Surtout à ton âge. Il me semble que…

— Eille ! On change de sujet, OK ?

La nuit avait été fort courte. Et les dernières heures employées à tout sortir de l'appartement, sans rien oublier, nous avaient épuisés. Nous avions donc les nerfs à vif. La blonde de mon fils était partie tôt pour son travail et Vincent avait décidé de rester pour m'aider jusqu'à mon départ.

Mais à parler de mon âge, il ne m'aidait pas beaucoup. Depuis quelques années, c'était devenu un sujet tabou. J'avais décidé que je ne donnais plus mon âge. De toute façon, qui en voudrait ! Non, mais c'est vrai ! Chez les hommes, même s'ils sont chauves et bedonnants et ont le poil gris, l'âge a ses avantages. On parle volontiers de maturité. Chez les filles, et j'en sais quelque chose, on passe du statut de « môman » à celui de momie en un rien de temps. C'est Agatha Christie qui avait trouvé la solution. « Mesdames, épousez un archéologue, disait-elle. Plus vous prendrez de l'âge, plus vous aurez de la valeur à ses yeux. » C'est ce qu'elle a fait d'ailleurs. Mais des archéologues, ça ne court pas les rues. Et des hommes intéressants et libres, non plus. Donc, lorsque quelqu'un insistait pour savoir combien de bougies j'aurais à souffler à mon anniversaire, je citais des gens célèbres qui ont concocté de jolies formules sur le sujet. Une de mes préférées demeure la suivante, d'Alphonse Allais : « Impossible de vous dire mon âge, il change tout le temps. » La maxime « Tant que vous n'êtes pas un fromage ou un vin, l'âge importe peu » était devenue ma nouvelle philosophie.

— Je sais, chéri, dis-je à mon fils, en citant André Roussin, « il est très difficile de faire entrer une femme dans sa quarantième année. Et plus difficile encore de l'en faire sortir ». Ta vieille mère en est là, que veux-tu. Mais je ne dois pas être « si pire » puisque je suis encore capable de folie.

Il m'a regardée avec son petit sourire narquois.

— Et ce n'est pas de la sénilité, ai-je précisé.

— OK. OK. Bon ! Tu m'appelles quand tu es arrivée. Le téléphone est-tu branché ?

— Oui, oui. Ne t'inquiète pas, je ne suis pas en danger. J'ai aussi mon cellulaire.

Il a regardé ma voiture chargée jusqu'au toit.

— Heureusement qu'il y a des miroirs de chaque côté pour te permettre de voir où tu t'en vas.

— Ha, ha, ha ! T'es un grand comique, toi.

— Je monte t'aider aussitôt que j'ai un petit trou au travail. Fais attention à toi. De toute façon, qu'est-ce qui pourrait t'arriver ? Avec toi, tout est toujours planifié, organisé, tu as tout noté dans ton fameux cahier.

Depuis quelques semaines, Vincent se moquait régulièrement du cahier où, lors d'un déménagement, je notais le numéro de chaque boîte et son contenu, et toutes les autres choses que je jugeais importantes.

— Sauve-toi. Puis toi, grosse Bouboule, va pas t'échapper en arrivant.

— Pilou !

— Môman !

J'ai embrassé mon grand garçon. Un instant, j'ai eu un pincement au cœur. Je pense que lui aussi était ébranlé. Une fois installée à la campagne, je ne le verrais plus aussi souvent. Je lui ai adressé mon plus beau sourire. Dans les faits, je ne le voyais déjà pas si souvent que ça. Les choses n'allaient pas changer !

Tandis que je démarrais la voiture, il m'a crié :

— T'es capable ! Que la force soit avec toi !

Qui est-ce qui a dit que les garçons vieillissaient !

31

J'étais au volant de ma voiture chargée comme un es-
cargot qui transporterait ses avoirs dans sa coquille.
Évidemment, je ne transportais qu'une partie de mes
choses. J'avais décidé que je conservais avec moi les objets
les plus fragiles. Il y en avait partout. Dans le coffre arrière,
que Vincent avait réussi à fermer de peine et de misère,
et dans tous les espaces libres de l'habitacle. J'aurais aussi
pu laisser les déménageurs s'en occuper, ils avaient fait
un travail excellent. Tout avait été bien préparé, organisé
avec soin. Aucun retard, pas de bris et beaucoup de respect pour mes biens. On avait même pris le temps de rire.
Il y avait bien eu, à quelques reprises, des allusions à «la
petite madame» que je suis censée être, une expression
qui normalement me fait dresser les poils sur les bras,
mais que je n'ai pas relevée puisque le temps pressait. Et
j'étais beaucoup trop occupée à fermer les derniers cartons pour prendre le temps d'exprimer mon irritation.

Ça y est, c'était fait. Les meubles, les accessoires de décoration, les multiples caisses de livres, les casseroles et autres objets dits de grande utilité étaient empilés dans l'énorme camion vert et blanc qui précédait ma voiture-escargot. Maintenant, ma vie se trouvait casée dans ce gros véhicule. Cette évocation me fit sourire. Tout en suivant d'assez près l'énorme camion que je ne voulais pas perdre de vue, je me suis fait la réflexion que, pour une rare fois, ma vie me précédait. D'habitude, l'essentiel de notre vie se trouve derrière nous. Pas devant. Je vis là un joli présage. C'est toujours plus facile de commencer une chose que de la terminer.

À un moment, j'ai dû appuyer sur les freins rapidement et ma voiture s'est retrouvée à quelques centimètres du pare-chocs du camion. Toutes les voitures devant nous venaient de ralentir subitement. Bon ! Qu'est-ce qui se passait ? J'ai baissé la vitre de ma portière et me suis étiré le cou pour mieux voir de quoi il en retournait. J'ai aperçu, dans la courbe, une longue file de voitures à l'arrêt. C'est ainsi que les déménageurs dans le mastodonte à roues multiples et moi et mon chat dans notre coquillage de gastéropode nous apprêtions à quitter la ville pour la campagne, en traversant le pont, congestionné comme toujours. Nous étions le vendredi 4 septembre, il était à peine 13 h 12 et déjà tout roulait au ralenti en ce début de congé de la fête du Travail.

Sitôt le pont franchi, l'autoroute 10 s'offrant à nous et la voie étant enfin libre, j'ai pu prendre de la vitesse. J'ai serré mes mains sur le volant, comme s'il s'agissait d'une bouée de sauvetage, et j'ai accéléré en m'aventurant sur la voie de gauche, tout en gardant le camion bien en vue.

Un faible miaulement m'a ramenée à bord. La chatte, installée dans son panier sur la banquette avant, venait de se réveiller. Et contrairement à son habitude, elle ne s'étirait pas à qui mieux mieux. Elle roulait des yeux inquiets et tournait en rond sur le siège passager. Je me suis dit que la « place du mort » n'était pas si mal nommée puisque ma petite bête poilue faisait une tête de condamné. Ma pauvre petite Bouboulina n'en menait pas large.

C'est tout récemment que je l'avais surnommée ainsi. En la voyant si mal en point, depuis que je m'étais lancée dans cette aventure de la maison à la campagne, j'avais tout de suite pensé à cette petite vieille (interprétée par une formidable actrice) qui jouait les amoureuses transies devant un Zorba le Grec fringant et magnifique dans le film du même nom. Je n'avais jamais oublié cette Bouboulina, à l'article de la mort, qu'on dévalisait impunément alors qu'elle n'avait pas encore expiré son dernier souffle.

Indépendamment des périodes, ma chatte a changé de nom selon les circonstances. À sa naissance, je l'avais nommée la Negra à cause de son poil noir comme du jais. Elle s'est appelée Garde-Robe lorsqu'elle s'y cachait et que mon fils et moi mettions des heures à la trouver, et Lavabo quand, les jours trop chauds et humides, mademoiselle y trouvait refuge, histoire de se rafraîchir au contact de la porcelaine.

Comme elle avait affreusement maigri ces derniers mois, j'ai pensé la perdre. Je la croyais si malade que je préférais la faire euthanasier. Après moult tests et examens de toutes sortes, il s'est avéré que Bouboulina n'avait rien. Le physique était normal. Le jeune vétérinaire de garde m'a posé les questions d'usage.

— Ça lui fait combien, là ?

— Dix-huit ans.

— Dix-huit ans ! Elle est tellement petite, elle ne les fait vraiment pas.

J'étais presque jalouse de ma chatte. On ne me faisait pas souvent ce genre de compliment.

— Dix-huit ans pour une chatte, c'est un bail ; compte tenu de son âge, elle se porte bien.

Il consulta le dossier de Bouboulina alias Negra, Garde-Robe et Lavabo.

— Vous me dites qu'elle ne mange plus, qu'elle ne fait que dormir ? J'ai l'impression qu'elle est en train de nous faire une belle dépression. Est-ce qu'elle vit des dérangements particuliers, ces temps-ci ?

Elle n'était pas folle, cette chatte. Elle avait bien senti qu'il se préparait quelque chose d'anormal. Tous ces cartons empilés, tout ce branle-bas de combat ne lui disaient rien qui vaille. Elle lançait régulièrement de grandes plaintes affolées, ne comprenant plus rien à rien, et me suppliait de ses yeux exorbités pour que je la prenne sur mes genoux et lui prodigue quelques caresses apaisantes, parce que là, plus rien n'allait, sa vie était complètement chamboulée. Je répondais à ses demandes le plus souvent possible, entre deux boîtes que je remplissais. Quand elle insistait à grands cris, je laissais tout en plan. Bouboulina s'installait alors sur mes genoux, en prenant du temps avant de s'y sentir bien, et attendait les douceurs et le réconfort.

En route vers notre nouvelle demeure, je tentais encore de calmer ma passagère poilue, en glissant régulièrement les doigts de ma main droite sur la tête encore noire de ma petite bête, à intervalles réguliers.

— Moi aussi j'aimerais bien que quelqu'un en fasse autant pour moi.

Comment expliquer cette nouvelle situation à son animal de compagnie ? Dans ma tête aussi, ça tournait à la vitesse grand V. Depuis que j'avais pris la décision d'emménager à la campagne dans la maison jaune, j'avais l'impression d'avoir une famille de hamsters qui pédalaient à vive allure dans une petite roue installée dans un recoin de mon cerveau. Certains jours, ils faisaient même des heures supplémentaires à coups de saltos arrière, de vrilles et de pirouettes complexes qui me donnaient le tournis et faisaient monter ma pression de plusieurs degrés.

Tout en caressant ma Bouboulina, je tentais également de me rassurer. Comme elle, j'avais perdu l'appétit depuis la signature de l'acte d'achat. Mais contrairement à la chatte qui se réfugiait dans le sommeil, sa maîtresse, elle, faisait de l'insomnie.

— Est-ce que je fais une dépression, moi ? Non ! Pourtant c'est moi qui devrai payer l'hypothèque et les rénovations, et c'est sans compter les complications, parce qu'il paraît qu'il y en a toujours. Est-ce que je me plains ? Non ! En plus, je ne baise même pas ! Et j'en fais pas une maladie !

Bouboulina semblait comprendre ce que je lui disais.

— Toi non plus, tu ne baises pas, je sais ! Mais toutes les deux, on devrait. Ça nous ferait le plus grand bien.

Je me suis concentrée du mieux que j'ai pu sur la conduite en m'efforçant de rester dans le sillage de l'autre partie de ma vie qui roulait à un train d'enfer et louvoyait entre les voitures. Tout en essayant ne pas perdre de vue les déménageurs, je m'inquiétais. « J'espère qu'ils ne se tromperont pas de route. Et s'ils disparaissaient dans la nature ? La nature, c'est pas ça qui manque par ici ! » La fatigue des derniers jours m'embrouillait l'esprit. Mais le doute continuait de s'insinuer en moi. Et si je m'étais trompée ? Et si ça ne marchait pas ? Et si toute cette aventure n'était qu'un *high* de maniacodépressive ? Et si... et si la campagne, ce n'était pas pour moi ? Toujours agrippée à mon volant, j'ai secoué la tête vigoureusement pour chasser les mauvaises pensées et la fatigue.

Une main enfouie dans le pelage soyeux de Bouboulina qui avait cédé à l'épuisement, appuyée sur ma cuisse, et l'autre main sur le volant, je pris tout à coup conscience de la nature environnante. J'avais parcouru cette autoroute des dizaines de fois avant de prendre *la* grande décision, mais je faisais toujours le trajet rapidement parce que les choses pressaient. Pour la première fois, je me suis laissé distraire par le paysage. Les champs étaient roux. Les épis de maïs faisaient les têtes brûlées dans la campagne en faisant onduler leurs chevelures caramel. L'air était doux et chaud. Un petit vent caressait les feuilles. Ce calme me faisait du bien.

Puis je me suis mise à fredonner pour faire taire la folle du logis qui tentait de me déstabiliser. L'air et les paroles me vinrent facilement. D'ailleurs, depuis quelque temps, mes amis n'arrêtaient pas de me chanter cet indicatif musical d'une vieille émission de télé. *J'aime… les arpents verts, les champs, les bois, les chemins creux, c'est pour moi. J'aime les coin-coin des p'tits canetons et les bèbèbè des bébébés moutons.* J'étais Lisa Douglas de la série *Les Arpents verts*, cette femme chic de New York qui abandonnait la grande «ville et son entrain» pour un coin perdu dans la campagne profonde. Je m'en donnais à cœur joie en chantant à tue-tête et en tambourinant sur le volant pour marquer le rythme. Je poursuivais le refrain : *Plein air !* Et que je te frappe le tableau de bord pour appuyer les syllabes. *Bon air !*

Les passagers de la voiture qui amorçait un dépassement à ce moment précis ne devaient en croire ni leurs yeux ni leurs oreilles. Ils ne purent réprimer un grand sourire en me voyant, et surtout en m'entendant hurler d'une voix forte en n'atteignant pas toujours les bonnes notes : *Arpents verts, nous voici !* Il faut dire que je devais être assez risible : pas maquillée, mes cheveux roux en broussaille, attachés en queue de cheval, hurlant comme une perdue au volant de ma voiture. J'ai ri tout de même, heureuse du répit : le cirque de hamsters et la sorcière de mauvais augure avaient fait relâche le temps d'une chanson. Comme moi, la chatte semblait plus calme, même si je sentais bien ses petites griffes s'enfoncer doucement mais sûrement dans ma cuisse.

— Bouboulina, je suis certaine que c'est génial ce qui nous attend.

En faisant route vers les Cantons-de-l'Est, je laissais derrière moi une autre vie, un autre cycle. Pendant près de trente ans je m'étais vue comme une fille de ville. Et voilà que j'allais devenir une *lady-farmer*. Sans veau, vache, cochon, couvée, il va sans dire. Avec un chat, par contre, mais sans « gentleman ».

32

«Au début était le désordre», dit la Bible. C'est exactement ce qui m'attendait dans le stationnement de la
maison jaune.

Quelques instants auparavant, tout semblait normal. J'étais en pleine allégresse. J'arrivais devant la
demeure dans laquelle je m'apprêtais à emménager.
Enfin. Les grandes portes du camion de déménagement
étaient déjà ouvertes, pour qu'on déverse dans le stationnement ma vie de femme célibataire et habitant seule
avec son chat.

J'ai pris délicatement ma petite bête et l'ai tenue
serrée contre moi pour qu'elle ne se sauve pas déjà. Le
tour du propriétaire s'imposerait plus tard pour lui
montrer son nouveau domaine. J'ai embrassé Bouboulina sur la tête et lui ai murmuré tout bas :

— Cette maison, c'est pour qu'on vieillisse ensemble,
toi et moi.

Le chauffeur du camion s'entretenait avec l'entrepreneur. La discussion semblait animée. Je me suis approchée et c'est là que j'ai entendu le mignon jeune homme qui s'occupait de mes travaux dire qu'on ne pouvait pas entrer parce que les planchers n'étaient pas tout à fait prêts.

— Comment ça ! Vous m'aviez promis qu'au moins les planchers seraient terminés aujourd'hui pour qu'on place les meubles !

Monsieur l'entrepreneur m'annonça qu'ils avaient eu quelques petits ennuis, qu'ils avaient travaillé toute la nuit, mais que... Effectivement, je remarquai deux ouvriers de même que la blonde de l'entrepreneur qui étaient assis sur le terre-plein, l'œil hagard, les traits tirés comme s'ils venaient d'en fumer du bon. Puis je me suis rappelé que les vapeurs du vernis à plancher peuvent rendre *stone*.

Je me suis précipitée vers la maison avec mon chat dans les bras pour constater l'inimaginable. Le déménageur en chef me suivait de près. De sa grosse voix d'homme qui en a vu d'autres, il m'a prévenue de ce que je trouverais.

— Les planchers de bois franc sont franchement loin d'être prêts, ils sont encore humides ! Le vernis est pas sec. Et en plus, je n'ai jamais vu une job aussi mal faite ! Si j'étais vous, je refuserais ça.

— Hein ?

— On fait quoi alors ? On laisse tout dans le stationnement ?

— Non... non... Attendez !

J'avais pensé à tout. Aux délais, aux retards, aux complications, mais pas à ÇA. Tandis que je me demandais ce que l'on pouvait faire pour éviter la catastrophe, une petite voix résonna en moi : « Je ne sais pas pourquoi, mais je sens donc que ça ne fait que commencer. »

Je suis entrée dans la maison pour vérifier l'état des planchers. En passant par la cuisine, j'ai compris ce qui était arrivé. À certains endroits, le vernis était mat et à d'autres, super lustré. Comme si on avait ouvert un autre contenant de vernis qui n'était pas du même fini. Dans une partie de la grande pièce, la teinte de brun chocolat se transformait en chocolat au lait ou café. Ma chatte se débattait pour s'échapper de mes bras. Je suis retournée à l'extérieur, complètement découragée.

Je me serais assise dans la plate-bande et j'aurais pleuré comme un bébé. On fait quoi, maintenant ? Je suis tombée nez à nez avec Albert qui venait voir comment se déroulait mon arrivée. Il a tendu les bras à Bouboulina qui s'y est réfugiée aussitôt.

— Alors, ma belle Boubou, comment trouves-tu ta nouvelle maison ?

Je m'apprêtais à lui dire qu'elle n'avait rien vu et qu'on ne pouvait pas entrer puisque les planchers n'étaient pas secs, mais j'ai préféré le tirer par la manche pour qu'il voie par lui-même l'étendue des dégâts. Il n'a pu que faire le même constat que moi.

— On fait quoi, alors ? a demandé d'un ton bourru le déménageur en chef.

Devant mon air atterré, Albert a pris les choses en main.

— Je vais demander à François de venir chercher Bouboulina. On va l'installer chez nous pour quelques jours. Sa nourriture et sa litière ?

— Dans ma voiture.

Il s'est alors tourné vers le déménageur et l'entrepreneur.

— Heureusement, il y a d'autres entrées dans cette maison. Puisqu'on ne peut circuler au premier ni emprunter l'escalier qui mène au deuxième, on va passer par la porte de la terrasse et on va tout empiler dans le bureau.

J'ai voulu protester, mais il m'a arrêtée dans mon élan.

— Je sais que tu voulais installer au plus vite ton lieu de travail. Pour ça, on va trouver une autre solution.

S'adressant aux deux autres déménageurs qui s'étaient joints à notre petit groupe, il leur a demandé s'ils pouvaient entrer quelques meubles par le balcon du deuxième. On pourrait de cette façon installer les meubles des chambres. Le responsable a eu l'air peiné pour moi.

— Ça va coûter un peu plus cher, m'a-t-il dit. Ce n'était pas inscrit au contrat. Je ne peux pas risquer que mes gars se fassent mal au dos.

— Et quand c'est payé plus cher, ça fait moins mal ou c'est moins dangereux ? lui ai-je demandé.

Les trois hommes ont répondu en même temps.

— Ça fait partie du règlement.

On aurait dit un chœur de crevettes.

— Bon ! ai-je répliqué. Combien ?

33

François est arrivé pour prendre Bouboulina. Dire que je me faisais une joie de montrer sa maison à ma chatte. Ce sera partie remise.

— Je vais bien l'installer, et rester un peu avec elle pour qu'elle ne se sente pas trop perdue, puis je reviens vous donner un coup de main, a précisé François.

J'ai sorti de mon sac mon cahier où je notais tout ce qui concernait le déménagement. Mon fils avait beau se moquer de ma manie de tout consigner, mais comme les boîtes allaient être éparpillées un peu partout dans la maison, le petit cahier allait me servir de guide pour m'y retrouver. Dire que je m'étais donné un mal fou pour tout planifier. Les boîtes avaient même été marquées pour que les déménageurs sachent dans quelles pièces les déposer. Il va falloir tout déplacer lorsque les foutus planchers seront enfin prêts.

Je me suis dirigée vers l'entrepreneur, qui semblait bien découragé. Son groupe n'avait pas encore bougé. C'est là que j'ai su le fin mot de l'histoire. Sa blonde tenait absolument à passer la fin de semaine de la fête du Travail à New York, en compagnie de son chum. Sentant que le temps allait leur manquer, ils ont décidé de mettre les bouchées doubles et de travailler la nuit. L'éclairage n'aidant pas, le temps pressant et l'inexpérience entrant en ligne de compte, ils ont terminé juste avant que le camion de déménagement arrive.

— En un mot, vous avez bâclé le travail, ai-je dit. Vous n'auriez pas pu prendre un professionnel ?

Il m'a regardée comme si je venais d'énoncer la pire incongruité qui soit.

— Euh... Ben... Je suis un... On ne pourra trouver personne d'autre ce week-end. C'est congé.

Les autres m'ont regardée à leur tour et ont opiné du bonnet, en accord avec leur boss. Sauf la blonde qui boudait dans son coin. Elle avait bien senti que son week-end était fichu.

Il a été décidé que l'entrepreneur reprendrait l'ouvrage en entier. Avec ses ouvriers, il sablerait le plancher à nouveau jusqu'à ce qu'il ne reste aucune trace de vernis ni de tache dans la couleur, enlèverait la poussière et recommencerait la teinture et le vernissage.

— Désolée, les gars, leur ai-je dit. D'habitude vous ne travaillez pas le samedi, mais là je n'ai pas le choix.

Pendant ce temps-là, les déménageurs entassaient tout ce qu'ils pouvaient dans la pièce qui un jour allait devenir mon bureau, le transformant en entrepôt. Il y en avait jusqu'au plafond.

— Ça va être pratique pour trouver quelque chose dans ce fouillis alors qu'il aurait été si simple de placer les meubles là où ils devaient aller.

Les trois hommes forts ont descendu la centaine de boîtes de livres à la cave. Pour m'encourager, Albert m'a dit que les livres pouvaient attendre au sous-sol puisque ma bibliothèque n'était pas encore construite.

Tout en l'écoutant, je suivais les boîtes qu'on se passait de mains en mains jusqu'à ce qu'elles aboutissent devant la fenêtre de la cave où un homme les prenait et les empilait.

— Tu as raison, ça peut attendre. Mais as-tu pensé qu'il va falloir les sortir de là et les transporter deux étages plus haut ? À ce moment-là, les déménageurs n'y seront plus. La joie !

Albert a ri de ma remarque. Au point où l'on en était, valait peut-être mieux en rire.

François, qui était de retour, a aidé les déménageurs à placer ma chambre à l'étage. C'est utile, un ami qui a les bras longs et qui est grand. À l'aide d'une échelle, lui et un autre homme sont passés par le grand balcon du deuxième et ont réussi à monter le matelas, le lit et deux petits bureaux, quelques boîtes légères, une ou deux valises. L'essentiel, quoi !

— C'est pratique, leur ai-je dit. Si je veux dormir dans ma chambre ce soir, je devrai me prendre pour Juliette qui grimpe l'échelle sans Roméo.

François et Albert ont répliqué en même temps.

— Il n'est pas question que tu dormes ici.

— Tu viens à la maison avec Bouboulina. Tu vas rester quelques jours, le temps qu'on trouve une solution.

Et l'entrepreneur qui passait près de nous a ajouté qu'avec le sablage des planchers et le vernis j'allais mourir étouffée. Ou alors, j'allais planer pour le restant de mes jours. Vu la situation, ça m'aurait fait le plus grand bien.

Vers cinq heures de l'après-midi, le camion était entièrement vide et mes biens, éparpillés à différents endroits dans la maison. Les ouvriers, qui avaient été se reposer quelques heures, étaient de retour. Ils ont tendu une grande bâche pour séparer l'espace bureau du salon et de la salle à manger, puisqu'il n'y avait pas de porte. Ils ont sorti leurs grosses machines et se sont affairés sur les parquets. On retournait à la case départ. Les déménageurs ont quitté les lieux après que j'ai eu signé un gros chèque. Avant de partir, le chef m'a dit : « Y sont-tu bons, vos ouvriers ? Parce que moi j'en connais… » Je l'ai remercié pour tout et n'ai pas voulu en dire davantage sur le sujet.

J'ai ramassé rapidement quelques effets pour moi et pour Bouboulina. Et comme je n'arrivais pas à trouver mon sac de voyage dans tout ce foutoir, j'ai tout mis dans un sac de plastique vert. Puis je me suis rendue chez François et Albert, qui m'accueillaient pour la nuit, avec mon chat. Bouboulina et moi étions deux *bag ladies* sans domicile fixe.

34

La nuit chez mes amis m'apporta calme et repos. Le petit déjeuner fut délicieux. Bouboulina et moi avons été gâtées. J'aurais préféré passer cette première nuit dans ma maison, avec mon chat, mais compte tenu de la situation nous étions mieux installées chez François et Albert. Je suis tombée de fatigue tout de suite après le souper et ne me suis réveillée qu'à dix heures. Après le déménagement et les émotions de la veille, j'avais grandement besoin d'une longue nuit de sommeil. Bouboulina trottinait partout et ne semblait pas trop perdue.

— Albert, va falloir que je trouve une solution. On n'est pas pour crécher chez vous jusqu'à ce que la maison soit prête.

— C'est déjà fait.

— Quoi ?

— La solution est trouvée, m'a dit François en entrant dans la cuisine.

Il m'a tendu un papier.

— Téléphone à cette dame. Elle s'appelle Irène. C'est la mère d'une secrétaire qui travaille à mon labo et elle a un tout petit chalet à cinquante pas de chez toi. Il est libre présentement. Tu n'as qu'à t'entendre avec elle pour le prix et pour le nombre de semaines ou de mois...

Avant même que je réagisse aux propos de François, Albert a bondi.

— De semaines ! Si ce n'était que de moi, ce serait des jours. Dès que j'aurai fini mon café, je vais aller dire deux mots aux ouvriers. C'est ce que je te disais, Olivia, il faut toujours les suivre de près, sinon c'est n'importe quoi. Ils engagent leur blonde pour faire le travail !

— Albert, c'est toi qui m'as conseillé de prendre ce gars-là, comme il commençait dans le métier, qu'il ne demandait vraiment pas cher...

— C'était un risque à prendre, je sais. Mais il n'y avait pas de raison de bâcler le travail comme il l'a fait hier. Jusqu'à maintenant, ça allait, mais il va m'entendre, tu peux en être sûre. Tu m'as demandé de veiller au grain, regarde-moi bien aller.

On a rangé la vaisselle du déjeuner et j'ai donné à manger à Bouboulina qui avait déjà trouvé un bras de fauteuil au soleil et qui se la coulait douce en ronronnant de plaisir. Puis Albert et moi avons pris le chemin de la maison. J'avais la trouille d'entrer et de me trouver devant un autre drame.

La camionnette de l'entrepreneur et les voitures des ouvriers étaient déjà dans le stationnement. On a dû garer la nôtre dans le petit chemin attenant à l'entrée. La courte marche pour arriver à la maison m'a permis d'apprécier l'environnement. Les feuilles commençaient à tomber doucement et formaient un mince tapis sous nos pieds. En respirant l'air frais piquant et cette odeur si particulière de bois brûlé, et en entendant le bruit de nos pas, j'ai été confirmée dans mon choix de maison, malgré les retards et les complications.

Les ouvriers venaient de terminer la pose du vernis sur l'ensemble des planchers du rez-de-chaussée. Le résultat n'était pas mal. Pas parfait, mais compte tenu que certaines lattes avaient été remplacées, l'ensemble pouvait aller. Albert aurait voulu qu'ils recommencent encore le travail, mais je n'étais pas d'accord.

— Une fois les meubles en place, on ne verra pas les défauts. Puis, s'ils paraissent encore, je mettrai des tapis. C'est tout.

— Vu comme ça…, a dit Albert. C'est toi qui décides, c'est ta maison. Si c'était chez moi, ils auraient tout recommencé. Moi, si j'étais toi…

Il n'allait pas s'y mettre, lui aussi ! J'ai tenté de calmer ses ardeurs et j'ai donné le OK aux ouvriers. Comme a dit l'entrepreneur : « Puisque le week-end à New York est à l'eau, aussi bien travailler ! » Ils se sont concentrés sur la cuisine où tout était à faire. L'entrepreneur, Albert et moi nous sommes penchés sur les plans que j'avais dessinés avec l'aide de François, un expert en la matière. J'ai adoré cet exercice qui consiste à tracer à l'échelle, sur du papier quadrillé, les mesures exactes de la pièce. Puis on a dessiné des meubles, toujours à l'échelle : cuisinière, réfrigérateur, lavabo, armoires et comptoir central, et collé les dessins miniatures sur du carton pour les solidifier. Après quoi on s'est amusés à les déplacer selon l'espace disponible.

Le comptoir central, auquel je tenais mordicus, représentait un problème, à cause des dimensions de la cuisine actuelle. On a joué avec le plan en changeant tous les appareils de place à plusieurs reprises.

— Il sera petit, votre îlot, mais vous en aurez un, m'a dit l'entrepreneur.

— On n'arrivera jamais à faire entrer la cuisinière à cause du poêle à combustion lente. Sa base en briques prend trop d'espace au sol. Il faut trouver une solution, dis-je. Mais laquelle ?

Pendant qu'on virait la cuisine virtuelle dans tous les sens, un cri étrange nous a fait lever la tête, tous en même temps.

— C'est quoi ça ?

Le cri, en provenance de la pièce voisine, s'est fait entendre de nouveau. Albert et moi avons écarté le grand plastique qui servait de porte séparant la salle à manger et le salon, aux planchers nouvellement vernis, de la cuisine empoussiérée. On a alors découvert un petit oiseau, tassé sur un rebord de fenêtre, ne sachant où se percher et encore moins par où sortir.

— Qu'est-ce qu'il fait là, lui ?

— Il a dû entrer par une fenêtre ou une porte ouverte.

— Comment on va le faire sortir de là ? ai-je demandé.

Effectivement, il était impossible d'entrer dans la pièce, sinon on risquait de bousiller le travail de vernis. Impossible également d'ouvrir une fenêtre de l'extérieur, mais on pouvait toujours entrouvrir une porte pour inciter l'oiseau à s'envoler par cette issue. Par contre, la poussière pourrait alors entrer et se déposer sur le plancher.

— C'est pas si grave, un oiseau dans une maison, a déclaré un des ouvriers, un sourire moqueur aux lèvres. Mais c'est vrai que les filles sont superstitieuses. Ma femme est pareille.

— Je ne suis pas superstitieuse, mais je préférerais ne pas avoir de merdes d'oiseau sur le parquet frais verni. À moins que vous ayez envie de tout recommencer pour une troisième fois ?

Il est retourné dans la cuisine sans rien ajouter. Je regardais l'oiseau affolé qui avait peu de place pour se nicher. On était tous les deux dans la même situation. Le pauvre volatile n'en menait pas large. Il semblait complètement étourdi par les vapeurs du vernis.

— Si ça se trouve, ai-je dit à Albert, il est tellement gelé qu'il va tomber sans connaissance sur le parquet et y rester collé. À vie !

— À mort ! s'est exclamé Albert en rigolant.

J'ai pris un balai, et j'ai tendu le manche dans la direction de l'oiseau. Quand j'ai eu le bras engourdi à force de le tenir à l'horizontale, Albert a pris la relève un certain temps, puis je l'ai remplacé à mon tour. On avait l'air complètement stupides avec notre perchoir improvisé et nos appels d'encouragement à l'oiseau qui ne semblait même plus nous entendre tant les émanations l'affectaient. Les ouvriers trouvaient qu'on se donnait beaucoup de trouble pour un simple oiseau. Je les entendais rire sous cape. J'ai finalement décidé d'en mettre un à contribution. Un grand six pieds deux avec de longs bras, ça peut être utile dans ce genre de situation. Il a glissé le bâton sous les pattes de l'oiseau, qui s'est laissé faire, et l'a tiré dans la cuisine. On l'a aussitôt remis dehors en espérant que l'air frais lui redonnerait vie. Il est resté longtemps sur la terrasse à reprendre ses esprits, puis a filé dans la nature sans demander son reste.

Comme je commençais à avoir un sérieux mal de tête, j'ai proposé aux ouvriers qu'on imite notre visiteur. Nous avons apporté les plans sur la table de pique-nique et avons terminé notre discussion autour d'un verre de limonade.

Et j'ai mis sur le tapis la solution proposée à maintes reprises par François. Elle allait entraîner des frais supplémentaires, mais j'aurais enfin ma cuisine de rêve. Voilà que le « tant qu'à y être » commençait à m'influencer aussi ! François croyait dur comme fer – et sa solution s'est avérée la plus efficace – que si on déplaçait le poêle à combustion lente dans le fond de la cuisine, où l'espace ne manquait pas, et qu'on casait la cuisinière au gaz à sa place, l'actuelle cheminée pourrait servir de couloir d'évacuation pour la hotte. Il n'y aurait plus ensuite qu'à installer une cheminée extérieure pour le poêle à combustion lente.

— Impossible.

Voilà, c'était sorti. La troisième expression vue dans le cours de rénovation 101. Après les « tant qu'à... » et les « moi, si j'étais vous... », voilà que le « c'est impossible » faisait son apparition.

— C'est impossible, répéta l'entrepreneur.

— Pourquoi ? ai-je demandé sans m'énerver.

— Parce que.

— Parce que quoi ? ai-je insisté.

— Parce que... Parce que... c'est pas légal.

Albert s'est insurgé.

— Comment ça, c'est pas légal ! Ça vous prend combien de centimètres de chaque côté des fenêtres pour pouvoir installer une cheminée ?

— Euh... Je sais plus... Euh...

Le grand six pieds est venu à la rescousse en sortant de sa poche de salopette un petit calepin où se trouvait le renseignement.

Albert s'est levé et on est tous partis à sa suite en direction de la cuisine. Il a pris un galon et on a mesuré. Ça tombait pile. Au millimètre près.

La séance de cogitation étant terminée, Albert s'est adressé à l'entrepreneur en disant fermement que, puisqu'il n'y avait plus de problème, il pouvait donc commencer les travaux de la cuisine. J'étais ravie de son intervention. Si j'avais été seule avec les ouvriers, j'aurais insisté un moment, sans avoir les bons arguments, puis j'aurais sûrement laissé tomber, en leur donnant raison.

Comme l'entrepreneur avait perdu la bataille au sujet du poêle à déplacer, il a cherché à s'imposer de nouveau.

— Quand est-ce qu'on les a, les carreaux du plancher de cuisine ? m'a-t-il demandé. Moi, ça me fait rien, mais si on ne me livre pas le matériel, je ne peux rien faire. Vous allez encore m'accuser de prendre du retard.

Je me suis retenue de ne pas lui faire avaler son petit air arrogant. Comme disait si bien une collègue au bureau : « C'est eux qui ont le gros bout du bâton. » Mais j'aurais volontiers fessé avec.

— Je vais justement aux nouvelles, aujourd'hui. À demain, messieurs.

35

Me voilà installée dans une petite maison fort coquette grâce aux bons soins d'Irène, ma future voisine. Elle m'a loué pour trois fois rien la maison d'invité située à deux pas de la sienne. C'est un tout compris. Pour arrondir ses fins de mois, elle la loue l'été aux vacanciers et l'hiver aux skieurs. Ce n'est pas très grand, mais c'est parfait pour mes besoins. Il y a un bon lit, un foyer et un téléphone. Quand j'aurai besoin d'envoyer des corrections par courriel, François et Albert m'ont gentiment proposé d'utiliser leur service Internet.

— La maison est libre pour deux mois. On est entre deux saisons, m'a dit Irène. La location aide à payer les taxes et les frais. Et puis ça me fait un peu de compagnie. Vous savez, c'est pas toujours facile de vivre seule à la campagne. Mais vous, vous avez un charmant mari qui va voir à tout. Avec une maison, on n'arrête jamais. Y a toujours quelque chose à faire. On n'a pas le temps d'avoir des mauvaises pensées. On est trop occupé.

Je n'ai pas osé lui dire que je n'avais pas de « charmant mari », mais que ça ne m'empêchait pas d'avoir des fantasmes. Elle était tout à fait charmante, cette dame. Et elle me sauvait la vie. Comble du bonheur, je n'avais qu'à apporter ma valise. J'aurais été bien en peine de trouver les serviettes, les draps, les casseroles, la vaisselle et tout le reste.

Irène était ravie que j'amène Bouboulina avec moi.

— J'adore les chats. Quand vous ne serez pas là, je vais m'en occuper, moi. Ça me fera quelqu'un à qui parler.

J'ai passé les jours suivants au téléphone à régler des problèmes. D'abord, les carreaux ou, plus précisément, les tomettes. Mon histoire avec les tomettes dure depuis des mois. Il s'agit de petits carreaux de forme hexagonale, fabriqués à partir de terre, d'argile pure et fine, et d'eau en abondance. La première fois que j'ai découvert les planchers de tomettes au grain fin, doux et chaud, c'est dans les revues françaises de décoration. On en fabrique à Salernes, en Provence. Juste à les voir, on a envie de les toucher, ou du moins d'y glisser l'orteil. Ce que j'ai eu la chance de faire, un jour, au pays de Giono. Simone m'avait emmenée dans le sud de la France chez des amis propriétaires d'un petit mas. C'est effectivement doux et frais pour le pied nu, l'été. J'en rêvais depuis que je désirais follement posséder une maison sous les arbres. Ça me prenait donc un plancher en tomettes. J'avais d'abord pensé en faire poser dans l'entrée, dans la cuisine et dans la salle à manger. Une fois obtenus les renseignements sur les prix, j'ai vite déchanté. J'ai alors voulu en commander seulement pour la cuisine et l'entrée.

Encore fallait-il en trouver, de ces fameuses tomettes. Henri a mis ses connaissances et ses contacts à ma disposition. Après une recherche exhaustive, on s'est rendu compte que peu de magasins en Amérique du Nord en importaient. Celles qu'on peut faire venir de France sont très coûteuses. Je me suis donc tournée vers celles en provenance des États-Unis ; encore là, les tomettes étaient très chères et, comme m'a dit la vendeuse, « en plus elles prennent un temps fou à nous parvenir ». En désespoir de cause, j'ai donc opté pour des tomettes de couleur ocre, terre de Sienne et jaune, fabriquées au Mexique.

— C'est moins cher et moins compliqué, m'a assuré la vendeuse.

Ce n'était pas de la vraie tomette européenne, mais c'est ce qui s'en approchait le plus. Je les ai donc commandées à la mi-juin, ce qui représentait un délai de livraison plus que raisonnable.

Eh bien ! les tomettes ne sont toujours pas arrivées chez moi.

Tous mes amis se sont moqués de moi : « Au fait, tes carreaux, tu les reçois quand ? On a-tu hâte de voir ça, ces tomettes-là ! » Moi aussi je me languissais de les voir, d'en ressentir la fraîcheur sous mes pieds nus. En attendant, je me contentais de flatter l'unique tomette que l'on m'avait donnée à titre d'échantillon.

La fameuse date de livraison approchant, on m'a avertie, au magasin, qu'il y aurait un petit retard. Ah bon ! En rénovation et en construction, il n'y a que cela, des retards. Pas de quoi s'affoler, je commençais à m'habituer à ce genre de pratique. Après une nouvelle semaine de retard, je trouvais la chose moins drôle.

— Qu'est-ce qui se passe ? ai-je demandé à la vendeuse.

— Euh... Eh bien... Euh, laissez-moi vérifier. Oui, c'est ça... On avait dit fin juin... Ça s'en vient bientôt.

La troisième semaine, alors que je m'énervais sérieusement, elle m'a dit qu'il avait beaucoup plu au Mexique et que les carreaux n'étaient pas secs.

— Est-ce que vous riez de moi ?

— Non, non, a-t-elle insisté. Au Mexique, on fait sécher les carreaux dehors. Un peu de patience, c'est pour bientôt. Vous allez être tellllllllement contente !

En attendant, pas de tomettes. Une semaine plus tard, j'ai demandé à parler personnellement au gérant. Il m'a servi sur un ton mielleux l'excuse suivante : on n'arrivait pas à joindre le fabricant. Ensuite quelqu'un d'autre m'a donné comme raison que l'ouragan « Juan » avait retardé la fin de la production.

— Alors, m'a demandé Massimo, tes tomettes, elles s'en viennent ?

Devant mon air dépité, il m'a fait cette suggestion :

— Pourquoi tu ne vas pas les chercher toi-même au Mexique ? Il me semble que ça irait plus vite.

Je me suis mise à harceler le personnel du magasin tous les deux jours.

— Ça s'en vient, madame, m'a affirmé le gérant. Elles sont rendues à la frontière.

Ah oui ! Laquelle ? J'imaginais mes tomettes faisant le tour de la terre. Mais comme c'étaient celles-là que je voulais, je prenais mon mal en patience.

Pendant ce temps, chez moi tout était bloqué. Mes ouvriers ne pouvaient pas installer le réfrigérateur, le lave-vaisselle, la cuisinière et l'îlot central sans avoir au préalable posé le carrelage.

Cette journée-là, j'étais toujours pendue au téléphone à attendre que le gérant me réponde enfin. Il devait se sauver en courant chaque fois que la téléphoniste l'avertissait que j'étais en ligne. Je l'imaginais au bout du fil, découragé d'avoir à faire face à la folle aux tomettes. Finalement je l'ai eu au bout du fil. Je sentais dans sa voix qu'il était tout sourire.

— J'allais vous appeler, madame Lamoureux. Elles sont rendues aux douanes aux États-Unis.

— Parfait. Et chez moi, je les aurai quand ? Je vous signale que je vis au Québec.

— Bientôt.

— Non. Je veux une date précise. C'est rendu une vraie farce. Je veux mes carreaux.

— Euh, je vous comprends, madame Lamoureux. C'est exceptionnel, ce retard…

— Quand ? ai-je presque crié dans le téléphone. J'étais au bord de la crise de nerfs.

— C'est une question de semaines.

— Au singulier ou au pluriel ?

— Pardon ? Je ne comprends pas.

— Une semaine ou douze ?

— Je ne peux pas le dire.

— Eh bien, moi je vais vous le dire. Vous pouvez les garder, vos carreaux. Si jamais ils arrivent. Parce que moi, j'ai été suffisamment patiente. Ça fait quatre mois que j'attends.

Il m'a alors servi son baratin habituel : j'étais tout à fait dans mon droit, je n'avais qu'à passer au magasin pour choisir autre chose, et ainsi de suite. Je ne l'écoutais déjà plus. J'ai fait résilier mon contrat sur-le-champ et créditer ma carte de crédit d'une somme équivalant à l'acompte que j'avais payé il y avait de ça une éternité.

J'ai fermé le téléphone avec rage. Pas de carreaux. Fini les tomettes.

Reprenant le combiné, j'ai laissé un message à Massimo le suppliant de venir avec moi, dans les jours suivants, choisir un nouveau carrelage pour la cuisine. Et j'ai ajouté que s'il se moquait de moi au sujet des tomettes, je ne lui parlerais plus jamais de toute ma vie.

36

Une fois de plus, je me suis donc retrouvée avec Massimo, bras dessus, bras dessous, à la recherche de carreaux de remplacement. Sur les recommandations d'Henri, nous nous sommes dirigés vers un magasin qui m'était totalement inconnu jusqu'à ce jour. Une sorte d'entrepôt où l'on trouve de tout. Au bout du monde, nous semblait-il, mais je m'en foutais du moment que je trouvais des carreaux pour la cuisine et l'entrée.

Un homme affable s'est avancé vers nous et nous a demandé quelle sorte de carreaux nous cherchions.

Ma réponse fusa comme l'éclair :

— Des carreaux que vous avez en magasin, et en assez bonne quantité pour couvrir une grande surface.

En même temps, je lui ai donné une fiche sur laquelle j'avais inscrit les dimensions des pièces.

— La couleur ? La forme ? nous interrogea le vendeur. On a de tout, vous savez.

— J'en suis convaincue. Je veux des carreaux avec lesquels je vais pouvoir repartir. Aujourd'hui même ou au plus tard cette semaine.

Massimo, qui s'était tenu tranquille jusque-là, mais qui semblait désapprouver mes propos, est intervenu illico.

— Pas n'importe quoi, quand même !

Il lui a raconté la longue aventure des carreaux qui n'étaient jamais arrivés à destination. Une fraction de seconde, mes genoux ont faibli lorsque le vendeur m'a ensuite montré des petites tomettes. De véritables terres cuites françaises. J'ai failli hurler de bonheur.

— J'en ai…

J'ai crié.

— … cinq ou six, tout au plus. Je ne les tiens pas en magasin. Trop cher, trop long pour la livraison. La demande n'est pas assez importante.

Devant mon air dépité, il m'en a tendu trois.

— Prenez celles-là, vous vous en servirez comme sous-plats.

Je les ai mises dans mon sac à main, triste d'être passée si près d'une béatitude où ces tomettes jouaient un grand rôle. Massimo m'a entraînée vers d'autres spécimens de carreaux.

— Oublie tes tomettes. Fini les tomettes, y en aura pas de tomettes. *Basta* la tomate ! Euh… La tomette. On passe à autre chose.

On a fait le tour complet de l'entrepôt. J'étais tellement déçue de ne pas trouver ce qui me faisait envie que j'aurais choisi n'importe quoi.

C'est Massimo qui a décidé pour moi, finalement. De grands carreaux rectangulaires qui pouvaient former un joli dessin, au sol. C'était un bon choix, Massimo ayant tranché pour ceux au beau mélange de couleurs brun, terre de Sienne et ocre. Lorsqu'il a été question de la quantité, le vendeur m'a dit, hésitant :

— Euh, oui... J'en ai assez en stock pour la cuisine et une partie seulement de l'entrée, mais pas pour la commande au complet.

— Pas de problème. Ce qui presse, c'est la cuisine. Les ouvriers ne sont pas prêts à faire le vestibule.

— Parfait. Je vous fais venir l'autre quantité pour mardi prochain. Ça peut aller ?

— Si vous saviez comme ça peut aller. Vous n'avez pas idée, ai-je dit au vendeur.

J'ai payé par carte de crédit. Je m'étonne chaque fois que je fais un achat, ces temps-ci. D'un côté je suis rassurée, mais d'un autre je suis presque surprise que la transaction soit approuvée. Il y a tellement de choses à payer.

Des employés ont placé les boîtes de carreaux dans la voiture, en les répartissant un peu partout : dans le coffre, sur le plancher à l'arrière et sous les sièges avant. L'un d'entre eux a fait le commentaire suivant :

— D'habitude les gars viennent avec leur camionnette.

— Je sais tout ça. Mais que voulez-vous, je suis une femme et je suis obligée de transporter les boîtes dans ma voiture. C'est comme ça. Mes ouvriers ne veulent pas venir en ville les chercher. Alors c'est moi qui...

Massimo m'a pris le bras en me chuchotant à l'oreille que je n'avais pas à leur conter toute ma vie, puis il a lancé d'une voix à la Caruso qu'il se mourait de faim.

Avec notre cargaison, nous nous sommes dirigés vers la Petite Italie. J'ai roulé à une allure de tortue – je ne savais même pas que cette vitesse existait sur ma voiture. J'avais la sensation que les roues avant ne touchaient pas le sol, tant l'arrière était chargé.

Attablés dans le restaurant favori de Massimo, la Nonna, nous avons parlé de tout et de rien en dégustant la spécialité de l'endroit, son fameux risotto aux pois verts. Un délice. Avec un verre de chianti du pays, nous étions heureux comme deux Italiens qui ont de l'amour et du vin.

— Ah ! Au fait, j'ai rencontré quelqu'un, lui ai-je dit, entre deux gorgées.

Massimo a failli s'étouffer.

— Quoi ! Et tu as attendu tout ce temps pour me le dire. Un homme ! Où ça ? Quand ça ?

— Attends, attends. Je n'ai pas dit que j'avais rencontré l'homme de ma vie. Quoique… !

Je lui ai raconté ma brève conversation avec l'homme aux yeux verts dans le Réno-Dépôt de Sherbrooke.

— Qu'est-ce que tu attends pour lui téléphoner et l'inviter ?

Tout à coup, je me suis sentie tout à fait idiote.

— Euh… Comment veux-tu que je l'invite, je n'ai pas son numéro de téléphone. Et même si j'avais ses coordonnées, pas sûr que j'oserais.

— Qu'est-ce qu'on va faire avec toi ! Tu es incroyable, ma chère Olivia. *Tesoro*, tu ne réussiras jamais à te caser, si tu n'es pas plus débrouillarde.

Je me suis immédiatement défendue.

— Je n'ai pas du tout l'intention de me caser.

— À baiser, d'abord. Mais ça prend un numéro de téléphone pour ça. Quand quelqu'un nous plaît, première chose à faire, s'arranger pour avoir le numéro de téléphone.

Devant mon silence, il a continué sur sa lancée.

— C'est quand la dernière fois où tu t'es envoyée en l'air, hein ? Ça fait combien de temps ? Combien ?

— Tu es bien fatigant avec ça.

— Combien ?

— Ça fait longtemps. Très longtemps. Es-tu content, là ?

— Non ! Je ne suis pas content. Si tu savais ce que tu manques.

— Je le sais ce que je manque, Massimo. Certaines nuits, je n'en dors pas tellement j'y pense. Et heureusement qu'il n'y a pas de papier peint sur les murs du chalet parce que je l'aurais déjà tout arraché, tant le sexe se fait rare dans ma vie. Mais je ne suis quand même pas pour sauter sur le premier venu en pleine rue parce que je suis en manque.

— Non ! Quoique… (Il a secoué la tête pour chasser l'image qui venait de passer devant ses yeux.) Mais tu pourrais au moins téléphoner à ce Harris qui me semble tout à fait charmant.

J'ai gardé le silence un moment, le nez dans mon assiette, avant de finalement lui avouer mes hésitations.

— Je ne pourrais même pas discuter avec lui. Il parle un français de base et moi, un anglais très *basic*. Si tu vois ce que je veux dire.

— Je m'en étais rendu compte, figure-toi. Tu te souviens de nos dernières vacances à Bar Harbor ?

Je lui ai fait des yeux méchants parce que je ne tenais pas du tout à revenir sur ce sujet délicat.

— Je suis pourrie en anglais. Bon !

Puis, il s'est allumé.

— Mais c'est bien que tu ne puisses pas discuter avec lui. Tu pourras baiser, c'est encore mieux.

— Pas si fort, veux-tu ? l'ai-je supplié.

Massimo a continué de plus belle, en rajoutant pour me faire rougir davantage. Puis il est allé au plus pratique.

— OK. Il a les yeux vert bouteille. Il est prof de littérature à Bishop. C'est quoi son nom de famille ?

J'ai dû faire un terrible effort pour réussir à prononcer son nom.

— Hughes.

Comme à mon habitude, je m'y suis mal prise, j'ai aspiré le *h* comme si j'inhalais une bonne grosse *puff* de hasch, justement. Massimo a levé les yeux au ciel, comme chaque fois que je fais ce genre d'erreur.

— Olivia, combien de fois il va falloir que je te l'explique : le *h* ne se prononce pas. On dit *Youse*. Répète.

J'ai protesté tant que j'ai pu. Rien à faire, Massimo ne me lâcherait pas tant que je n'aurais pas prononcé à peu près correctement le nom de l'homme aux yeux d'émeraude.

— Ce n'est pas tout à fait ça, *principessa*, mais il y a amélioration.

Puis j'ai tenté d'activer les choses. Nous avions terminé notre repas, alors j'ai fait signe au serveur de nous apporter l'addition.

— Ce n'est pas tout, ça, il faut que je reparte dans ma campagne. Les ouvriers doivent attendre après ma cargaison. Et au rythme où je suis obligée de rouler, ça va me prendre plus longtemps que d'habitude.

— C'est vrai que tu ne demeures plus en ville.

J'ai senti de la tristesse dans la voix de Massimo.

— Massimo, je suis à moins d'une heure de Mont-réal. On va se voir aussi souvent qu'avant. Puis tu vas venir faire ton tour régulièrement.

— Ouais ! C'est vrai. Mais ça ne sera plus comme avant.

— Non, c'est sûr. Mais si c'était meilleur de cette façon ?

— Tu sais moi, la campagne…

— Quoi ?

— Ça m'endort.

— Bien, c'est parfait. Tu viendras dormir à la campagne, te reposer en tout cas. Tu devrais venir le week-end prochain. Le petit chalet est super-confortable. Tu pourrais voir où en est rendue la maison.

— Je ne peux pas. Je suis encore en tournage, pour les deux prochaines semaines.

— Tout de suite après, d'abord. Le petit chalet est rustique, mais très agréable. Le divan du salon se transforme en lit double. Tu auras le feu dans la cheminée juste pour toi. Je cuisinerai ce que tu préfères. Un osso buco ou un bœuf braisé...

— Va pour le braisé. À condition que tu ajoutes à la pièce de bœuf un petit roulé de porc en saumure et plein, plein de légumes *al dente*, comme tu les fais si bien, a-t-il ajouté, l'œil gourmand et la voix enfantine.

— Tout ce que tu voudras, *caro mio*. On s'assoira en pyjama devant la cheminée et on placotera.

Massimo avait retrouvé le sourire et moi aussi, par la même occasion.

C'était un fait que, maintenant que j'avais quitté la ville, il y aurait sans doute moins de sorties en tête-à-tête. On avait l'habitude d'improviser nos rendez-vous selon l'horaire ou l'humeur. À partir de maintenant, on allait devoir planifier à l'avance.

— Sais-tu ce qui va me manquer le plus ? m'a demandé Massimo. Nos courses au marché Jean-Talon et nos sorties au cinéma les dimanches après-midi.

— On n'y allait pas toutes les semaines.

Massimo a admis que c'était vrai. Et que celui qui était le plus souvent occupé, c'était lui. Mais en même temps, il demeurait persuadé qu'une fois bien installée, je ne bougerais plus de ma campagne. On s'est quand même mis d'accord que mon départ de la ville ne voulait pas nécessairement dire que je n'y reviendrais pas.

On s'est serrés très fort entre nos bras. Il a ensuite jeté un coup d'œil sur ma chevelure.

— La prochaine fois que je vais chez toi, j'apporte mes ciseaux. Tu as franchement besoin d'une coupe, ma chérie. C'est n'importe quoi, ça ! a-t-il dit en passant la main dans ma tignasse, et en tentant de la placer du mieux qu'il pouvait.

— Il faut dire que ces jours-ci j'ai autre chose en tête que ma coiffure.

Massimo paraissait satisfait.

— C'est déjà mieux comme ça. N'avoue à personne qui est ton coiffeur ces temps-ci. Je perdrais mon job.

J'ai regardé mon ami Massimo avec beaucoup de tendresse. Quand il est ému, il détourne la conversation. Mais je sentais à cet instant qu'il m'aimait bien. J'ai repris la route des Cantons avec ma cargaison, et lui, le chemin de son atelier.

37

La nature suivait son cours. Dehors, tout était en place pour faire honneur à la saison nouvelle. Les petits matins étaient frisquets et je sentais que l'automne se déployait trop vite à mon goût. Je savais que j'allais me faire prendre par l'hiver, un peu comme on se fait prendre les culottes baissées. Les choses s'orchestraient avec plus d'exactitude à l'extérieur qu'à l'intérieur, où l'aménagement traînait en longueur, ce qui m'exaspérait au plus haut point. J'avais beau prendre mon mal en patience, me dire, comme ce matin-là, que ça allait bien finir par finir un jour, je ne voyais pas la lueur au bout du tunnel.

Je passais mes nuits à déplacer des boîtes et des meubles. Je le faisais bien sûr le jour, jusqu'à épuisement total, mais je ne sais pas pourquoi je m'obstinais à recommencer ce déménagement dans mes rêves. Chaque fois qu'il fallait procéder à une installation électrique ou peindre une pièce, on déménageait de nouveau les meubles et les boîtes dans un autre lieu. Souvent, comme il fallait faire vite pour ne pas retarder le travail des ouvriers, meubles et cartons se trouvaient disposés n'importe où, n'importe comment. Et lorsque j'avais absolument besoin de trouver quelque chose dans une boîte, je devais encore une fois me transformer en déménageur et recommencer la ronde des boîtes qui jouaient à la « pièce musicale », pour enfin mettre la main sur l'objet convoité. Le soir venu, lorsque je m'allongeais sur mon petit lit dans le chalet d'Irène, je tombais littéralement dans un sommeil comateux. Et je jouais les gros bras à nouveau.

Ce matin-là, je m'étais réveillée en nage. J'ai pensé que j'avais subi une affreuse chaleur de la « mini-pause » – je préfère utiliser ce terme pour désigner cette période de ma vie de femme ; dans mon esprit, il minimise l'ampleur des dégâts et j'ai ainsi l'impression que cette période fort désagréable sera de courte durée. Mon pyjama était trempé, les draps également, comme si j'avais nagé toute la nuit dans le lit d'une rivière. Puis je me suis rappelé mon rêve. Pour une fois, je n'avais pas enfilé mon costume de déménageur, mais ce n'était guère mieux puisque j'avais fait un cauchemar terrible.

Pour me rendre à la maison jaune, je devais emprunter un très long couloir qui me semblait interminable. J'entendais des bruits de construction et je me répétais sans cesse : « Non, mais ! Ça va-tu finir par finir ! » tout en poursuivant ma longue marche dans ce tunnel sans fin. Comme dans tout cauchemar qui se respecte, j'étais ralentie dans ma marche et j'avançais de peine et de misère. J'entendais ma voix, qui semblait venir de très loin et qui se répercutait en écho, sur les murs. Je répétais sans arrêt que je ne voyais pas la lumière au bout du tunnel. Il fallait que je trouve une sortie coûte que coûte. Mais il faisait tellement noir. Puis j'apercevais, tout au bout du couloir, la faible lueur d'une ampoule vers laquelle je tentais de me rendre. Mais au moment où je croyais arriver au bout de mes peines, l'ampoule s'était éteinte et je découvrais avec stupeur que la petite chaîne servant à l'allumer avait disparu. Quelqu'un était parti avec la fameuse chaînette! Une voix nasillarde de téléphoniste m'est alors parvenue aux oreilles, qui répétait *ad nauseam* cette phrase: «Plus de petite chaîne pour actionner l'ampoule, pas de lumière au bout du tunnel.»

J'éclatais en sanglots, convaincue que je m'étais fait avoir avec l'achat de cette maison et que je ne sortirais jamais vivante de cette aventure. En plus d'y laisser ma chemise, j'y laisserais ma peau. Je pleurais tellement que l'eau commençait à envahir le tunnel et montait à une vitesse folle, mais je n'arrivais pas à stopper le déluge. Je savais que ma fin était proche. J'entrevoyais les gros titres des quotidiens: «Victime de la rénovation, une femme trouvée morte dans un tunnel», ou encore: «Ne trouvant pas la lumière au bout du tunnel, une femme se noie dans sa peine».

Puis je me suis réveillée, en nage. J'ai enlevé mon pyjama trempé et j'ai sauté sous la douche pour faire disparaître la sueur et les images troublantes de mon cauchemar.

Une fois débarrassée des angoisses de la nuit, je me suis séchée vigoureusement pour me donner un peu de courage. Les serviettes d'Irène, qu'elle a l'habitude de faire sécher, même par temps froid, sur la corde à linge, n'avaient pas le moelleux de celles sortant de la sécheuse. Ce matin-là, la rugosité de la serviette allait agir comme un gant de crin. Toutes les filles savent qu'une peau frottée avec ardeur redonne de la vitalité. C'est ce qu'on peut lire dans toutes les bonnes

revues pour la-femme-qui-prend-soin-d'elle-même-
pour-être-belle-et-sexy-pour-son-homme. Même
s'il n'y a pas de mâle dans ma vie – à peine un léger
mirage qui se profile à l'horizon –, cet exercice me serait
sans doute bénéfique car, apparemment, il élimine la
cellulite et fouette le sang. J'avais tout à fait besoin d'être
fortement revigorée. J'y allais donc avec fougue en me
passant la serviette rugueuse sur le corps. Je n'y allais pas
de main morte, je courais après mon souffle.

C'est à ce moment que le téléphone a sonné. Je me
suis précipitée dans le salon, ma serviette nouée à la
poitrine, tout en luttant pour ne pas perdre pied, à la
recherche du téléphone.

— Allo ! Oui ? ai-je fait, comme si je venais de courir
le marathon.

C'était Lulu qui voulait savoir comment j'allais. En
entendant ma voix haletante, elle a voulu raccrocher.

— Olivia ?

— Oui…, ai-je répondu tout en essayant de
reprendre mon souffle.

— Oh ! T'es pas seule ? a-t-elle demandé avec un rire
coquin dans la voix. Tu me raconteras. Bye !

Avant qu'elle ne raccroche, je l'ai entendue dire à
son chum : « Yé ! Olivia baise enfin ! » Je n'ai même pas
eu le temps de lui expliquer la situation.

J'ai déposé le combiné. Est-ce que j'avais l'air à ce
point d'une femme frustrée pour que mes amis souhai-
tent que « ça m'arrive enfin » ?

Ma vie sexuelle inexistante avait atteint son niveau
le plus bas. Mon amie pensait que je m'offrais de grands
moments d'égarement follement sexy, alors que tout ce
qui provoquait chez moi des râles de jouissance, c'était
de m'éponger énergiquement avec une serviette qui
avait, comme moi, passé la nuit sur la corde à linge.

38

C'est avec ce constat déprimant en tête que j'ai terminé ma toilette. J'ai eu le malheur de croiser mon regard dans le miroir. Erreur fatale. J'étais pitoyable. Les cheveux ternes et ébouriffés, des cernes sous les yeux, les lèvres gercées, le teint rougeaud et la peau sèche au possible. Joli tableau, me suis-je dit. J'avais l'air d'un pichou. Mais j'avais vraiment autre chose à faire durant cette période que de me «poupounner» du matin au soir. La teinture de mes cheveux était due, la jambe n'était pas fraîchement rasée, un nettoyage de peau n'aurait pas été de trop. Une pédicure et une manucure auraient fait toute la différence, et des vêtements plus sexy que ma salopette de rénovatrice auraient joliment complété la transformation extrême que toute ma personne réclamait.

Mais, que voulez-vous, j'étais en grande rénovation. Même si j'avais moi aussi besoin de me faire ravaler la façade, que mon état nécessitait de gros travaux de réfection, la maison était un cas plus urgent que ma petite personne. Quand tout serait terminé, alors là j'allais pouvoir m'occuper de moi. Pour l'instant, j'avais d'autres chats à fouetter.

J'ai quand même fait un effort. J'ai attaché mes cheveux en queue de cheval, j'ai mis du rimmel sur mes cils et j'ai appliqué sur mes lèvres un rouge vif qui les faisait briller de santé – voilà un autre truc qu'on peut également trouver dans les revues de filles puisque, au dire d'une maquilleuse professionnelle, un rouge éclatant attire l'attention sur cette partie du visage et fait, du même coup, oublier les poches sous les yeux.

Je me suis alors rappelé une remarque d'un de mes professeurs, à l'université : « Tiens ! Une autre qui est en train de reculer son millage ! » Cette réflexion venue de mon passé d'étudiante m'a fait sourire. C'est ce qu'il disait lorsqu'une fille retouchait son maquillage en sa présence. En ce moment, j'aurais vraiment eu besoin de falsifier mon odomètre personnel.

Comme s'il était dans la glace devant moi, l'image du beau prof rencontré dans le Réno-Dépôt m'est apparue. Bel homme aux yeux verts que je ne risquais pas de rencontrer de nouveau. À moins que j'arpente toutes les grandes surfaces de matériaux de rénovation avec le prétexte d'être à la recherche de quelques vis ou clous de finition. Pour clore le sujet et mettre fin à ce scénario qui ne verrait jamais le jour, j'ai essayé de me rappeler l'allure que j'avais lorsque nos yeux « prairie lumineuse » et « fond de mer » se sont croisés.

Le tableau qui m'est revenu en mémoire m'a donné envie de pleurer. Je me suis revue en face de lui, dans la section peinture, habillée comme la chienne à Jacques, pas maquillée, des taches de peinture dans les cheveux et sur le visage. Un vrai pétard, quoi ! Et dire qu'autour de nous les affichettes proposant un choix de couleurs affirmaient toutes : « De quoi inspirer ! »

Lamentable ! J'ai tenté de me raisonner : « Ma belle Olivia, ce que tu peux être fleur bleue et ! Pose-toi une question. Une seule, en fait. Est-ce qu'une femme d'un certain âge, pour ne pas dire d'un âge certain – en l'occurrence, toi –, célibataire, avec de surcroît un enfant jeune adulte, attire l'homme de ton âge ? Même si elle lui était présentée dans ses plus beaux atours ? Non, hein ? Eh bien, devine quelle serait la réponse si cette même femme dégageait une impression de "région sauvage". » Voilà qui décrivait assez justement mon allure du moment.

Les réponses étant si évidentes, j'ai rapidement mis fin à ce questionnement et me suis concentrée uniquement sur les effets de la solide séance de gant de crin. Et c'est ainsi requinquée que j'ai pris le chemin de la maison jaune. Si je n'avais aucun pouvoir sur ma vie amoureuse, je pouvais du moins faire bouger les choses ailleurs.

J'ai marché dans l'air frais du matin. Les rues étaient tranquilles à cette heure. Près d'une petite église anglicane à la belle architecture, j'ai constaté avec une certaine tristesse qu'un très gros érable s'était amusé à jouer les effeuilleuses. Le sol était jonché de feuilles. Une mer d'ocre, d'orangé et de rouge feu. L'érable géant avait fait son grand strip-tease durant la nuit – « *Show time, show time !* » Je me suis demandé quelle était cette hâte à se retrouver tout nu. Bon ! Oui, je sais... Ce n'est pas parce que je ne pratique plus la mise à nu que je ne me rappelle pas comment ça se passe. Mais il y a la manière. Pourquoi ne pas faire durer le plaisir d'un spectacle haut en couleur, une feuille à la fois, au lieu d'une mise à nu en une seule nuit ? La manière rapide a tout pour tuer le mystère et le désir. Il faudrait plutôt une séance d'effeuillage de type mille et une nuits. Du grand art à la Lili Saint-Cyr.

J'aurais aimé assister à une danse des sept voiles lascive qui n'en finit plus de finir. Tout autour, les arbres s'en donnaient à cœur joie dans un strip-tease langoureux et sensuel en se dénudant d'une bonne partie de leurs feuilles. Le vent doux de cette fin de septembre les y aidait. J'avais envie d'arrêter le spectacle. « On ferme, on ferme ! La représentation est terminée. Gardez-vous-en pour demain et pour les jours suivants. » J'avais vraiment la hantise que l'hiver arrive trop tôt, n'ayant pas eu le plaisir de jouir des jours d'été et encore moins de ceux de l'automne.

Les deux dames du banc se faisaient peut-être les mêmes réflexions que moi. Depuis mon arrivée, chaque fois que je passais dans cette rue, j'avais le plaisir de les croiser. D'un certain âge, bien mises, elles étaient assises sur le banc vert près du grand érable. Elles ne parlaient pas. Elles regardaient droit devant elles dans ce silence qui semblait agréable. Quelquefois, je les croisais dans un petit bistrot. Elles sirotaient lentement un thé accompagné de biscuits. À d'autres moments, elles marchaient bras dessus, bras dessous à pas prudents sur le trottoir. Dans ces occasions, j'entendais à tout coup les tendres mots chantés de Clémence :

> L'été quand il fait beau soleil
> Je vois souvent passer deux vieilles
> Qui marchent en se tenant le bras
> Elles s'arrêtent à tous les dix pas
> Quand j'entends leur éclat de rire
> J'ai un peu moins peur de vieillir.

Dans ces moments-là, je marche à petits pas dans mon village, en direction de ma maison jaune, qui a le même âge que moi, et j'ai un peu moins peur de vieillir toute seule.

39

Je suis entrée dans la maison, ce matin-là, bien décidée à mettre de la pression. La patience est un sentiment noble, mais qui a ses limites ; avec mon humeur de ce jour-là, il allait perdre ses lettres de noblesse. De la patience, j'en avais toujours eu à revendre. Mais ça, c'était avant le début des travaux. Maintenant, mon contenant à patience était vide. J'avais épuisé toutes mes ressources. Du calme et de la compréhension, j'en avais même emprunté à droite et à gauche, j'avais fouillé jusqu'au plus profond de mon être, pour réaliser que la cagnotte était complètement vide. L'ange de patience que j'avais été avait perdu ses ailes, son humeur égale et son beau caractère. Les ouvriers et l'entrepreneur n'avaient qu'à bien se tenir.

Cependant, la belle naïve que j'étais toujours se rendrait compte encore une fois que la rénovation d'une maison ne se faisait pas sans heurts. J'allais me le faire rappeler sur l'heure par la bouche de l'entrepreneur.

Puisque le carrelage avait enfin été posé dans la cuisine et dans l'entrée, il était temps de passer à l'étape suivante, c'est-à-dire l'installation des prises électriques manquantes et le branchement du lave-vaisselle, de la laveuse à linge et de la sécheuse. Pour ce qui était de la préparation de l'endroit devant recevoir la cuisinière au gaz, ça attendrait la semaine suivante puisqu'il fallait avoir recours à des spécialistes différents. Mais pour aujourd'hui, la logique exigeait qu'on fasse appel à un électricien et à un plombier.

— Impossible, m'a dit l'entrepreneur.

Impossible ! Nous y revoilà… Dans mon livre à moi, il n'y a rien d'impossible. Il y a toujours une solution. Il faut juste se creuser le ciboulot pour la trouver.

— Pourquoi ?

— À ce temps-ci de l'année, impossible.

S'il prononçait encore une fois ce mot, je le mordais. Il a continué sur sa lancée.

— Même nous, on ne devrait pas travailler. Hein, les gars ? C'est bien parce qu'on n'a pas le choix.

J'ai tenté de comprendre son raisonnement.

— Les vacances de la construction sont terminées depuis longtemps, la fête du Travail est passée et ce n'est pas encore le temps du congé de l'Action de grâces. De quoi il s'agit, cette fois-ci ? Ces professionnels de la réno ont trop de contrats à honorer ?

Dans un geste parfaitement synchronisé, les quatre hommes présents dans la pièce ont fait signe que non.

J'ai insisté. Je ne me contenterais pas d'un « c'est impossible ».

— Ils sont débordés ? Ils ne veulent pas travailler chez moi ?

Toujours le petit signe de tête négatif. J'ai monté le ton.

— C'est quoi, la raison ? J'ai besoin d'un plombier et d'un électricien. C'est vous l'entrepreneur. Si ceux qu'on devait avoir ne sont pas libres, trouvez-en d'autres.

L'entrepreneur n'arrêtait pas de hocher la tête de droite à gauche. Il semblait peiné, mais répétait encore et encore que c'était impossible.

J'ai explosé.

— C'est quoi le problème ?

— Ils sont à la chasse.

— Comment ça, à la chasse ? Ça empêche de travailler, ça ?

Les quatre hommes ont encore dodeliné de la tête, mais dans l'autre sens cette fois-ci.

— À la campagne, oui, a précisé l'un d'eux. Tout le monde chasse.

L'entrepreneur a ajouté qu'on était en pleine période de chasse à l'orignal. Et qu'elle durerait deux semaines.

— Si jamais ils arrivent à trouver un petit trou dans leur agenda déjà très chargé, peut-être qu'ils viendront installer la laveuse et la sécheuse ; sinon ça devra attendre.

— Mon linge sale aussi, si j'ai bien compris.

— Puis si la chasse est bonne, a ajouté un autre sur un ton dans lequel on pouvait sentir toute l'envie du monde, ça devra attendre encore plus longtemps.

Il ne fallait pas oublier, a précisé encore un autre, qu'après il y aurait la chasse aux canards et la chasse au chevreuil. À partir de ce moment, ils s'y sont tous mis. Je n'existais plus, mes ouvriers devisaient sur cette période de vie si palpitante pour un chasseur.

— Tu parles de la chasse à la poudre noire, à la carabine ? C'est pas la même période.

— Y a aussi celle à l'arbalète pis à l'arc, a précisé un autre. C'est avant ou après ?

Je constatais, en les écoutant parler, que j'avais bien mal choisi mon temps pour emménager dans cette nouvelle maison. À peine commencés, les travaux avaient été interrompus par les semaines de vacances de la construction. Et maintenant, j'avais droit à la désertion des ouvriers spécialisés à cause de la chasse. J'aurais dû m'en douter lorsque j'avais remarqué, la semaine précédente, lors de ma balade quotidienne dans le village, l'affichette dans la porte vitrée de la boutique du barbier. Elle ne disait pas grand-chose, mais si j'avais été un homme j'aurais compris sur-le-champ le sens profond du message de deux mots. *Parti chassé* voulait dire : pas disponible pour une période pouvant s'étirer sur plusieurs jours ou semaines, et tant pis pour vous si vous aviez des appareils électriques à faire brancher ou des tuyaux à faire déboucher. Ça voulait dire également que les hommes et les jeunes gens de ce coin des Cantons-de-l'Est portaient les cheveux longs, l'automne venu.

Bon ! Une autre chose qui échappait à mon contrôle.

Je suis sortie sur la terrasse pour respirer un bon coup. J'aurais hurlé tellement je me sentais impuissante. Et les ouvriers commençaient à me regarder d'un drôle d'air. Qu'est-ce qu'elle avait, la madame ? On ne pouvait rien faire contre ça, la chasse. C'est une tradition !

C'est que la « madame » était rendue au bout de son rouleau. Elle frôlait la crise de nerfs.

J'ai fait les cent pas sur la terrasse pour tenter de me calmer. Un court instant, je me suis revue, le jour de mon arrivée dans cette maison enfin vide, sur le balcon de ma chambre. En entendant la fanfare du village, j'avais cru qu'elle me souhaitait la bienvenue, avec tambours et trompettes, et soulignait en grande pompe mon arrivée dans la région. Je réalisais aujourd'hui que cette musique de parade avait plutôt pour but de me mettre en garde contre ce qui m'attendait. J'aurais dû comprendre le message. Il était pourtant clair.

Poum ! Poum ! Poum ! Coup de cymbales et clairon. *Attention, danger ! Rénovations en vue ! Et qui dit travaux dit patience. Boum ! Boum ! Tsoin-tsoin !*

J'aurais surtout dû me méfier. Si je ne l'avais pas fait, ce n'était pas faute d'en avoir entendu de toutes les couleurs.

C'est fascinant le nombre de personnes dans mon milieu de travail, des secrétaires, des patrons, des distributeurs, des correcteurs comme moi, des auteurs, qui m'ont raconté des histoires d'horreur sur leurs rénovations ou la construction de leur demeure, lorsqu'il a été su que j'achetais une maison et que j'entreprenais de gros travaux. Les commentaires que j'entendais allaient de « Plus jamais je ne m'embarquerai dans un truc pareil » à « Avoir su… » en passant par « Veux-tu bien me dire ce qui nous a pris de vouloir tout changer ! On a failli divorcer. » Certaines personnes ont dit carrément haïr les entrepreneurs et les spécialistes de la réno. Une fille m'avait bien fait rire lorsque, dans un grand soupir de soulagement, elle avait déclaré : « Ils sont enfin sortis de ma maison. Je vais pouvoir recommencer à vivre. » Alors que moi, tout ce que je voulais, c'était de les avoir chez moi pour qu'ils terminent ces maudits travaux.

Toutes ces remarques auraient dû me mettre la puce à l'oreille. Ah ! l'amour ! Quelles erreurs ne commet-on pas en ton nom. Même pour une maison.

40

Les jours se suivaient, mais fort heureusement ne se ressemblaient pas. Le bureau était enfin dégagé. C'est-à-dire qu'il n'y avait plus l'amoncellement de boîtes de livres. Elles formaient maintenant un mur entier dans le salon. J'essayais de me convaincre que cela faisait partie intégrante de la décoration plutôt que du foutoir du déménagement. Les meubles avaient été placés. Ils n'étaient cependant pas à la bonne place, comme m'a dit Massimo.

— On verra à ça plus tard, a-t-il décrété. Termine tout ce qui fait de la cochonnerie, après ça je viendrai faire mon tour.

Massimo a la décoration dans le sang. D'instinct, il connaît l'emplacement des meubles, il sait également créer des ambiances. Il fallait le voir, le jour où il donnait ses ordres aux ouvriers quant à la place exacte des sorties d'éclairage au plafond. Il se promenait dans toutes les pièces et précisait, en pointant le doigt, ce qu'il voulait. Mes ouvriers le suivaient avec empressement et notaient tout à mesure.

— Je veux un encastré là et un autre ici. Il est capital qu'ils soient parfaitement alignés. Je veux un tracé bien droit en partant de l'entrée et jusqu'au fond du bureau. Vous me suivez ?

Pour le suivre, ils le suivaient... au pas de course. C'est l'abondance de détails qui semblait les perdre.

— Et surtout, messieurs : important, important, très important, il faut des gradateurs partout. C'est ça qui fait l'atmosphère.

À l'heure du lunch, j'avais entendu les ouvriers dire qu'ils n'avaient jamais eu à installer autant d'éclairage au même endroit.

— Il va faire clair dans c'te maison-là ! s'est exclamé un des ouvriers.

— Pourquoi des gradateurs, alors ? a demandé l'autre.

— Pour l'atmosphère, messieurs, pour l'atmosphère, leur ai-je répondu en passant.

— Inquiétez-vous pas, la commande de monsieur est claire. Ça va être fait comme il veut.

J'étais repartie vers mon bureau en me demandant pourquoi mes commandes à moi étaient toujours discutées, soupesées, critiquées. Parce que je suis une femme ? Je n'avais pas envie d'entrer dans de telles considérations. C'était déjà assez difficile d'arriver à tout faire, seule, je n'allais pas me plaindre, pour une fois que j'évitais une discussion qui se soldait presque toujours par un : « Ma pauvre petite madame, ce que vous demandez, c'est impossible ! »

Pour ce qui était de fixer l'emplacement exact des meubles, je savais que ça n'allait pas tarder et que le résultat serait extraordinaire. Je connaissais bien Massimo. Il l'avait déjà fait avec brio dans mon ancienne maison, lors de son séjour prolongé chez moi, il le ferait sûrement aussi bien ici. Je ne sais pas si c'est le fait d'avoir vu sa mère changer les meubles de place au moins une fois par semaine pendant toute son enfance qui en fait un décorateur inspiré. Il m'a dit, l'autre jour, que sa mère, malgré ses quatre-vingt-quatre ans, le faisait encore. Pas aussi souvent qu'avant, a-t-il précisé, mais ça ne ratait pas.

Ce matin, on doit livrer le bois de chauffage et, ô miracle, la cuisinière et le meuble en acier inoxydable sur lequel reposera la table de cuisson. On avance, on avance. J'ai très hâte de me retrouver enfin chez moi. Dans ma maison. Irène semble vouloir me garder encore un peu. Une chance, parce qu'on n'a pas encore démarré le chauffage, et l'eau et l'électricité se trouvent régulièrement coupées, dernières installations obligent. De plus, la poussière, les odeurs de colle et le brouhaha continuel m'empêchent de me sentir chez moi.

En attendant les livraisons promises, j'étais pendue au téléphone. En fait, parti comme c'était, j'aurais presque eu envie de me pendre avec le fil tirebouchonné. J'entendais à répétition, comme une ritournelle sans fin, sur fond de musique insipide qui m'irritait le tympan, les messages de la compagnie de téléphone. On m'avait gentiment mise en attente. J'étais en attente depuis vingt-sept minutes et trente-deux secondes exactement. Le temps de l'appel était inscrit sur le petit écran de mon téléphone. Dire que j'avais pris la peine, bien avant le déménagement, de m'assurer d'avoir une ligne téléphonique et de m'abonner à Internet haute vitesse. J'espérais également pouvoir capter la télévision grâce à une soucoupe. Et qu'est-ce que ça m'avait donné ? Je n'avais ni soucoupe ni Internet. Le téléphone, ça pouvait aller, bien que le télécopieur, dont j'avais grandement besoin, ne fonctionnait qu'une fois sur deux et dans un seul sens, le mien. Mes pauvres copains François et Albert devaient commencer à la trouver moins drôle, leur amie et maintenant nouvelle voisine qui faisait sans arrêt appel à eux pour envoyer des courriels et des télécopies.

Donc, pour en revenir aux services que j'avais dûment commandés et payés il y a belle lurette, eh bien, la « belle » compagnie de téléphone – pour ne pas la nommer –, qui est si fière de vanter ses merveilleux services auprès de sa clientèle, s'était complètement gourée dans mon dossier. Après d'interminables minutes d'attente et de recherches, la jeune femme au bout du fil a découvert – ô surprise ! – que quelqu'un avait annulé ma commande de soucoupe et qu'une autre personne – la compagnie fait parfois appel à des surnuméraires – m'avait fait parvenir le mauvais logiciel pour installer Internet. J'avais passé des heures incalculables à essayer, avec l'aide d'un des spécialistes de l'entreprise au bout du fil, de faire l'installation du fameux logiciel si facile d'emploi, selon la publicité.

— Ça arrive, vous savez, m'a dit la jeune femme. Un instant, je vous reviens.

Non ! Pas en attente ! Ne me mettez pas en attente ! J'ai crié dans le vide puisqu'elle n'était déjà plus là.

Un des ouvriers qui passait près de mon bureau m'a regardée avec un petit sourire narquois. Oui, je sais ! Je hurle dans le vide. La dame de la maison fait une folle d'elle. Mais la madame, elle n'en peut plus d'attendre après tout le monde. C'est la troisième fois qu'elle tente de joindre quelqu'un pour essayer de comprendre pourquoi elle n'est pas encore branchée. Elle veut bien vivre à la campagne, la madame, mais elle ne veut pas être complètement coupée du monde. Ça ne devrait pas être si difficile à comprendre, ça !

Ce fameux appel téléphonique a duré près d'une heure. Comme si j'avais juste ça à faire, moi, passer tout mon temps au téléphone ! La jeune femme a eu beau me rassurer, affirmer que tout rentrerait dans l'ordre en très peu de temps, je n'arrivais pas à la croire. Difficile de se fier à ce genre de promesse lorsque deux autres représentants de la même compagnie m'avaient déjà garanti exactement la même chose. Avec le succès que l'on sait. J'ai raccroché avec rage. Encore une fois, j'étais obligée de faire confiance.

Je suis ensuite sortie pour faire quelques courses. Dans l'entrée qui mène à ma maison, j'ai croisé mon voisin qui s'attelait au ramassage des feuilles. J'ai devisé un moment avec lui sur la température et les travaux de ma maison. Cet homme est charmant et sa belle l'est tout autant. C'est agréable d'avoir des voisins discrets et fort gentils. Je me suis quand même excusée pour la lenteur des rénovations et du dérangement que cela pouvait leur causer. Surtout que le golden retriever de l'entrepreneur est allé farfouiller sur leur galerie et a chipé une de ses bottes de travail, qu'on n'a pas encore réussi à retrouver.

— Vous devez être tanné d'entendre tous ces bruits, non ?

— Je sais ce que c'est, la rénovation. Avec une maison, il y a toujours des travaux.

— Ça ne finit jamais ? ai-je demandé.

— Pas vraiment, non. Quand le gros est fait, il reste toujours quelque chose à réparer, à peinturer, à réaménager. Mais le pire est fait, non ?

— Oui, oui, ai-je soupiré. Mais c'est loin d'être fini.

— Ne vous en faites pas pour le bruit. La semaine, on n'est pas là, et le samedi, nous aussi on fait du boucan.

Je me suis rappelé que mon voisin faisait la navette tous les jours entre la grande ville et le village. Comme il me l'a expliqué à mon arrivée, il préfère dormir chez lui, même s'il arrive tard le soir et repart tôt le lendemain.

— Moi, j'espère travailler le plus souvent possible de la maison. Quand je vais enfin pouvoir l'habiter !

Avant de le quitter, j'ai promis de faire des recherches poussées pour retrouver sa botte.

Il m'a bien fait rire quand il a fait allusion aux livraisons qui m'étaient destinées et qui se retrouvaient invariablement chez lui.

— Faudrait corriger l'indication de nos adresses, qui portent à confusion, ai-je dit.

Ma maison aurait dû afficher le numéro 48, et non 50, puisqu'elle se trouve avant la sienne.

— Surtout ne changez rien, a-t-il dit avec son air malicieux. Ça me convient tout à fait. Ma maison va bientôt être bien équipée, grâce à vous. Vous avez pas mal de goût. Je m'informe seulement auprès des livreurs si l'article ou le meuble est déjà payé. Si oui, je le garde.

Puis il m'a donné rendez-vous pour qu'on puisse discuter du déneigement.

— Venez prendre l'apéro en fin de semaine, on va en discuter. On partageait les frais avec l'ancien propriétaire, mais j'aimerais que cette façon de faire vous convienne aussi.

J'ai accepté son invitation, puis l'ai abandonné à sa besogne.

La neige, déjà ? Je n'ai même pas commencé à ramasser les feuilles. D'un côté les choses allaient trop vite, et de l'autre elles s'étiraient en longueur.

41

Cette promenade m'a fait le plus grand bien. C'est quand même un luxe inouï de pouvoir se rendre à pied, dans son village, faire une partie de ses courses.

D'abord acheter le pain. Je le prends à La Rumeur affamée, où tout le personnel est d'une amabilité qui fait du bien. Les vendeuses s'informent de vous, de ce que vous faites. On pique un brin de jasette. Je vais bientôt me laisser tenter par leur assortiment d'huiles de toutes les saveurs. Quand je serai installée pour cuisiner, il va sans dire. De plus, les tartes qu'on y propose sont un pur délice. J'en apporte quelquefois pour les ouvriers, qui se régalent. Certains diront que ce cadeau n'est pas totalement innocent. Que voulez-vous, on n'attrape pas les mouches avec du vinaigre. Avec ce geste, j'espère qu'ils vont redoubler d'ardeur, terminer les travaux au plus sacrant et foutre le camp.

Ensuite, je suis passée au bureau de poste pour ramasser le courrier. J'étais déçue, à mon arrivée, de ne pas avoir de boîte aux lettres au bout du chemin. J'en avais vu une dans un magasin général, un modèle ancien, fort jolie, rouge pétant. Les gens habitant dans le village n'ont pas droit à la distribution. Seulement ceux qui sont en pleine campagne ou sur le bord du lac. Heureusement, j'ai pu prendre le casier postal de l'ancien propriétaire, sinon il aurait encore fallu que je mette mon nom sur une liste pour en obtenir un.

Il y avait quelques comptes à payer d'urgence, des cahiers publicitaires et le journal local. Pas d'invitation ni de lettre d'amour dans le petit casier. Tant pis.

J'ai fait un peu de lèche-vitrine. Puis je suis entrée dans une boutique ; les vêtements exposés en vitrine me semblaient ravissants.

La vendeuse, dans la soixantaine, m'a accueillie avec le sourire. Pendant que je me promenais entre les rangées, elle s'est informée, dans un français truffé de mots anglais, si j'étais de passage dans la région.

— Non, non, ai-je répondu. J'habite le village depuis quelques mois. Ma maison est en pleine rénovation.

— Oh ! Vous et ton mari a acheté…

— Je vis seule, je n'ai pas de mari.

Elle m'a regardée les yeux pleins d'envie et s'est exclamée :

— Oh ! *lucky you* !

C'était bien la première personne que je rencontrais qui me trouvait chanceuse de ne pas être mariée. De son côté, elle avait l'air tellement découragée d'avoir un mari que j'ai éclaté de rire. Je suis ressortie de la boutique sans avoir rien acheté, mais tout à fait ravie de l'humour anglophone.

Ensuite, j'ai fait un saut chez Brie et cie, un petit resto qui vend des fromages et qui fait également traiteur, pour acheter une quiche. Pendant que j'hésitais entre la provençale et la forestière, je me suis fait bousculer par une femme qui semblait pressée. Elle s'est excusée de m'avoir heurtée. On s'est regardées toutes les deux avec insistance. J'avais l'impression d'avoir déjà croisé cette femme, mais je n'arrivais pas me souvenir où, ni dans quelles circonstances. Elle aussi semblait chercher la même chose que moi ; elle a trouvé la première.

— Le Réno-Dépôt de Sherbrooke. Vous cherchiez des couleurs.

Elle avait tout à fait raison. Je l'ai reconnue : c'était elle qui avait kidnappé mon joyeux géant aux yeux verts.

— Ah ! Oui. Allison, c'est ça ?

Elle a confirmé de la tête, mais ne s'est pas rappelé mon nom.

— Olivia.

— Vous vivez dans le coin ?

— Oui. Une maison cachée dans les arbres, dans le village.

— Moi, j'habite en plein champ. À Bolton. Une petite merveille que j'ai fait construire il y a deux ans.

Puis, abruptement, elle m'a demandé si j'avais déjà pris mon repas du midi.

— Non. Je pensais commander des sandwichs pour emporter.

Elle s'est adressée à l'employée derrière le comptoir.

— Mettez sa commande en attente. Elle dîne ici.

Elle m'a prise par le bras et m'a entraînée avec enthousiasme vers une table près de la vitrine. Je me suis rappelé la façon énergique qu'elle avait employée pour entraîner son ami loin de moi, dans la quincaillerie.

Son invitation avait été faite avec un aplomb certain, mais avec un sourire irrésistible.

— Pourquoi pas ? ai-je dit. Ça va me changer. Ces temps-ci, je prends mes repas dans la poussière de plâtre.

— Les joies de la rénovation. *The never-ending story.*
Elle a traduit dans le même souffle.

— La fameuse histoire sans fin. C'est pour ça que j'ai décidé de construire.

— C'est mieux ? me suis-je informée.

Elle a hésité une fraction de seconde, puis dans un grand éclat de rire a avoué que ça ne valait guère mieux.

— On est aux prises avec d'autres sortes de problèmes. C'est pourquoi j'ai conçu les plans moi-même et choisi tous les matériaux, et malgré tout, je me suis fait avoir. L'architecte qui a mis sur plan mes esquisses m'a délestée de plusieurs milliers de dollars. Un autre nom sur ma liste noire.

— Elle est longue, votre liste ? ai-je demandé timidement.

— Pas mal, oui.

Après consultation de l'ardoise, elle a choisi une pizza au chèvre et moi, une salade noix et épinard, et une grande bouteille d'eau minérale à partager.

Puis spontanément, elle m'a raconté sa vie. C'était la première fois que je rencontrais quelqu'un d'une telle franchise. Elle avait été scénariste, puis réalisatrice.

— J'en ai eu marre de tout ça. Jamais de budget pour faire de la qualité, trop d'intervenants, et comme la mode est au jeunisme, on ne m'offrait jamais les projets les plus intéressants. Quant aux miens, ils passaient toujours en dernier.

Elle racontait tout cela sans aucune rancœur. Elle n'avait rien d'une femme aigrie.

— Cette maison m'a guérie de tout ce cirque. Et de ma dernière peine d'amour.

Maintenant qu'elle avait connu les joies d'habiter à la campagne – campagne qu'elle ne quittait que pour les urgences, et encore –, elle se consacrait à l'écriture de son premier roman.

Je lui ai fait remarquer que le monde de l'édition n'était guère plus drôle. J'en savais quelque chose puisque j'y travaillais.

— Dans ce domaine, parfois les couteaux volent bas.

— Peut-être, mais dans un roman, il n'y a pas de limite de budget, un repas pour deux, par exemple, ou un banquet pour deux cents personnes, c'est gratuit. Pas de calcul budgétaire. Il n'y a qu'un seul intervenant, l'éditeur. Dans mon cas, il s'agit d'une femme charmante et très compétente. Je me sens entre bonnes mains. Les critiques ? Je ne peux rien faire contre ça. Tout le reste, c'est ma responsabilité.

J'aimais sa façon de voir les choses. Je lui ai fait part de mon vœu actuel, celui de devenir sinon Dieu, du moins la déesse de mes rénovations.

— Le paradis terrestre n'a pas été créé en un jour, a-t-elle commenté.

— Ni en six mois, si je me fie à mon enfer !

On a ri à l'unisson. Elle a ensuite affirmé être contente d'avoir fait ma connaissance, ajoutant qu'on pourrait sans doute devenir copines. À condition que je n'aie pas peur des qu'en-dira-t-on.

— De quoi j'aurais peur ? lui ai-je demandé, alors que la vraie question aurait dû être : « De quoi devrais-je me méfier ? »

En guise de réponse, elle m'a lancé cette phrase, à laquelle je ne m'attendais pas du tout :

— Tu n'es pas lesbienne, toi, hein ?

J'ai avalé ma bouchée de travers en lui faisant signe que non.

— Moi non plus. Mais beaucoup se sont installées dans la région. Je n'ai rien contre cette orientation sexuelle, mais ce n'est pas ma tasse de thé.

Ni la mienne non plus, me suis-je dit, tout en levant la main pour commander un café.

Elle a continué sur sa lancée.

— Quand les gens voient deux filles ensemble, ils concluent trop facilement qu'elles forment un couple. En fait, ce serait plus simple d'aimer les filles. Parce que les gars intéressants, ça ne court pas les rues. Après ma dernière rénovation, en ville, je me suis séparée.

— Je suis désolée, ai-je dit, sincère.

— Pas autant que lui ! a-t-elle rétorqué, du tac au tac.

Décidément, j'aimais l'humour et l'aplomb de cette fille. Pendant quelques instants, on a siroté notre café en silence. Mais une question me brûlait les lèvres. J'ai essayé de donner à ma voix un petit ton détaché.

— Le gars avec qui tu étais au Réno-Dépôt, c'est ton chum ?

— Lui ? Non, non. Je venais juste de le rencontrer dans la robinetterie. Comme il avait l'air un peu perdu, je l'ai aidé. J'en connais long sur le sujet. L'amour, je sais pas, mais la quincaillerie, oui. Je l'ai également dirigé dans ses recherches pour des rideaux, un lavabo, des armoires de cuisine. Au moment où il a voulu qu'on choisisse ensemble un matelas, j'ai mis les freins.

Je lui ai fait remarquer que ç'aurait été une belle occasion pour entrer dans le vif du sujet.

— Le « vif » du sujet ne me fait pas peur, a-t-elle répondu en riant. Le problème c'est qu'il n'est pas du tout mon genre. On a des tas d'atomes crochus, mais pas d'appel de phéromones. Si j'ai pas le grand frisson pour quelqu'un, je ne peux pas. On s'est vus une fois ou deux. Moi, c'est un cow-boy que ça me prend.

Pour ma part, je n'étais pas aussi catégorique sur le style d'homme qui me plaisait. Pour le moment, c'était l'homme aux yeux verts qui m'attirait. Elle a dû s'apercevoir de quelque chose parce qu'elle m'a regardée d'une drôle de façon.

— Pas de chum, toi non plus ?

J'ai fait signe que non en essayant de respirer plus profondément pour faire disparaître les rougeurs sur mes joues. Je me sentais comme une fillette en émoi devant une femme rompue aux choses de l'amour. Je lui ai raconté ma dernière expérience.

— Il n'était pas totalement libre. Mais ça, je ne le savais pas. Il était très attaché à moi, me semblait-il. Un soir qu'on mangeait ensemble, il a commencé à me décrire toutes les maîtresses géniales qu'il avait eues au cours de sa vie. Il a disserté sans fin sur celles qu'il désirait...

Allison a terminé la phrase à ma place :

— Mais jamais il n'a parlé de toi et de tes qualités.

— Bingo !

— J'ai connu ça aussi, des goujats. Mais il y a des hommes gentils, il faut juste tomber sur le bon. Ça en prend juste un. Et si c'est un cow-boy, bingo ! Mais si tu savais le nombre d'hurluberlus que j'ai rencontrés dans ma courte vie amoureuse !

Elle en a profité pour me mettre au courant de ses terrains de chasse. Les clubs de rencontres sur Internet n'avaient encore rien donné de concluant.

— Mais je ne désespère pas. Si les gars qui cherchent des femmes s'adressaient aux vraies femmes, pas aux fillettes, ce serait déjà ça. Et bien sûr, la compagne de leurs rêves doit avoir un poids proportionnel à sa grandeur. C'est toujours spécifié dans leurs demandes. Eux, ils s'imaginent encore dans la fleur de l'âge, beaux comme des Adonis, mais tu devrais voir leurs photos, sur les sites. Ils font de la bedaine, sont chauves pour la plupart, et je suis convaincue qu'ils n'ont encore rien réglé avec leur passé. Ils ont du chemin à faire, je trouve. Mais c'est quoi, leur problème ?

— Moi, j'ai renoncé à comprendre. C'est un trop grand mystère pour moi. Je préfère mettre mes énergies sur moi pour arriver à vivre sereinement.

Je lui ai confié que, pour ma part, j'avais presque abandonné cette quête amoureuse.

— Je crois que je devrai attendre une autre vie, lui ai-je avoué.

— Faut pas laisser tomber. T'es une timide, toi. Laisse-moi regarder dans mes *rejects*, si je ne te trouve pas quelqu'un.

J'ai eu beau lui répéter que pour l'instant l'aménagement de ma maison me suffisait, elle a répliqué que ce qui ne faisait pas l'affaire de l'une pouvait tout à fait convenir à l'autre.

Ça m'a rappelé qu'il y a quelques années une de mes copines organisait des fêtes où ses amies, au lieu d'apporter un plat, devaient amener un ex-amant ou amoureux, libre et qui pouvait intéresser une autre. Les filles repartaient souvent avec celui qu'elles avaient amené, le trouvant à nouveau excitant lorsqu'une autre s'y intéressait sérieusement. J'ai ce genre de réaction lorsque je donne des vêtements à mes copines. Aussitôt que je revois une robe ou une veste que j'ai donnée, je trouve qu'elle a beaucoup d'allure sur l'autre et j'ai envie de la reprendre et de donner à ce vêtement une deuxième chance.

On a parlé encore longtemps et avec passion de tous les clubs, les endroits et des diverses possibilités qui s'offraient aux femmes de notre âge pour dénicher un compagnon potentiel. J'ai cité à Allison une petite annonce que j'avais lue dans le journal français *Libération*.

— C'était écrit, textuellement, je te le jure : *Grand couteau cherche sa fourchette, grosse cuillère s'abstenir.*

Celle-là, on l'a ri jaune.

— Va falloir que je te sorte, toi, a dit Allison. En hiver, il y a moins d'activités que durant les beaux jours, mais il y a plein de trucs à faire. Tu connais un peu le coin ?

Je lui ai répondu que depuis la prise de possession de la maison et le début des rénovations, c'est-à-dire près de quatre mois, je ne fréquentais que les quincailleries, les marchands de bois, les plomberies, les magasins de revêtements de sol ou de peinture.

— C'est un bon départ. Selon une étude sur la recherche de célibataires, la section robinetterie de la chaîne des Home Depot serait un des hauts lieux de la *cruise*. Les *laundromats*, c'est terminé. Le *speed-dating*, c'est pas fort. Avec les clubs de rencontres sur Internet, il faut être prudent.

— Qu'est-ce qui reste ? ai-je demandé devant le tableau peu encourageant qu'elle venait de tracer.

— Il reste les copines, a-t-elle dit avec un grand sourire.

J'ai cru percevoir, dans la brillance de son œil, qu'elle devinait mes pensées au sujet de ma quête amoureuse. J'ai décidé de la laisser faire si elle avait des idées pour moi et d'accepter, du coup, son amitié.

— La prochaine fois, on ira manger au Floral ou au Café in. Il faut que tu connaisses ton village. Il y a une boutique indonésienne fabuleuse que j'aimerais que tu voies. Elle est pleine de petites merveilles. Les propriétaires, mes amis Mélanie et Sassan, vont régulièrement à Bali et en ramènent de belles trouvailles.

Je l'ai arrêtée dans sa lancée, sinon elle m'aurait déroulé tout le bottin des boutiques, restaurants et endroits à visiter à tout prix. Le temps filait.

On a échangé nos numéros de téléphone, en promettant de nous revoir sous peu. J'ai payé mon repas et mes provisions, et suis sortie.

Tandis que je marchais d'un pas rapide sur le trottoir, je l'ai entendue crier, dans mon dos, que si j'avais besoin d'aide pour trouver des ouvriers, elle connaissait tout le monde dans le coin. Je lui ai envoyé la main sans me retourner et j'ai couru vers la maison. J'étais en retard de trois heures sur mon horaire. Mais quel repas instructif et quelle fille rigolote ! Et aussi bien l'avouer, elle m'était très précieuse puisqu'elle connaissait l'homme aux yeux de mousse. J'ai volé jusqu'à la maison. Je ne pensais pas qu'une femme de cinquante-trois ans pouvait faire ça.

42

Lorsque je suis arrivée à la maison, il y avait un gros camion devant l'entrée. Le bois ! J'avais oublié la livraison et le monsieur qui avait précisé vouloir être payé sur-le-champ. Le monsieur en question était bien là, le bois aussi, mais comme à la campagne tout se fait avec un petit retard sur l'horaire prévu, je me trouvais être arrivée à l'heure pile où il venait chez moi.

Debout près des huit cordes de bois, l'homme m'a lancé :

— Pas trop gros, assez sec, juste ce qu'il vous faut pour tenir vos menottes et vos petons au chaud !

Il a actionné un levier et tout le bois s'est répandu dans le stationnement. Ça faisait une belle montagne. C'était assez impressionnant.

— L'hiver a intérêt à être froid, sinon vous allez vous retrouver avec du bois de chauffage pour les trois prochaines années.

Effectivement, j'ai dû admettre que huit cordes, c'était peut-être un peu ambitieux. Je me suis défendue en disant qu'après tout j'avais un foyer dans le salon et le poêle à combustion lente dans la cuisine, que je comptais bien allumer tous les matins frisquets. L'homme a pris l'argent que je lui tendais en me recommandant de l'appeler si jamais je manquais de bois. Je crois bien qu'il riait tout seul en prenant place dans la cabine de son camion.

Il ne me restait plus qu'à tout corder. Je me serais bien tourné vers les ouvriers, mais ce n'est pas parce qu'il y a des bras forts dans la maison qu'on peut nécessairement en faire usage. Ils en avaient déjà pas mal sur les bras, justement. Si je leur demandais ce service, en les payant, il va sans dire, je retarderais les travaux à l'intérieur. La famille Frizzle au grand complet est heureusement venue à ma rescousse. Mary, Ken et leurs deux grands gaillards. Ils avaient débarqué chez moi, un beau matin, au cours de l'été, ayant entendu parler que je cherchais des jardiniers pour m'aider dans l'entretien du terrain et de la piscine ; maintenant, je ne saurais me passer d'eux. On s'y est tous mis. Huit cordes, c'est de la grosse ouvrage, comme on dit. On a quand même ri un bon coup, malgré l'effort, malgré la pluie. Parce qu'il s'est mis à tomber des cordes. L'expression « Il pleut des cordes » prenait ici tout son sens. Le travail terminé, pour qu'on puisse se reposer et se sécher un peu, j'ai déniché quelques tasses dans une boîte et j'ai fait du café avec la cafetière expresso que j'avais installée dès les premiers jours. On ne pouvait s'asseoir nulle part. On était trop sales et trop mouillés. Tout en savourant la boisson chaude – que je les soupçonnais de trouver trop forte, cependant –, Ken et Mary ont discuté de ce qui restait à faire pour ranger l'été dans la remise. Il fallait notamment tailler les rosiers et les abriter sous leurs cônes protecteurs, arracher les annuelles, rentrer les plantes vertes qui pourront survivre jusqu'au printemps prochain, ramasser le bois mort et les feuilles. Il fallait aussi ranger les boyaux d'arrosage et couper l'eau. Presque rien, quoi ! Ils comptaient laisser aussi longtemps que possible sur la terrasse la table, les chaises et le barbecue qui m'étaient d'un grand secours tant que la cuisine n'était pas entièrement installée.

Pendant qu'on établissait la longue liste des travaux, les ouvriers ont annoncé qu'ils avaient terminé pour la journée. Je me suis informée au sujet de la cuisinière, qui n'avait pas été livrée.

— Demain, je présume, m'a répondu l'entrepreneur, imperturbable.

Plus ça change, plus c'est pareil !

Lorsque tout le monde est parti, j'ai senti comme une lassitude. La liste que m'avait laissée Mary trônait entre les copeaux de bois et les outils sur le comptoir central. J'avais mal aux mains, mal aux reins. J'ai fermé à clé toutes les portes de la maison jaune, qui est habituellement emplie de bruit et de fureur, et suis montée à l'étage pour essayer, pour la première fois, ma nouvelle douche. Oh ! le bonheur ! Oh ! la joie suprême ! J'ai pu enlever le plus gros de la saleté et j'en ai profité pour me laver les cheveux. J'ai apprécié le large pommeau de douche qui laissait passer l'eau en pluie fine. J'avais la sensation que tous mes soucis prenaient le chemin du renvoi en même temps que l'eau qui s'écoulait.

Et comme j'étais passablement courbaturée, j'ai décidé de faire trempette quelques heures dans mon bain tout neuf. Il est tout petit, presque fait pour ma taille, pas du tout pour les cow-boys ; mais il permet de s'appuyer le dos pour lire confortablement. Quand j'avais choisi cette baignoire, Henri, qui m'accompagnait, m'avait signalé que mes soupirants n'entreraient jamais dans un si petit espace. Je lui avais répliqué que l'amoureux – si jamais il y en avait un dans ma vie – n'aurait qu'à utiliser la douche. Je n'arrêtais pas de penser à Harris. C'est certain qu'avec ses grandes jambes ce gars n'aurait pas de place dans la baignoire. Mais dans ma vie ? Est-ce que j'arriverais à lui trouver un petit coin ?

C'est avec ces pensées que j'ai continué de tremper en regardant les arbres par la fenêtre toute propre. J'avais passé un temps fou, la veille, à m'arracher les ongles pour enlever l'étiquette archi-collante que le fabricant appose, en signe de qualité, sur ses vitres et qui ne s'enlève qu'au bout de bien des heures de frottage. La pluie avait cessé et les feuilles dégoulinaient doucement. Comme moi dans mon bain. Hum ! La campagne avait enfin du bon !

Lorsque je me suis réveillée, il faisait déjà nuit. Je n'avais aucune idée de l'heure. Ma montre était sur le lavabo. Un bruit étrange m'a complètement remis les esprits en place. Je m'étais endormie dans le bain. L'eau était froide et moi, gelée. Je suis sortie précipitamment de la baignoire et j'ai enfilé un peignoir, bien décidée à aller voir ce qui faisait un tel boucan à l'extérieur.

J'ai ouvert la porte du balcon du deuxième, j'ai allumé la lumière et je me suis approchée sans bruit de la balustrade, où j'ai constaté les dégâts. Sur la terrasse du bas, plusieurs sacs d'ordures laissés par les ouvriers avaient été déchiquetés et leur contenu était répandu sur l'ardoise. Trois gros ratons laveurs continuaient leur banquet sans tenir compte de la lumière et de mes cris pour les faire déguerpir. Je suis descendue et les ai finalement fait fuir avec un balai. J'ai dû mettre de gros gants de travail pour ramasser les déchets, les mettre dans un autre sac-poubelle et les rentrer dans la maison.

Je me suis rappelé qu'Irène m'avait bien avertie :

— Il ne faut jamais laisser les ordures à l'extérieur. Il faut mettre les déchets dans des poubelles qui ferment hermétiquement. Ça prend même une grosse pierre sur le dessus pour dissuader les bêtes de fouiller à l'intérieur.

Cette femme savait de quoi elle parlait. Son petit chalet, fermé pour l'hiver l'année précédente, avait servi de cachette à une famille de ratons laveurs. Ils étaient entrés par la cave, avaient percé des trous dans le mur sous l'évier, étaient entrés sans encombre et avaient tout déchiqueté à l'intérieur.

— Ils ont mangé toutes les bougies. Ils ont mâchouillé des kleenex. Ils ont même réussi à ouvrir la porte du réfrigérateur. C'est brillant, ces petites bêtes-là, avait affirmé Irène. Plus qu'on pense.

Elle m'a raconté que les ratons laveurs avaient répandu dans la cuisine tout le contenu d'une bouteille de sirop d'érable. Il ne restait sur le plancher que les traces collantes de leur méfait.

— Le ménage que j'ai eu à faire ! Je ne vous dis pas. Je vous jure que ça sentait le zoo de Granby. J'ai dû faire venir un spécialiste avec des cages pour les attraper et un autre a dû arracher, à la cave, tout l'isolant qui était souillé. C'était pas beau à voir.

Elle m'avait précisé que heureusement ils n'avaient pas fait leurs besoins à l'intérieur, ajoutant :

— Avec toute la cire qu'ils ont ingurgitée, je pense qu'ils ont été constipés pendant des semaines.

On avait bien ri de cette aventure, mais maintenant que j'étais aux prises avec le même genre de problème, je n'avais pas du tout envie que ces bêtes s'installent dans ma maison. Je me suis adressée, dans le noir, à tous types de bêtes qui songeraient à y pénétrer.

— Allez-vous-en. C'est chez moi, ici. C'est moi qui paye l'hypothèque. Alors, ouche, ouche ! Faites de l'air !

Après être remontée m'habiller, je suis partie vers le chalet d'Irène pour dormir quelques heures.

Ma petite Bouboulina était ravie de me retrouver. Elle est venue se pelotonner contre moi en ronronnant. Je l'ai caressée longuement en lui murmurant qu'on était peut-être juste deux filles, ni l'une ni l'autre dans sa prime jeunesse, mais qu'ensemble on viendrait à bout de tous les travaux de la maison jaune. Et que si d'aventure des bêtes féroces voulaient envahir notre demeure, eh bien ! elles allaient voir de quoi deux femelles étaient capables. La poilue et la frisée avaient des ressources insoupçonnées. On leur ferait une guerre sans fin. Bouboulina et moi, on se battrait griffes et ongles pour protéger notre palais. Les animaux sauvages n'avaient qu'à bien se tenir. La seule petite bête qui aurait droit de séjour, à la maison jaune, c'était ma petite chatte, plus toute jeune, mais qui reprenait du poil de la bête au contact de l'air frais de la campagne. « Pourvu que ça m'arrive à moi aussi, me suis-je dit, parce que ce soir j'ai deux mille ans, tellement je suis fatiguée. » Et j'ai sombré dans un profond sommeil, bercée par le ronronnement de ma compagne moustachue.

43

— Henri ? J'ai un gros problème !

— C'est quoi, cette fois-ci, ma puce ? a répondu Henri, toujours aussi calme.

J'ai changé le combiné d'oreille pour être plus à l'aise. Ce que j'avais à lui dire allait peut-être prendre pas mal de temps.

— Tu dois commencer à en avoir marre de mes problèmes qui se suivent, mais ne se ressemblent pas.

Toujours aussi imperturbable, il m'a répondu que ce qu'il y avait de bien dans mes déboires, c'était que justement ce n'étaient jamais les mêmes. Il a ajouté, sur le même ton :

— Ça veut dire que tu arrives à en résoudre.

— Oui peut-être, en attendant les suivants !

J'ai longuement soupiré. Tous ces travaux commençaient sérieusement à me peser. À l'autre bout du fil, j'entendais Henri farfouiller dans des papiers. Puis j'ai entendu son souffle changer.

— Qu'est-ce que tu fais ? lui ai-je demandé.

— Je mets mon manteau.

Puis un tintement de clés a résonné dans le combiné.

— C'est quoi, ce bruit ?

— Je prends mes clés dans ma poche.

— Où es-tu ?

— Dans le bois.

Il a soudain changé le ton de sa voix. Celle-ci est devenue caverneuse et lubrique.

— Mets ta jaquette en flanellette, ma Bichette, j'arrive. (Puis il a ajouté en rigolant :) C'est pour mieux te manger, mon enfant !

Et il est arrivé, effectivement, un peu plus tard. Je me suis sentie un peu moins coupable de l'avoir dérangé puisqu'il faisait du repérage dans ma région. Il cherchait une maison, pour le tournage d'une publicité bucolique.

— Tu vois le genre ? a-t-il dit. Petite maison dans la prairie.

Je lui ai suggéré deux ou trois maisons dans le style qu'il cherchait et que j'avais vues en circulant en voiture. J'ai marqué leur emplacement sur une carte routière, que je lui ai donnée. Puis on en est rapidement venus à ce qui me tracassait.

Nous étions installés dans mon bureau. J'avais fait du thé et on regardait par la porte-fenêtre nouvellement installée le soleil s'étirer encore un peu avant de disparaître tout à fait derrière l'horizon. Henri a éclaté de rire devant mon air contrarié. J'ai rarement vu ce beau gaillard de mauvaise humeur. À peu près une des seules fois où c'est arrivé, c'est lors de la crise du verglas, lorsque des gens que nous connaissions avaient de l'électricité tandis que moi, dans le Vieux-Montréal, et Henri et son chum, dans le vieux Saint-Lambert, luttions pour ne pas mourir de froid. Ce qui l'avait tant mis en rogne, c'est que ces gens n'avaient même pas pensé à nous offrir le gîte pour quelques jours. Il est comme ça, Henri. Quand les gens sont incapables de générosité, il entre dans une terrible colère. Lui, lorsqu'il s'agit des copains, il n'est jamais avare de son temps.

Sauf, donc, dans des circonstances exceptionnelles, cet homme est une soie ! Et il rit souvent, même lorsque vous avez l'impression que le ciel vous tombe sur la tête. Comme il venait de le faire. Après quoi, allongé sur le récamier, les bras au-dessus de la tête, il a dit :

— Alors… ?

— Oui… Tu te souviens que tu m'avais conseillé d'accepter l'offre de Claudie.

— À propos de la cuisinière italienne ?

— Justement. Ben ! On ne trouve plus les ronds !

— Comment ça ?

J'ai résumé une fois de plus les déboires du déménagement qui m'avaient obligée à distribuer les cartons et les meubles un peu partout dans la maison. La fameuse table de cuisson, elle, avait été entreposée chez le ferblantier, le temps qu'il fabrique un meuble sur mesure, en acier inoxydable, pour l'y insérer. Mais les ronds, maintenant que l'on s'apprêtait à brancher la cuisinière, étaient introuvables. Pas de ronds, pas de cuisinière.

Il faut dire que la gazinière de Claudie avait quelque chose d'alléchant. Cette fille et son mari ont parcouru la planète pendant des années avant de revenir au Québec. Étant fille de cuisinier, elle s'est toujours intéressée à tout ce qui touche à la bouffe et, avec son géant de mari, a ouvert des restaurants. Après avoir sillonné la Californie et les villages de France et d'Italie, ils possèdent maintenant une boutique de produits fins et font traiteurs, à Montréal. En quittant l'Italie, Claudie avait rapporté au Québec deux cuisinières fonctionnant au gaz. Comme elle n'avait pas besoin des deux, elle m'en a offert une. « Tu vas raffoler de cette surface de cuisson puisqu'elle est très basse, m'avait-elle assuré. À peu près quinze centimètres de moins que la hauteur habituelle. Pour les petites personnes comme nous deux, c'est l'idéal. On peut facilement touiller dans les casseroles tout en observant leur contenu. »

Cette table de cuisson, effectivement très bien conçue, comprenait cinq ronds au gaz et un réchaud électrique. Elle était gigantesque. Et pour une fois que j'avais de la place, je m'étais laissé tenter. Henri, qui était venu avec moi admirer la merveille, était vite tombé sous le charme, lui aussi. Je savais, cependant, que je n'avais pas les moyens d'acheter une gazinière, alors que je ne rêvais que de cela puisque je m'installais à la campagne. Claudie et moi avions alors convenu d'un échange. En quittant mon appartement du Vieux, je voulais me débarrasser d'un énorme divan et d'un fauteuil en cuir noir qui, au dire de Massimo, ne cadreraient pas avec mon nouvel intérieur. Mais le mari de ma copine, avec son grand corps, trouvait le divan extrêmement confortable, chaque fois qu'il venait chez moi. Je l'avais fait renipper par un spécialiste et les outrages du temps n'y paraissaient plus.

Le marché fut donc rapidement conclu : les meubles en cuir pour elle contre la cuisinière pour moi. Le mari pourrait désormais s'allonger de tout son long et je pourrais un jour allonger la sauce à loisir sur la gazinière. Mais en attendant que celle-ci me procure quelques joies, elle me donnait des maux de tête.

— Le meuble ? s'est informé Henri.

— Viens voir, ça va te plaire.

Alors que nous nous dirigions vers la cuisine, Henri a admiré au passage le travail déjà fait. Le salon avec sa cloison enlevée, les meubles installés. Il s'est moqué de mon mur de caisses de livres.

— Oh ! Nouveau design... C'est super branché, ce style. Ça va faire école. Philippe Starck serait jaloux.

Je lui ai donné une tape sur le bras pour le faire taire. Il a coincé ma tête au creux de son bras et m'a donné un bec sonore sur le front.

— Et les amours ? m'a-t-il demandé. As-tu enfin trouvé un campagnard costaud qui pourra te donner un coup de main ?

J'ai fait signe que non.

— Ils demandent au moins quarante dollars de l'heure pour ça.

Devant son air ahuri, j'ai précisé :

— Pour effectuer les travaux. Pour le reste, ça n'a pas l'air de les intéresser. Je ne fais pas assez pitié, je pense.

— Voyons donc !

— Henri, si j'avais moins de trente ans, que j'étais mince et menue et que j'avais l'air d'être incapable de me débrouiller, là ils se jetteraient à mes pieds. Ils se fendraient en quatre pour me venir en aide. Ils auraient l'impression de me sortir de la misère.

— Tu n'exagères pas un peu ?

— Pas du tout. J'ai déjà eu un chum qui ne se sentait pas utile dans ma vie. Il disait que je ne lui laissais même pas sortir les poubelles. Il me semble que j'ai des choses plus excitantes à offrir aux hommes que de sortir mes vidanges.

— Les gars sont cons, alors !

Une fois que nous avons été rendus dans la cuisine, il a regardé de près les portes d'armoires que deux de ses collaborateurs, qu'il m'avait chaudement recommandés, venaient de finir de repeindre. Je voulais conserver les anciennes armoires, le meuble à tiroirs et le vaisselier, mais pas leur couleur d'origine trop foncée.

En professionnel, Henri a passé la main sur certaines portes, en a ouvert d'autres, a fait de même avec le devant des tiroirs, pour vérifier le travail. Il était ravi du résultat.

— Ils travaillent bien, ces gars-là.

J'avais moi-même été très impressionnée par la façon de faire de Luc et André, qui avaient l'habitude de peindre les décors d'Henri. Toutes les portes avaient été enlevées avec soin, numérotées pour éviter les erreurs, peintes de plusieurs couches et remises en place en quelques jours. On aurait dit des neuves. Et j'adorais cette couleur vanille qui allait si bien avec le comptoir central recouvert de petites ardoises noires. J'aimais de plus en plus ma cuisine qui, lorsqu'elle serait terminée, ressemblerait à une cuisine anglaise du siècle dernier, comme dans le film *Gosford Park*.

44

Henri s'est exclamé devant la nouvelle cuisinière. Le ferblantier avait fait les choses en grand. François m'avait
dessiné un plan très précis. Et l'artisan l'avait suivi religieusement. Il avait installé une grande tablette en acier
inoxydable sous la table de cuisson, pour ranger les gros
bols qui n'entrent jamais dans les armoires, et, de chaque
côté, des étagères étroites. Le nouveau meuble brillait de
tout son inox. C'était effectivement un bel assemblage.
Et les effets du temps sur la gazinière – quelques égrati-
gnures et une toute petite bosse – n'enlevaient rien à sa
beauté. Elle avait son vécu. Tant d'années de loyaux services en Toscane ! Je m'étais laissé dire que même Mas-
troianni (du temps de Deneuve) avait dégusté des mets
préparés par Claudie sur les ronds de cette gazinière qui
avait connu de si beaux jours et de longues soirées gastronomiques dans sa maison de Lucques, en Toscane.
Sauf que moi, les fameux ronds, je ne les avais pas.

— Wow ! Elle est géniale, cette cuisinière. Je suis jaloux.

— Tu ne seras pas jaloux de grand-chose, mon bel Henri. Sans ronds, elle ne fonctionnera pas.

— Ils doivent bien être quelque part, ces ronds. Ils ne seraient pas chez le gars qui a fabriqué le meuble ?

J'ai fait signe que non.

— On a fouillé partout, et quand je dis partout, c'est vraiment partout. Ils ne sont pas chez Claudie non plus, je me suis informée. Elle m'a promis de regarder encore, mais pour l'instant sa recherche n'a rien donné.

Avant même qu'Henri réplique quoi que ce soit, je l'ai assuré que j'avais également téléphoné au ferblantier et à la compagnie qui avait fait le déménagement. Personne n'avait vu les fameux ronds.

— Ils ne se sont quand même pas volatilisés. As-tu vraiment fouillé partout ?

— Qu'est-ce que tu en penses ? !

Henri, qui est un éternel optimiste, était bien décidé à m'aider. De plus, il a décrété que plus il y aurait d'yeux et de mains pour fouiller, plus on aurait de chances de les trouver. Il m'a obligée – quand il a quelque chose en tête, on a intérêt à obéir – à téléphoner à François et à Albert pour qu'ils viennent nous donner un coup de main. Je trouvais que ces derniers en avaient suffisamment fait pour m'aider, mais ils sont arrivés le temps de le dire.

— Ça a l'air de quoi, ce qu'on cherche ? s'est informé François.

Je leur ai montré un dessin que j'avais fait lorsque les ouvriers m'avaient aidée dans ma recherche. J'ai ajouté que les ronds devraient être dans un sac en plastique. Henri a pris mon esquisse et l'a grandement améliorée. Chacun son métier. Admettons que j'ai encore du travail à faire côté perspective.

Groupés autour de la cuisinière, on a essayé de l'imaginer avec ses soucoupes, ses rondelles de fonte et ses plaques noires sur le dessus. Puis on s'est réparti le travail. La cave serait passée au crible, de même que la petite chambre où étaient stockées la plupart des choses qui n'avaient pas encore trouvé leur place. On allait également regarder du côté du garage, où avaient été rangés les accessoires et les meubles de jardin.

Albert s'est informé de l'absence de Massimo.

— Il ne devait pas être ici, l'artiste ?

Je lui ai répondu qu'il était au chalet, où il dormait à poings fermés.

— On va aller réveiller le dormeur, a décidé Albert.

Je m'y suis opposée.

— Il est très fatigué ces temps-ci. Il tombe de sommeil.

— Il paraît que ça lui fait ça, la campagne, a commenté Henri. Il est incroyable, cet Italien. Quand il ne travaille pas, il dort. Ou il mange.

— J'espère qu'il baise, au moins, a dit Albert.

Henri et moi avons ajouté, en même temps :

— Oui, mais après, il dort.

Les gars ont bien ri, convaincus que Massimo usait de ce stratagème pour s'éviter les corvées. Leur réaction m'a piquée au vif.

— Comme ça, c'est une corvée, m'aider !

Henri m'a entourée de ses bras.

— Mais non, ma belle poulette.

— Mais oui, c'est une corvée de t'aider, a ajouté Albert en riant, mais on aime ça !

— Qu'est-ce qu'on gagne si on trouve les ronds ? a voulu savoir François.

Ils m'ont regardée tous les trois, en attente d'une réponse.

— Le plus fantastique des repas, ai-je répondu. Sept services, si vous voulez. Le gagnant établira le menu, de l'entrée au dessert, moi je fais tout le reste. L'heureux élu sera par contre obligé de m'aider à vider les boîtes de vaisselle, d'ustensiles, de casseroles.

— Je le savais qu'il y avait un piège, s'est esclaffé Albert.

— Et si c'est moi qui les trouve, ces maudits ronds ? ai-je demandé.

Sans se consulter, les gars ont répondu à l'unisson :

— On t'emmène au restaurant.

45

La fouille a duré des heures. Et bien sûr nous sommes tous les quatre revenus épuisés et bredouilles. Juste au moment où François remontait de la cave les mains vides, Massimo est arrivé avec une bouteille de vin.

— L'Italien ! s'est écrié Albert. La princesse au petit pois vient de se lever.

On s'est retournés vers Massimo. Celui-ci était tout sourire, avec quelques marques de sommeil sur la joue et les cheveux en bataille.

— *What* ?

Quand on le dévisageait ainsi, il avait l'habitude d'imiter Miss Piggy, la marionnette du *Muppet Show*, et il le faisait très bien. Ce personnage de truie au caractère excessif avait coutume de tout prendre de haut lorsqu'on lui jetait un regard suspicieux.

On était tous ravis de le voir. Et le vin arrivait à point. Tandis que Henri et Albert s'informaient de la vie de Massimo, François m'a demandé ce que je ferais pour les ronds.

— Je vais insister pour que Claudie fouille encore dans sa remise. Mais je crois sincèrement que c'est peine perdue. Elle a tellement de choses là-dedans. Et si ça se trouve, les ronds sont restés en Italie. Il va sans doute falloir que j'essaie de trouver des pièces de rechange dans un magasin qui vend ce type de cuisinière.

— C'est quoi comme marque ?

— Effeti by Star.

— Jamais entendu parler.

— Je sais, personne ici ne connaît ça. C'est italien. Heureusement j'ai le *modelo*, la *matricola* et la *categoria* si jamais je dois les faire venir d'Italie.

— Qui est-ce qui est italien ? a demandé Massimo.

— La cuisinière, ai-je répondu.

— Et qu'est-ce qu'elle a, cette cuisinière ? Elle marche pas ?

— Elle a pas de ronds, a répliqué le chœur des gars.

— Dites, on ne pourrait pas changer de sujet, ai-je supplié. Je ne suis plus capable d'en entendre parler.

Albert a proposé une solution ridicule.

— Tu n'as qu'à démonter le tout. Garde les étagères, rends la surface de cuisson à Claudie et reprends tes meubles. C'est tout.

— Ah non, pas ces affreux meubles ici ! s'est exclamé Massimo.

— Non. Je ne ferai pas ça. Ça m'a coûté assez cher. Ça va rester comme ça et je vais trouver une solution.

— Moi, j'ai un petit creux, s'est plaint Massimo.

Il a fait ce geste, que je trouve très gracieux, d'amener ses doigts réunis, à plusieurs reprises, en direction de sa bouche, et qui signifie *mangiare*.

Henri a suggéré de faire un barbecue.

Aussitôt dit, aussitôt fait. François et Albert sont allés chercher de la viande pour des brochettes et quelques légumes. J'ai sorti ma machine à cuire le riz. Dans le réfrigérateur, il restait un peu de laitue. À l'aide de mon petit cahier de déménagement, j'ai guidé Henri vers les boîtes numérotées contenant la vaisselle et les ustensiles. On a pris également quelques coupes à vin. Je n'avais sorti, jusqu'à maintenant, que les couverts utiles à mon usage personnel, les ouvriers préférant manger dans des assiettes en carton, qu'ils laissaient habituellement à la traîne sur la terrasse et que la dame de la maison s'empressait de ramasser pour éviter la visite des ratons laveurs et des mouffettes.

Au moment où les gars revenaient avec les courses, on a entendu le tonnerre qui mettait notre pique-nique improvisé en péril.

— On va manger en dedans, c'est tout, a décrété Massimo.

— Il n'y a pas de table, lui a répondu Henri, puis, pensant avoir une idée lumineuse, il a ajouté : On va rentrer celle de la terrasse.

— Ça ne passe pas. Elle est trop grosse, on a déjà essayé.

— Elle est où, ta nouvelle table, *mia cara* ? Ah ! c'est celle qui est dans le chalet.

J'ai fait signe que oui. Décidément, ce premier repas à la maison commençait bien. Une cuisinière pas de ronds, une terrasse sous la pluie, une salle à manger sans table. Il ne manquait plus que le propane du barbecue nous fasse défaut.

Henri a pris les choses en main.

— Donne-moi les clés de ton chalet.

— Pourquoi ?

— Laisse, on s'occupe de tout.

Massimo a sorti les clés de sa poche. Et Henri a entraîné les gars à sa suite. Ils sont sortis tous les quatre sans que j'aie un mot à dire.

J'ai vidé les sacs d'épicerie et j'ai préparé le repas. Je me suis sentie tout à coup tellement bien. Comme si tous les soucis et la fatigue venaient de s'envoler. Je n'étais plus seule pour tout faire et pour décider de tout. Je me suis dit que c'était justement pour des occasions comme celle-là que j'avais envie d'une maison à la campagne. Une demeure pour les rires et le bonheur. Et l'amitié surtout. Je suis sortie faire griller les brochettes sur le barbecue, mon imperméable sur la tête. Et j'ai humé l'air chargé de pluie. Je réalisais, à cet instant, la chance que j'avais : une demeure à la campagne, et des nuits étoilées, à défaut d'être « olé olé », mais de jolies nuits tout de même. Et surtout, des amis. Des garçons sur qui je pouvais compter. Quatre gaillards sexy, tendres et rigolos. Tout ce que j'aime chez les hommes. À condition qu'ils soient hétéros. Malheureusement pour moi, mes mousquetaires ne l'étaient pas. Mais je les aimais tendrement et ils me le rendaient bien.

En parlant du loup, c'est à ce moment que je les ai vus déboucher dans l'allée. Deux d'entre eux portaient la grande table à bout de bras. Malgré le poids du meuble, ils semblaient contents d'eux-mêmes. Les deux autres transportaient les chaises sur leurs épaules. Le tableau était fort joli. Surtout que Massimo chantait à tue-tête une de ces ritournelles à la saveur de son pays.

Par ce geste, je crois que mes hommes me lançaient un message clair. Il était temps que je rentre à la maison. Et que je m'installe enfin, à demeure.

46

Ç'a été un des plus beaux repas improvisés que j'aie connus. En guise de nappe, on avait étendu de grands papiers sur la table. Des essuie-tout nous ont servi de napperons. Les verres étaient disparates, les couverts aussi, mais ça ne nous dérangeait pas. Les brochettes étaient délicieuses ; la salade verte, à laquelle j'avais ajouté des petits pois congelés et un soupçon de crème, était parfaite. Le vin est venu à bout de tous les soucis et de la fatigue. Et les poires avec le fromage ont ravi tous les estomacs. Nous étions repus et heureux. J'ai savouré cet instant à petites gorgées, comme un alcool délicieux qui fait du bien en dedans et réchauffe l'âme.

Lorsque la pluie a cessé et que les nuages se sont évaporés, on est sortis sur la terrasse pour compter les étoiles. Massimo, le roi des atmosphères, avait allumé tout ce qu'il avait trouvé en fait de bougies. Le jardin brillait sous un bel éclairage ocre.

— Quand j'étais petit, à Montepulciano, m'a glissé Massimo à l'oreille, le soir, on allumait toutes les bougies.

Tous ensemble, on a parlé de voyages. François et Albert rêvaient de retourner dans l'île de Flores, en Indonésie. Henri parlait d'aller en Polynésie. Massimo voulait visiter sa famille. Quant à moi, je ne rêvais que de rester sur place. Et on a refait le monde, une fois de plus.

Henri m'a entouré les épaules et m'a attirée contre sa poitrine. On est restés ainsi un moment, à regarder mon petit domaine. La fontaine de l'étang faisait entendre son chant joyeux et les poissons nageaient en silence.

— Contente ? m'a demandé Henri.

J'ai fait signe que oui. Puis je lui ai posé une question sur un sujet qui me chicote souvent.

— Pourquoi c'est si facile, l'amitié, alors que l'amour, c'est souvent la catastrophe ?

Il a émis l'hypothèse que, les amis n'ayant pas de relations sexuelles, il y avait peut-être moins d'attentes qu'en amour. Et comme pour me rassurer, il a ajouté :

— Ce n'est pas différent chez les gais, je te le jure.

— Non, c'est pas plus facile, a ajouté Albert. François et moi, on en sait quelque chose. Ça fait dix-sept ans qu'on oscille encore entre le fait d'être juste des amis ou encore des amoureux. Et des amants.

— Il me semble que l'un n'empêche pas l'autre.

Massimo a mis son grain de sel dans la conversation.

— Il m'a toujours semblé qu'il y a plus d'honnêteté en amitié qu'en amour. Je ne sais pas pour les hétéros, mais chez les gais la sexualité est plus claire, si j'en crois mes expériences.

— La sexualité n'a rien à voir avec l'amour, a commenté Albert.

Massimo a poursuivi sa pensée.

— J'ai une libido trop forte pour me retrouver en couple. Moi, je veux de la diversité. Je ne suis pas en manque de vivre à deux et je n'en peux plus de me faire briser le cœur.

— C'est sûr qu'on rêve tous de connaître la passion qui jette par terre, a dit Henri.

— Moi aussi je rêve de rentrer chez moi et de trouver dans mon lit un grand poilu, en érection, et de découvrir qu'il m'a en plus préparé à souper.

La réflexion de Massimo nous a tous fait rire.

— Au fait, les gars, a ajouté Massimo, êtes-vous au courant de la nouvelle flamme d'Olivia ?

Les trois autres se sont tournés vers moi, très intéressés.

— Une flamme ? a dit Albert. Voyez-vous ça. Je croyais qu'il n'y avait que celle du gaz propane qui t'intéressait.

Il a réussi à me faire rougir.

— Alors ? Où tu en es avec le beau prof ? a insisté Massimo.

— Quel prof ? ont demandé les trois autres.

— Ah ! C'est pas vrai, on ne va pas parler de ça. On était si bien, là ! Toi pis ta grande gueule, Massimo !

J'ai ensuite répondu à sa question sur un ton ferme, pour qu'on me laisse tranquille.

— Nulle part, je suis rendue nulle part. Je ne l'ai pas revu.

Mélodramatique, il a dit qu'il ne me croyait pas.

— Tu lui as téléphoné au moins ?

J'ai fait signe que non.

— J'ai remué ciel et terre pour trouver le numéro de téléphone de ce gars et tu ne t'en es même pas servi ? !

Les autres ont voulu savoir qui était ce mystérieux personnage dont je n'avais même pas parlé à mes amis.

— Il a l'air de quoi ? a demandé Henri.

— Il a quel âge ? s'est informé François.

— On veut tout savoir ! a exigé Albert.

J'étais piégée. Après avoir fait la grimace à Massimo, j'ai raconté le peu que je savais de Harris : notre rencontre dans le Réno-Dépôt, la nuance de ses yeux verts, son allure, en terminant avec les démarches de Massimo pour trouver ses coordonnées.

— Et t'as encore rien fait ? a dit Henri. Est-ce qu'il va falloir qu'on te l'amène à la maison jaune comme on a fait pour la table ?

Albert, lui, est revenu sur ma description de Harris.

— Des yeux d'enfer, des mains longues et douces, une chevelure de lion. Grrr… De longues cuisses musclées, un corps élancé, mince. Il est dans notre équipe, ce gars-là !

J'ai protesté avec de hauts cris.

— Eille ! De grâce ! Laissez-nous-en quelques-uns. Non, il n'est pas dans votre équipe. Et de toute façon, je ne risque pas de le revoir, à moins…

— À moins… ? a insisté le groupe.

— À moins qu'une fille que j'ai rencontrée me le présente.

— Ah bon ! Tu m'as fait peur, a dit Massimo. Il y a de l'espoir.

— Oh ! Si mince. J'ai rencontré une drôle de fille qui vit dans le coin et qui le connaît.

Les gars se sont mis à discuter de mon cas.

— Tu es privilégiée et tu ne le sais pas. Ta maison est remplie en permanence de beaux gars forts, de plombiers, de mecs à gros bras. Qu'est-ce que tu attends ? m'a demandé Albert.

Je me suis sentie obligée de répondre.

— Ils sont tous mariés ou accotés. Et les plombiers ont même pas de craque de fesses à admirer.

— Où est-ce qu'on s'en va ? Les plombiers ont plus de craque ! Déménage, Olivia. Va vivre en Italie. *Bellis-*

sima, je te parie ma chemise Armani que c'est là que tu trouveras ton Rocco Siffredi.

— C'est qui, lui ?

Les gars ont pouffé à l'unisson.

— Un acteur porno, Olivia. Vingt-cinq centimètres, a précisé Albert en rigolant.

— Veux-tu l'adresse de son site Internet ? a proposé François. Il y apparaît dans toute sa splendeur.

— Il a peut-être cette grande qualité-là, mais est-ce qu'il est gentil ? ai-je demandé.

— Ça prend bien une fille pour sortir une chose pareille.

— Ben quoi ?

— Tu vois comme elles sont, a dit Albert en se moquant gentiment. Exigeantes au possible. Elle a la maison pleine de beaux gars et ça ne lui suffit pas.

— De toute façon, ils s'intéressent tous plus à vous qu'à moi, je suis mal partie !

— C'est normal, a répliqué Albert. On est tellement des mecs super.

Je lui ai tiré la langue.

— Écoute, je ne sais pas combien de fois j'ai dû faire des signes pour attirer leur attention. Et ce n'était même pas pour leur faire du charme. Le seul moyen que j'ai trouvé pour qu'ils finissent par m'adresser la parole, c'est d'agiter mon chéquier devant leurs yeux. Là seulement ils daignent me considérer.

— T'as fait ça ? a demandé François en rigolant. T'as vraiment fait ça ?

— Des ouvriers, ça discute avec un gars. Pas avec la « 'tite madame ». Ils attendent qu'elle en parle à son mari et après ils vont prendre la décision finale avec lui. À moins que ce soit elle qui paie.

Henri, qui s'était tu jusque-là, est intervenu.

— Moi, c'est le sujet « Harris » qui m'intéresse.

— Je veux terminer les travaux dans la maison. Après, j'aviserai, ai-je répondu.

— Toi aussi, tu aurais besoin d'une petite remise à neuf. Ça fait du bien, tu sais, m'a susurré Massimo à l'oreille.

— Bon ! Sujet clos. Je vous promets que s'il y a des développements, je vous tiens au courant. Ça va comme ça ?

Ils se sont déclarés satisfaits.

Puis il y a eu, au-dessus de nos têtes, un drôle de mouvement.

— C'est quoi cet oiseau-là ? a demandé Massimo.

— Les oiseaux dorment le soir, mon beau. C'est une chauve-souris.

— Ah non ! Pas des chauves-souris, a-t-il gémi. J'haïs ça.

— Les petites bêtes ne mangent pas les grosses, ai-je lancé aux gars, qui se sont tous enfuis à la suite de Massimo.

Je suis restée seule sur la terrasse, à contempler la nuit.

47

On a ramassé la vaisselle et on l'a déposée délicatement dans l'évier tout neuf. Avant de retourner chez eux, François et Albert ont invité Henri à rester à coucher, mais il préférait reprendre la route.

— Trop de travail à la première heure demain. Et Thomas m'attend.

— Ah ! Si ton beau petit Thomas t'attend, on n'a rien à redire.

On s'est embrassés. Je les ai remerciés d'avoir participé à la recherche des ronds de la gazinière, en leur promettant de les tenir au courant du dossier. J'ai réitéré mes remerciements pour la table, aussi.

Avant de partir, Henri m'a demandé quand aurait lieu la pendaison de crémaillère.

— Au début, je croyais qu'on pourrait faire ça à l'Action de grâces. J'avais fait un menu fantastique. Mais qui a envie de manger froid, dans le plâtre et les copeaux de bois, la colle et tout le reste ? Ensuite, je me suis dit qu'on pourrait fêter à la *Thanksgiving* américaine.

Albert m'a dit d'oublier ça. « Au rythme où tes ouvriers travaillent, ça risque d'être à Noël ! »

— Mes ouvriers, eux, répètent à qui veut les entendre que ce ne sera pas avant Pâques. Encourageant, tout ça !

Henri m'a fait un clin d'œil.

— Des petits comiques, tes ouvriers !

Ouais, des vrais comiques, me suis-je dit en le regardant s'éloigner. J'ai fermé la maison jaune à clé et, avec Massimo, je me suis rendue doucement au chalet. Le village était endormi déjà. Et pour Massimo et moi, ça ne tarderait pas.

Mais j'ai jonglé avec mes pensées tandis que mon Italien préféré avait déjà sombré dans les bras de Morphée sur le divan du salon. Bouboulina, en équilibre sur ma cuisse, rêvait sans doute à un festin de pâté pour chat. Comme elle n'était pas du tout chasseuse, les souris et les oiseaux ne faisaient pas partie de son menu de rêve.

Moi, je songeais à ma condition de femme seule. Était-ce normal d'avoir à renoncer à l'amour lorsqu'on est une femme dans la jeune cinquantaine, pas trop mal foutue, la tête remplie de connaissances, et ayant vécu quantité d'expériences ? Les enfants, dans le cas de celles qui en ont, sont élevés et ils ont quitté le nid familial. Ils volent de leurs propres ailes. À cinquante ans, on est beaucoup plus équilibrée, plus calme aussi. Moi, par exemple, je ne me suis jamais sentie si jeune, si éveillée, si bien dans ma peau. Bien sûr, j'ai mes baisses d'énergie, j'ai besoin de plus de sommeil, et j'oublie des trucs, mais je faisais ça aussi à trente ans.

Les femmes de ma génération se retrouvent-elles seules parce qu'elles sont vraiment difficiles ? En tout cas, celles que je côtoie savent ce qu'elles ne veulent plus. Comme disait une illustre inconnue : « Être en amour, ce n'est faire qu'un. Mais encore faut-il savoir lequel. »

Je songeais à Harris. À l'envie de retomber en amour, ne serait-ce qu'une dernière fois avant de mourir. Ce serait tellement bon. Revivre les frissons, les attentes, les émois. Avoir chaud, avoir peur, trembler pour quelqu'un. Bon ! pas trop, mais juste un peu. Sentir un regard plein de désir sur soi, c'est quelque chose ! Je n'ai pas envie d'être punie parce que j'ai pris un peu de poids, que je n'ai plus la chair fraîche de mes dix-huit ans et que je n'ai plus cet âge gracieux depuis longtemps. J'ai l'impression que je peux offrir tellement de choses plus fascinantes maintenant que j'ai pris de l'âge et de l'expérience. Ce n'est pas l'opinion des hommes de ma génération, apparemment. Je ne peux pas croire que je vais me retrouver au rebut. Finie la bonne femme ! Elle ne peut plus servir.

Je ne sais pas pourquoi j'ai pensé, à ce moment-là, à Perdican et Camille, deux personnages de la pièce de Musset *On ne badine pas avec l'amour*. J'avais déjà aidé une de mes sœurs qui faisait du théâtre à répéter son texte. Lors d'une querelle entre les deux protagonistes, Perdican dit à Camille quelque chose comme : « Tous les hommes sont menteurs, inconstants, faux, hypocrites, orgueilleux et lâches, méprisables et sensuels. Toutes les femmes sont perfides, vaniteuses, curieuses et dépravées. » La suite, je ne m'en souviens plus très bien. Mais ça se termine par quelque chose comme : « Mais il y a au monde une chose sublime, c'est l'union de deux de ces êtres si imparfaits et si affreux. On est souvent trompé en amour, souvent blessé et souvent malheureux ; mais on aime, et quand on est sur le bord de sa tombe, on se dit : J'ai souffert souvent, je me suis trompé quelquefois ; mais j'ai aimé. »

Je me suis endormie en pensant à quel point le fait de vieillir pouvait être cruel et injuste pour une femme.

Si au moins je m'étais endormie dans les bras de Perdican. Ben non ! Belle dinde ! J'ai rêvé qu'il m'avait donné rendez-vous près de la fontaine où Camille et lui avaient l'habitude de se rencontrer. Et je ne sais pas pourquoi, il m'a carrément tourné le dos. Il est parti avec la jeune Rosette qui passait par là. Une petite paysanne bien jeune et bien ordinaire. (Massimo aurait dit, la main sur la poitrine et les yeux baissés : « Une fille ben, ben ordinaire. ») Et moi, tout ce que j'ai trouvé à faire, c'est de dévisser mes seins, l'un après l'autre, de décrocher mon sexe et de tout jeter à l'eau. Ne me demandez pas pourquoi j'ai fait ça, je n'en ai aucune idée. Et j'ai passé le reste de la nuit toute seule sur une tablette, comme une vieille affaire dont plus personne ne voulait.

Je ne vous dis pas dans quel état je me suis réveillée.

48

Il y a des matins comme ça, où tout arrive en même temps. Parfois ce sont les tuiles qui vous tombent dessus, l'une après l'autre. À la première, on se dit que c'est le hasard. À la deuxième, on commence à se poser de sérieuses questions. À la troisième, on demande tout haut, et au Très-Haut, ce qu'on a bien pu faire ici-bas pour mériter tout cela. Et si ça se poursuit jusque tard dans la nuit, on se dit que notre vie est finie, et on supplie, à genoux et les mains jointes, tous les saints du ciel, tous les dieux existants – on ne regarde pas à la religion – de faire cesser cette pluie de malheurs. Et tant qu'à y être, pourquoi ne pas trouver une autre victime. On a même une liste à leur proposer. On précise qu'on a déjà donné à la maison et au bureau, et que trop, c'est trop. Il y a quand même des limites à ce que l'on peut endurer.

J'ai passé des heures interminables au téléphone. D'abord avec Claudie, pour la supplier de regarder encore, au cas où elle trouverait les fameux ronds manquants, puis avec la moitié de la ville, appelant tous les endroits spécialisés en gazinières.

— Désolé, madame, me répondait-on. On n'a pas ces cuisinières ici. On ne connaît pas cette marque.

Ou alors, ça donnait quelque chose comme :

— Ah ! Ça y ressemble, mais c'est pas pareil.

Ils étaient bien gentils, tous ces gens qui essayaient de régler mon problème, mais ce qu'ils me proposaient ne ressemblait vraiment pas à ce que je cherchais.

Quelqu'un m'a conseillé de faire fabriquer les ronds. J'ai repris le téléphone et me suis renseignée. Le prix était tellement exorbitant que j'aurais pu avec cet argent m'acheter la gazinière au complet.

Je me suis même rendue chez Claudie pour l'aider à fouiller. *Niet, nada, niente*, rien pantoute. Devant mon découragement total, et probablement parce qu'elle était après tout en partie responsable de mon malheur, Claudie a pris les grands moyens. On allait communiquer par Internet avec la compagnie. Effeti by Star existait toujours. Un bon point de gagné. Mais… En Italie aussi, cette conjonction existe, malheureusement. Elle s'écrit et se prononce *ma*.

Ma…, écrivait donc l'autre, de l'autre côté de l'océan, *ma* ils n'avaient pas cet article en stock, *ma* ils pouvaient le trouver. Ils pouvaient même nous expédier deux exemplaires pour vérifier s'il s'agissait du bon modèle, *ma* contre une certaine somme en euros. On devrait recevoir les spécimens dans les cinq prochains jours ouvrables. Je croyais rêver.

Claudie aussi était contente. Je crois qu'elle en avait marre de vider ses placards à la recherche des maudits ronds.

Dans la vie, il n'y a pas que les malheurs qui vous tombent dessus. Parfois aussi – mais assez rarement, il faut dire –, les petits miracles s'empilent les uns par-dessus les autres, pour faire de votre journée un jour d'exception. Une première surprise c'est bien, deux c'est franchement mieux. À la troisième surprise agréable, on n'en croit pas ses yeux, mais quand le quatrième cadeau fait son apparition, et ce, la même journée, on se demande ce qu'on a bien pu faire pour mériter autant de bonnes choses du même coup et l'on tombe à genoux, excité et reconnaissant de tant de bonheur.

J'ai connu une telle journée. Je ne suis pas tombée à genoux parce qu'il y a encore trop de poussière au sol et quelques clous ou vis à la traîne, et que je n'en peux plus de me salir ou de me blesser aux « guiboles », mais je suis restée estomaquée une grande partie de la journée. Je n'arrêtais pas de répéter : « Ça ne se peut pas, je rêve ! Ce n'est pourtant pas Noël. » La première surprise qui m'a mise en état d'euphorie, c'est de voir les ouvriers de l'équipe de finition franchir l'un après l'autre la porte de ma maison. Comme si tous ceux qui faisaient partie de cette deuxième équipe dite « équipe de finition » s'étaient donné rendez-vous ce jour-là, sans que j'aie à planifier quoi que ce soit.

Les autres ouvriers, qui travaillaient chez moi depuis des lustres, me semble-t-il, sont partis sur un autre chantier. Comme m'a dit l'entrepreneur avant de s'en aller avec son dernier chèque en main :

— Tout ce qu'on avait à faire dans cette maison et qui est spécifié au contrat est terminé. Au revoir, madame, bonne chance avec votre maison. Nous, on a fini. Bye bye.

Je pense qu'il était temps qu'ils s'en aillent. Le gros œuvre était terminé et c'est ça qu'ils préféraient. Défoncer des murs, démolir des parois, monter de nouvelles structures, faire des cheminées extérieures, poser des portes, etc. Mais la finition, très peu pour eux. J'avais donc dû trouver d'autres ouvriers. Allison m'a été d'une grande aide. Elle connaissait quelqu'un qui connaissait quelqu'un qui…

Cette journée-là, il y a d'abord eu Serge – recommandé par François et Albert –, qui est arrivé tôt. Il devait terminer l'isolation dans la salle de lavage, poser les panneaux de plâtre et tirer les joints. Ensuite il faudrait peindre. J'avais hâte de voir ce que *nostalgia* allait donner comme effet dans cette pièce. Une heure plus tard, alors que je ne l'attendais pas ce jour-là, Donald, le mari d'une amie, qui est ferblantier, a débarqué avec ses morceaux d'acier inoxydable. Il venait finir l'installation de la hotte qui ne tenait qu'à un fil. À cause du travail effectué à la va-vite par l'entrepreneur et son groupe, il fallait faire les corrections qui s'imposaient.

Deux ouvriers en même temps, c'était presque un pléonasme.

Sur l'heure du dîner, alors que je savourais ma joie au lieu de m'alimenter de nourritures terrestres, Daniel et son père Léonard, amis d'Allison, sont arrivés pour planter quelques clous, accrocher des cadres, assembler une armoire accompagnée d'instructions en japonais et en suédois, du genre qui vous rend fou au bout de dix secondes. Ces deux-là étaient d'une patience incroyable.

Je ne m'entendais plus penser, mais ça m'était égal, la maison bourdonnait d'activité. Les hommes étaient partout à la fois, sciant, cognant, vissant. Et moi, tout en admirant le tableau, je n'en croyais pas mes yeux. J'étais Blanche-Neige avec ses quatre compagnons bricoleurs. Hi ho ! Hi ho ! Siffler en travaillant… Je savourais chaque seconde de ce brouhaha en me répétant que plus ils étaient nombreux, plus ils travaillaient et plus vite cette maison retrouverait le calme et serait enfin habitable.

On dit bien qu'un bonheur n'arrive jamais seul. Eh bien, c'est vrai. Ce jour-là, ce jour béni des dieux, le bonheur a sonné à ma porte et je l'ai laissé entrer.

C'était pour la livraison de la porte-fenêtre de la cuisine. Le livreur avait besoin d'aide. Je ne lui aurais pas été d'un grand secours si j'avais été seule à la maison. Heureusement les bras forts étaient nombreux, ce jour-là. Et ces hommes-là connaissaient la chanson. Hi ho ! Hi ho ! Siffler en s'essoufflant... Ils ont peiné, transpiré et sacré après la porte qui pesait une tonne. Mais ils ont réussi à la descendre du camion et l'ont placée délicatement à l'abri du vent. En attendant.

Bien sûr que c'est « en attendant » ! Vous imaginez-vous que parce qu'une maison est remplie à ras bord d'ouvriers très qualifiés que les choses se font en criant « lapin » ? Non ! Ça se fait en criant « rénovation ». Et ça, ça prend du temps. Les ouvriers terminent ce qu'ils sont en train de faire et après, après seulement ils s'occupent de l'urgence suivante.

La porte attendait donc dehors. Pourvu que le vent ne la fasse pas tomber et se briser.

49

Un jour, il y a de cela des millions d'années, quelqu'un a dit : « Que la lumière soit ! » Et la lumière fut. Eh bien, ce n'est pas le cas chez moi ! Celui qui a dit cette belle parole légendaire n'était sûrement jamais passé par la maison jaune. Énorme problème d'électricité dans la salle de lavage. Serge était en train d'en perdre son latin. Il avait beau jouer avec tous les boutons, vérifier le câblage, pas une petite lueur ne voulait se montrer le nez.

Pourtant le travail avait été dûment exécuté par un professionnel. C'était à n'y rien comprendre. Puis, comme par magie, aussi simplement que lorsqu'on appuie sur un commutateur et que ce geste magique vous sort de la pénombre, l'électricien est arrivé juste au moment où on avait besoin de lui. En fait, je l'avais appelé la veille, mais ce n'est pas parce que vous appelez un électricien qu'il se pointe nécessairement au moment où il y a une urgence. Lui non plus ne comprenait pas d'où venait le problème. Alors, tous les ouvriers sur place s'y sont mis. Même si ça n'entrait pas dans leurs spécialités, ils voulaient que la lumière soit, chez moi. Chacun à son tour y allait de son avis, proposant une solution, faisant appel à son expérience. Je les aurais tous embrassés tellement ils me faisaient plaisir.

Eh bien ! ils ont fini par trouver le bobo. Le gradateur, bien que neuf, était tout simplement défectueux. L'électricien irait le rapporter au magasin, en exigerait un nouveau et reviendrait le poser... quand il aurait le temps. Je ne donne pas dans le sadomasochisme, mais tout au long de ces rénovations j'ai souvent rêvé d'enchaîner mes ouvriers pour les empêcher de partir et avoir à attendre qu'ils daignent revenir.

Nous avons pris le café tous ensemble, en admirant le coucher du soleil qui décline trop rapidement à ce moment de l'année, et avons convenu que cette demeure était formidable, tout compte fait. Malgré toutes les difficultés qu'elle faisait pour se laisser rénover, malgré toutes les embûches, tous les retards.

Avant de partir, l'électricien a demandé aux autres si je leur avais parlé de mon histoire de sécheuse.

— Comment vous savez ça, vous ?

— C'est mon collègue qui m'en a parlé.

Les autres ont tellement insisté pour savoir ce qui était arrivé que j'ai dû raconter l'anecdote.

— C'est très simple. Lorsque j'ai voulu acheter une laveuse et une sécheuse, les modèles qui me plaisaient étaient vraiment trop chers. On m'a conseillé de me les procurer dans un entrepôt qui vend des appareils neufs mais légèrement abîmés, ce qui ne nuit en rien à leur bon fonctionnement. Quand j'ai enfin trouvé les appareils que je cherchais, il fallait absolument que je les fasse livrer dans les dix jours suivant la vente. J'habitais encore le Vieux-Montréal et ils sont restés plusieurs mois dans mon espace de rangement jusqu'au déménagement ici.

L'électricien a repris le fil de l'histoire en savourant déjà la suite.

— Les ouvriers avaient déjà tout préparé pour brancher la sécheuse.

— Pas très compliqué à faire, a déclaré un des hommes.

— Oui, je sais. Pourtant, lorsque madame Lamoureux a voulu s'en servir, tous les boutons s'allumaient, le tambour tournait normalement, mais le linge en ressortait aussi mouillé, parce que l'appareil n'émettait pas de chaleur.

— J'ai fait venir l'électricien, qui a fait les vérifications d'usage, ai-je précisé.

— C'était quoi, le problème ? a demandé quelqu'un.

Avant que je puisse prononcer un mot, l'électricien, qui tenait mordicus à donner le « punch » final, a répondu :

— Sa sécheuse fonctionnait au gaz. Pas à l'électricité. Au gaz.

Bien sûr, toutes les personnes présentes ont ri à n'en plus finir. J'essayais d'expliquer, pour ma défense, qu'il s'était passé plus de six mois entre le jour de l'achat et celui de la livraison à la maison jaune, et que j'avais complètement oublié ce détail. Lorsque j'ai enfin réussi à parler, j'ai précisé que le premier électricien ne connaissait pas plus ce genre de machine que moi. Il ne savait même pas que ça existait.

— Savez-vous, m'a dit l'électricien avant de partir, que tout le monde se raconte cette blague ? Elle a fait le tour de la région. Les gars la rient encore.

Quand tous les hommes ont eu quitté les lieux, j'ai encore une fois passé le balai et la vadrouille mouillée. La poussière commençait à retomber. J'étais épuisée, mais heureuse, car je me disais que j'allais enfin arriver au bout de mes peines. Même si tous les habitants de mon village se bidonnaient à mon sujet.

Au moment où j'allais fermer la maison à clé et partir à mon tour, un gros camion brun s'est rangé dans l'allée. C'était une livraison. En provenance d'Italie. Je devais être dans les bonnes grâces papales : il avait été question d'un délai de cinq jours, ça n'en avait pris que trois. Ils étaient là, les fameux ronds ! Il n'y en avait que deux, pour l'essai, mais je m'en fichais, c'était un pas énorme de franchi dans le dossier des ronds égarés. J'aurais embrassé le livreur tellement j'étais contente. Il était d'ailleurs mignon, mais je me suis contentée de signer la fiche du monsieur en brun et je me suis précipitée dans la cuisine. Le livreur a dû s'imaginer que quelqu'un m'avait expédié des diamants tellement j'étais ravie. J'ai ouvert avec précaution les enveloppes de papier kraft, puis les enveloppes matelassées, puis le papier de soie, et ils me sont apparus. Les enfants de Fatima ne devaient pas être plus heureux que moi devant cette apparition, devant cet incroyable miracle.

J'avais tellement peur qu'ils ne fassent pas que je les ai insérés à l'envers. Puis j'ai compris comment ça fonctionnait. Et j'ai crié comme une folle dans la maison : « Ça marche ! Ça marche ! » Par la fenêtre de la cuisine, j'ai vu les voisins occupés dans leur jardin lever la tête dans ma direction, intrigués par mes hurlements. Je leur ai fait signe que tout allait bien. Je me suis ensuite assise par terre, sur le nouveau carrelage, et j'ai pleuré comme un bébé. Après la saga des carreaux, celle des ronds de la gazinière prenait fin ce jour-là. Je hoquetais de bonheur.

Mes chutes du Niagara ont été interrompues par la sonnerie du téléphone. Je me suis essuyé le visage du revers de la main et j'ai pris le combiné. À travers mes

sanglots, que je n'arrivais pas à calmer, ma voix résonnait étrangement et avait des ratés.

— Al... lo !

— Olivia ?

— Oui, c'est m... c'est moi.

— Euh... Ça va ? C'est Allison.

— Oui, oui. Ça va. Ça va. Je viens d'apprendre une
bonne nouvelle.

— Bien ! Moi aussi, j'en ai une pour toi. J'organise un
petit souper demain soir chez moi. Tu es libre ?

— Euh... oui.

— Tu te rappelles ce dont nous avons parlé lors de
notre première rencontre ?

— Euh...

— Oui, tu sais bien : les copines qui aident les
copines à faire des rencontres intéressantes. Eh bien, j'ai
invité quelqu'un qu'il te fera sûrement plaisir de revoir.

Mon cœur s'est arrêté de battre et je crois que mes
larmes ont séché d'un coup.

— Oui, demain ça me va. À quelle heure ? Quelle est
ton adresse ? Est-ce que j'apporte quelque chose ?

J'avais une autre question – Comment je m'habille ? –,
mais je ne l'ai pas posée à ma nouvelle copine. C'est à
moi que je la posais.

Allison a répondu à mes trois questions dans le
désordre. Elle m'a indiqué comment me rendre chez
elle, m'a « suppliée » de venir les mains vides et a précisé
que la soirée commençait à sept heures. Elle m'a même
fourni la réponse à ma question muette.

— C'est un souper à la bonne franquette. Sans
chichi. On s'habille confortable. OK ?

J'ai acquiescé et l'ai remerciée de son invitation. Je
me suis relevée, j'ai raccroché le combiné et, au moment
où j'allais hurler à nouveau comme une perdue, j'ai
croisé le regard de la voisine par la fenêtre. Je me suis

tournée vers la terrasse pour ne plus lui faire face et j'ai ouvert la bouche à m'en faire mal aux joues, comme si je criais tout mon soûl, sans émettre le moindre son. Une vraie folle. Je crois que j'ai aussi sauté sur place.

Quelle journée ! Je n'allais pas m'en remettre, de celle-là.

50

Une maison sans cuisine, ce n'est pas une maison. Je ne pense qu'au jour où je pourrai faire mijoter des mets qui embaumeront toutes les pièces de la maison et feront dire aux gens qui passeront la porte : « Hum ! comme ça sent bon ! Qu'est-ce qu'on mange ? » Ce jour-là, je serai une femme comblée. Oui, je suis au courant : il y a autre chose pour combler la femme que je suis. Mais à défaut de pouvoir déguster ce banquet des dieux, si rare et si délicieux, à deux dans un lit, je faisais l'inventaire de mes nappes en prévision d'un autre genre de festin. J'ai toujours trouvé qu'on pouvait établir un parallèle entre la table et le lit. Entre les nappes et les draps. Ne dit-on pas : « Tu es belle à croquer », « Je ne ferais de toi qu'une bouchée », « Tu me plais tellement que je te mangerais ! » Et certaines expressions culinaires ne font-elles pas penser aux ébats amoureux, comme « allonger la sauce », « faire monter les blancs d'œufs », « étendre la pâte », « faire suer », « verser une larme » ?

En cet après-midi où le temps était fort douteux, tirant sur le gris et la pluie, je tuais le temps. J'avais les nerfs à fleur de peau. Les ouvriers avaient déserté ma maison, attendant des matériaux de finition. Alors que celle-ci avait toujours été bruyante, un étrange silence inhabituel y régnait maintenant et m'amenait à de drôles de réflexions. J'étais en attente. Je n'avais pas de travail de correction qui pressait, inutile de m'attaquer de nouveau au ménage, qui serait de toute façon à recommencer le lendemain. J'aurais pu me rabattre sur les boîtes qui n'attendaient que moi pour que leur contenu trouve enfin sa place dans la maison. Mais j'étais fatiguée au possible. Dans un creux, comme on dit. Je n'avais le goût de rien. Je commençais un truc, puis le laissais en plan et en commençais un autre, pour l'abandonner tout aussi rapidement.

Alors j'ai ouvert mes livres de cuisine et m'y suis plongée comme si je lisais une histoire. Je regardais les images en salivant comme une enfant gourmande qui rêve à un festin hors du commun.

En attendant le grand jour – celui où je pourrais enfin recevoir mes amis pour le premier grand repas dans ma maison –, je feuilletais mes livres de recettes à la recherche du menu idéal. J'avais déjà plusieurs fois essayé d'établir un menu, mais je le modifiais sans cesse selon la saison ou l'occasion à laquelle aurait lieu le repas. L'été était maintenant jeté aux oubliettes et il ne fallait plus penser à l'Action de grâces non plus qui elle aussi faisait date. Qu'est-ce qu'il restait comme fête pour célébrer dignement la fin des rénovations de cette maison ? Et si c'était un jour tout simple ? Je servirais quoi à mes invités ? Salé ou sucré ? Viande ou poisson ? Grillade ou plat en sauce ? Préparé sur la cuisinière ou cuit au four ? Tous les plats présentés en photo me faisaient terriblement envie. Oh ! la joie d'avoir trop chaud près de quelques ronds allumés, les joues en feu, la cuillère de bois à la main !

Bien sûr, j'aimerais mieux m'adonner à d'autres joies qui me donneraient chaud également. Je me sentais mûre pour croquer à belles dents dans le fruit défendu. Peau salée ou sucrée ? Chair blanche ou chair rouge ? L'aile ou la cuisse ?

Bon Dieu ! Qu'est-ce qui m'arrivait ? Il fallait vraiment que je me calme. Force m'était d'admettre que l'invitation d'Allison me troublait drôlement. Je réalisais que ça faisait tellement longtemps que je n'avais pas rencontré, comme on dit.

Peut-être m'avait-on fait quelques avances que je n'avais pas détectées. Je ne remarque jamais les coups d'œil dans ma direction. Massimo est découragé de moi. « *Un caso desperato* ! » me répète-t-il souvent. Bon ! Je suis un cas désespéré. Et alors ? Lorsqu'on est ensemble dans un lieu public, il attire souvent mon attention sur les soi-disant œillades d'un passant dans la rue ou d'un client dans un restaurant. Je ne vois jamais ça. Je crois qu'il invente pour que je ne me sente pas laissée-pour-compte. La dernière fois qu'un homme m'a souri en sa présence, il n'a pas compris que je n'aie pas tout tenté pour le suivre. Il m'engueulait presque. « Cet homme s'est littéralement jeté à tes pieds ! » m'a-t-il dit. Il n'exagérait pas, c'est sûr ! Le gars avait peut-être écarté les lèvres pour montrer ses dents. Et si ça se trouvait, ce n'était pas pour moi qu'il en pinçait, mais pour Massimo. Je ne sais pas manigancer ou forcer les événements. Je ne crois pas aux mariages arrangés ni à tous ces trucs planifiés. À cet instant, je réalisais à quel point le rendez-vous de ce soir-là me faisait soudain atrocement peur.

Je suis retournée à mes livres de cuisine pour me changer les idées, mais rien n'y faisait. Tout me ramenait à ce rendez-vous. Et si cet homme n'était pas pour moi ? C'est vrai que je le saurais vite. Je balayai du revers de la main cet argument qui ne tenait pas la route. Mais je m'acharnais de plus belle. Et si la sauce ne prenait pas entre nous ? Après tout, l'homme aux yeux vert asperge, ou chou frisé, n'avait fait que me sourire, lui aussi. Peut-être qu'il était juste poli. Ou alors, il venait peut-être d'acheter des chaussettes extraordinairement confortables et ça le faisait sourire d'aise. Je n'y étais peut-être pour rien. J'ai essayé de chasser de mon esprit cet homme que j'allais revoir le soir même. J'avais tellement perdu l'habitude de tout ça. L'achat de la maison, les rénovations avaient éteint tout désir autre que celui de devenir une heureuse propriétaire. Mais voilà qu'un homme rencontré une seule fois réveillait la veilleuse de ma fournaise personnelle.

J'ai enlevé mon gros pull de laine pour m'aérer un peu. J'ai finalement ouvert toute grande la fenêtre malgré le froid pour faire baisser mon thermostat personnel. Ma recherche de recettes ne m'aidait en rien. Les termes culinaires non plus. Je voyais des choux à la crème et je pensais : *mon beau petit chou*. Une échine de porc me suggérait *mon petit creton*. La page des volailles me rendait câline : *ma caille, mon perdreau, ma poulette, mon beau grand lapin*.

J'extrapolais et m'égarais dans les méandres du langage amoureux. Et si l'homme aux yeux verts n'était qu'un *vieux reste apprêté* ? Une petite voix suave m'a suggéré que les plats réchauffés étaient souvent meilleurs.

— Et moi, je ne suis qu'une belle grosse tarte insignifiante ! me suis-je exclamée tout haut.

J'ai refermé le livre brusquement. Il était temps que je mette fin à cette divagation ridicule. Après tout, il n'était que trois heures et je tournais en rond. Ce mot, « rond », m'a soudain fait penser à autre chose et j'ai bondi de ma chaise. Trois heures ! ? L'homme du service du gaz aurait dû être là depuis belle lurette, pour l'installation.

51

La préposée m'avait pourtant dit : « Il sera là en avant-midi, sans faute. » Bien oui ! Aucun « homme propane » à l'horizon cependant. Et dire que j'avais enfin reçu la totalité des fameux ronds qui allaient mettre fin à mon cauchemar des dernières semaines. Mais ils ne pouvaient servir sans branchement. J'ai pris le téléphone, encore confiante – c'est fou ce que la nécessité peut engendrer la foi, chez moi en tout cas. Lorsque j'ai eu la compagnie de propane au bout du fil, on m'a mise, encore une fois, en attente.

Parenthèse : qu'est-ce que cette désagréable manie, abondamment répandue, de nous mettre constamment en attente en nous assommant de musique insipide ou de réclames qui nous empoisonnent le cerveau et la vie ?

Finalement, la préposée aux rendez-vous s'est confondue en excuses. Elle croyait qu'on devait se reparler avant d'envoyer l'installateur. C'est pas vrai !

— J'ai fait venir les ronds d'Italie, madame. D'Italie, vous vous rendez compte ? C'est pas de la tarte ! Maintenant que je les ai enfin, j'aimerais ça être enfin branchée pour cuisiner.

Je pensais que j'allais avoir une attaque. Je me suis assise, le récepteur du téléphone toujours sur l'oreille, tandis qu'elle consultait son agenda. Au lieu de faire une crise d'apoplexie, trop c'est trop, voilà que le doute s'insinuait en moi. Coudonc ! Est-ce qu'ils s'étaient tous ligués contre moi ? En temps normal, je ne suis pas paranoïaque, mais plus le temps avançait et plus les rénovations s'étiraient en longueur, plus je commençais à le devenir sérieusement. La dame a repris la ligne.

— Je n'ai pas de bonnes nouvelles. Demain il est très pris, puis c'est la fin de semaine.

Je marmonnais entre mes dents : « Donnez-moi du gaz propane ! Donnez-moi du gaz propane avant que j'explose. »

La dame s'exclama, toute joyeuse :

— Vendredi prochain, ça irait ?

— Non ! ai-je répondu d'un ton catégorique. Non ! Si vous ne me fixez pas un rendez-vous avant ça, je change de distributeur. Il y a d'autres compagnies dans la région qui se feront un plaisir de faire l'installation et la distribution.

Tout en lui débitant mon baratin, je croisais les doigts pour qu'elle ne m'envoie pas paître en me disant d'aller voir ailleurs si le rendez-vous qu'elle m'offrait ne faisait pas mon affaire.

Ma tirade l'a attendrie.

— Écoutez, madame Lamoureux. Je vais faire un échange avec un autre client. Mon gars devait aller chez...

Elle a consulté son cahier de rendez-vous.

— Chez monsieur Hughes près de Lennox.

Je l'ai interrompue.

— Vous parlez de Harris Hughes de Lennoxville ?

J'ai écorché au passage le nom de l'homme en question. La préposée m'a reprise.

— On prononce *Youse*…

— Oui, je sais, ai-je platement répondu. Le professeur. Oui. C'est ça.

— Vous le connaissez ? m'a-t-elle demandé.

D'une voix de minou égorgé, j'ai miaulé :

— Un peu !

— C'est un de nos clients réguliers. Il est très accommodant.

En temps normal, une téléphoniste ne m'aurait jamais donné cette information, mais à la campagne, ce genre de petite indiscrétion avait l'air courant. J'ai réfléchi quelques secondes. Puis je me suis lancée.

— Parfait. Je veux bien prendre la place de monsieur… Yuges, Hughes… (Je n'arrivais toujours pas à prononcer son nom comme il faut.) C'est une véritable urgence, vous comprenez. Ça fait trois mois que j'attends ce moment. J'ai besoin de propane pour cuisiner et faire sécher mon linge dans la sécheuse au gaz. Pour l'instant, je dois compter sur la charité de mes amis.

Pour bien plaider ma cause, j'ai mis le paquet, précisant entre autres que je mangeais toujours froid, ou alors utilisais le micro-ondes, dont j'ai une sainte horreur. J'ai continué en lui débitant un tas de bêtises jusqu'à ce que, à bout de souffle, je m'arrête, ne trouvant plus rien à dire. Je me suis bien gardée d'avouer que je tenais enfin une bonne raison d'appeler ce cher monsieur « H. H. », pour le remercier de son geste si gentil et, si jamais il voulait constater l'efficacité de mes ronds, proposer de lui faire un repas d'enfer. Et plus, si affinités.

L'affaire a été conclue. Lundi, l'installateur allait se pointer à huit heures précises. La dame a même dit, pour racheter son erreur, que s'il le fallait elle viendrait le conduire elle-même.

— Ce n'est pas nécessaire, madame, ai-je dit d'une voix suave. Du moment qu'il se présente chez moi avec tout son outillage, ce sera parfait. Mais vous ne négligerez pas monsieur... l'autre monsieur... trop longtemps, n'est-ce pas ?

Elle m'a assuré qu'elle lui donnerait le rendez-vous qu'elle m'avait proposé.

J'attendrais quelques jours, pas trop longtemps, avant d'appeler Harris. Je savais bien que j'allais le voir dans quelques heures, mais je trouvais que ça serait un plus, ce rendez-vous échangé. Ça semblait démontrer que nous devions nous rencontrer. Que la vie nous poussait dans les bras l'un de l'autre. Qu'il ne fallait pas lutter. Que... cette petite flamme entre nous était un signe. Décidément, je m'accrochais à n'importe quoi. Une vraie midinette. Fallait-il que je sois en manque ! Je me suis fait la réflexion que si les femmes de mon âge étaient courtisées plus souvent, elles ne perdraient pas la tête au premier rendez-vous.

— Non, mais est-ce que tu t'entends, Olivia Lamoureux ? a demandé l'Olivia casse-pieds. Depuis quand es-tu prête à autant de bassesses pour rencontrer quelqu'un ?

J'ai donné une réponse timide à l'Olivia qui avait gardé la tête froide :

— Depuis que je n'en peux plus de vivre seule ?...

J'ai immédiatement entendu la sonnerie indiquant une mauvaise réponse dans les jeux télévisés : « Hainnnn ! Mauvaise réponse. On passe directement à un autre concurrent. » J'ai fait une autre tentative, plus près de la vérité, celle-là.

— Parce que ça fait longtemps que je n'ai pas rencontré un homme qui me plaît autant ?

Une salve d'applaudissements a accueilli ma réplique.

— Voilà la vraie réponse, mademoiselle Lamoureux, a dit l'Olivia logique. Et maintenant, va te préparer, tu as un rendez-vous dans quelques heures et tu as beaucoup de travail à faire pour avoir l'air de quelque chose.

Je ne savais toujours pas quoi me mettre sur le dos.

52

Une douche froide m'avait remis les idées en place. Je voulais me convaincre que ce qui m'était arrivé dans l'après-
midi n'était qu'un égarement passager. Depuis quand
est-ce que je perdais les pédales pour un homme ? Massimo aurait dit qu'il était temps que je m'excite le poil des
jambes. Et que c'était dans la nature des femmes et des
hommes de faire des échanges de fluides à l'occasion, et
que c'était très bon pour la santé. Je savais tout ça. Mais je
réalisais que j'avais mis cette partie de ma vie au neutre, et
ce, depuis plusieurs années. Il faut dire que je n'avais guère
eu d'occasions de ressentir des tremblements intérieurs.

Je n'attirais pas beaucoup le sexe opposé. Bien sûr, je
m'étais posé des tonnes de questions pour comprendre
cet état de fait. Mais j'en revenais toujours à la même
conclusion : mon temps était passé.

Je m'étais faite à l'idée que mon moment de gloire
était terminé. J'avais même été jusqu'à me convaincre

que l'amour, ce n'était pas pour moi. Que vu mon âge, mes rides et surtout la mode actuelle qui glorifie la beauté et la jeunesse à tout prix, je n'aurais pas voix au chapitre. J'avais l'habitude de dire que, pour moi, l'amour viendrait dans une autre vie. J'avais un beau grand fils qui n'avait pas trop mal tourné, je réussissais bien dans ma profession et je venais de faire l'acquisition d'une magnifique maison qui me rendait très fière. Que demander de plus à la vie?

Et là, parce qu'on allait me mettre en contact avec un homme que j'avais croisé quelques minutes, j'étais prête à mettre mes conclusions à la poubelle? Et pourquoi pas? J'imaginais les scénarios les plus improbables et qui me donnaient des chaleurs n'ayant rien à voir avec la ménopause. Ça ne me ressemblait pas beaucoup. Je croyais sincèrement en avoir fini avec tout ça. Pas avec les affres de la «minipause» qui ne faisait que commencer, mais avec le chapitre délicat de l'amour après cinquante ans.

Lors d'une soirée, j'avais même échafaudé une mise en scène complètement folle pour mon décès et j'avais demandé à Lulu d'être ma complice pour l'occasion. On avait bien ri de cette extravagance. Elle venait de me faire la remarque que ma peau était vraiment douce. J'étais tout à fait d'accord avec elle et trouvais dommage qu'une si jolie peau soit négligée depuis trop longtemps, côté caresses. «Les hommes ne savent pas ce qu'ils ratent», avais-je déclaré. J'avais alors décidé que mon amie mettrait en scène mon enterrement, puisque j'étais convaincue que je partirais avant elle. Elle inviterait tous les hommes que j'avais côtoyés au cours de ma vie. Ceux qui n'avaient pas osé s'engager, ceux qui s'étaient approchés puis avaient fui, ceux qui m'avaient négligée, celui qui m'avait épousée pour ensuite divorcer, etc. Lulu procéderait au dévoilement de ma pierre tombale. Elle retirerait le drap qui la recouvrirait pour qu'ils y découvrent l'inscription sous mon nom et les dates de ma naissance et de ma mort, le message que je laissais pour la postérité. Ce serait écrit, en grosses lettres : Trop tard ! Y'é trop tard ! On avait déliré toutes les deux sur le sujet, mortes de rire. Il avait même été question dans le scénario que j'enregistre le message pour qu'il ait plus d'impact auprès des hommes assistant à mon enterrement.

Je me suis changée six fois, pour revenir exactement à la première chose essayée. Bouboulina me jetait des regards inquiets. Elle ne savait plus où s'installer parmi les vêtements que je lançais à mesure sur le lit déjà chargé.

Au volant de ma voiture, je réfléchissais à l'homme que j'allais revoir. C'est vrai qu'à notre première rencontre il avait semblé charmant, c'est vrai que mon cœur avait bondi dans ma poitrine plus fort que d'habitude. C'est vrai aussi que son sourire ravageur m'avait procuré un certain frisson, comme ceux qu'on reconnaît aussitôt pour être importants. Pas ces petites chairs de poule sans importance qui sont passagères. Le frisson ressenti ce jour-là avait quelque chose de profondément troublant.

C'était vrai, également, que si je ne prêtais pas attention à la route, j'allais passer tout droit et rater mon rendez-vous.

La maison d'Allison m'est apparue au détour de la route de terre battue. Majestueuse sur sa petite colline, dominant un paysage époustouflant. À cette heure, le soleil semblait se liquéfier derrière les montagnes. Un calme particulier régnait sur la prairie au pied de la maison. Je supposais volontiers que les chevreuils venaient en bande fureter dans le boisé. Ce n'était pas uniquement une maison que cette fille s'était fait construire, c'était un domaine. Un domaine isolé. J'ai imaginé le silence glacial et les grands vents d'hiver, et j'ai su aussitôt que ma maison plus modeste à l'abri dans les grands arbres me convenait davantage que celle-ci. Après m'être garée entre deux voitures, j'ai pris une grande inspiration et j'ai frappé à la porte. L'air de ce soir d'octobre m'a enveloppée et a fait fuir d'un coup mes états d'âme. Allison m'a ouvert.

— Enfin ! Te voilà. Viens, entre, il fait meilleur à l'intérieur.

J'ai pénétré dans sa maison chaude et accueillante où le bois blond s'étalait sur les plafonds et les plan-chers. Les murs étaient constitués presque uniquement de fenêtres. Deux minous sont venus m'accueillir. Une grosse chatte du nom de Mélie s'est frottée à ma jupe, y laissant plein de poils blancs et caramel. L'autre chat, plus sauvage, ressemblait énormément à ma Bouboulina, en plus costaud et en plus jeune. C'était Merlin.

Une fois la présentation des chats faite, Allison a pris mon manteau et la bouteille de vin que j'avais apportée. Faisant allusion à son invité « de marque », elle a dit qu'il était en grande forme et qu'il avait hâte de me voir. Il serait un peu en retard, à cause de son travail. Une belle femme un peu plus âgée que moi, les cheveux brun clair, en jean et chemise blanche et répondant au nom de Nicole, se tenait dans la cuisine. On s'est saluées. Elle m'a servi un verre de vin. Elle vivait dans la région depuis deux ans. Nous avons trinqué toutes les trois à cette soirée, puis Allison s'est affairée, en refusant ma proposition de l'aider.

— Tu aimes le poisson, j'espère ? m'a-t-elle demandé.

— J'adore, ai-je répondu.

Nicole a confirmé que c'était son cas aussi.

Allison a vérifié la cuisson de l'immense saumon qui suait à basse température dans le four, entouré de citrons et de fines herbes. Je me sentais dans le même état. Je me suis mise près d'une fenêtre ouverte pour faire baisser ma température de quelques degrés. La table était déjà mise. Au menu, il y avait une entrée de tartare de thon au couteau. Hum ! Tout était en place pour une soirée réussie. Il ne manquait plus que le dessert, qui ne tarderait pas. Et il s'appelait Harris.

Les filles m'ont entraînée au salon où de grosses bûches se consumaient dans l'immense cheminée. Nous nous sommes assises pour parler de tout et de rien en sirotant notre vin et en nous attaquant à des bouchées de terrine de truite fumée. C'est à ce moment que j'ai réalisé que j'avais à peine mangé au petit déjeuner et que j'avais sauté le repas de midi. Je mourais de faim.

De quoi trois filles dans un salon, un verre de vin à la main, peuvent-elles parler ? Des hommes, bien entendu ! C'est Nicole qui a parti le bal.

Avec son amoureux actuel, elle avait aménagé dans une maison qui se trouvait non loin de la mienne.

— Nous comptions l'habiter, à temps plein, au moment de notre retraite. Mais monsieur a changé d'avis. Il ne sait plus ce qu'il veut.

Allison a demandé à Nicole où il en était à présent.

— Il se questionne. Il n'est pas sûr de vouloir continuer avec moi. Il a gardé l'appartement de Montréal et moi, la maison dans le village. On se voit de temps en temps, mais ce n'est pas simple. J'essaie de ne pas attendre le résultat de sa réflexion. Mais je trouve ça bien dur. C'est tellement frustrant. J'ai tout investi dans cette relation. Et je sens que je vais bientôt être tassée, et ça, ça fait tellement mal.

Je connaissais cette fille depuis à peine une demi-heure et déjà elle me racontait sa vie. En constatant son désarroi, j'ai compris que, pour le moment, c'était le seul sujet qui l'occupait.

Comme si elle ajoutait une cerise dans un bol déjà trop plein, Allison a pour sa part déclaré que son rêve serait de rencontrer un homme de son âge et qui serait heureux de vieillir avec elle.

— Mon ex a pris une jeune, et comme ils ont vingt-cinq ans de différence, ma seule consolation c'est de savoir que c'est elle qui va pousser son fauteuil roulant et changer ses couches, si ça se trouve.

Je n'ai pu m'empêcher de rire avec les deux filles. L'image évoquée était terrible en soi, mais tout de même très drôle.

Et pour enfoncer le clou, Nicole a dit qu'elle préférait avoir du bacon dans son réfrigérateur qu'un gros lard dans le salon. Oh ! La soirée s'annonçait corsée.

53

Encore une fois, me suis-je dit, nous voilà au cœur de ce sujet qui touche les femmes de ma génération. Depuis quelques années, lorsque je me retrouvais parmi des femmes de quarante-cinq ans à soixante ans, les histoires d'horreur sur les femmes laissées-pour-compte, abandonnées pour des plus jeunes, ou ayant attendu toute leur vie un homme marié qui n'avait jamais divorcé, étaient légion. Quel terrible constat. Est-ce que nous en étions vraiment toutes rendues là ? Était-ce à dire qu'à un certain âge les femmes ne pouvaient plus séduire ? N'étaient plus dans la course ? N'avaient plus droit à l'amour ? Je restais silencieuse à les écouter, n'osant pas raconter mes propres anecdotes, guère plus reluisantes que les leurs, ni toutes celles qu'on m'avait confiées et qui donnaient froid dans le dos.

Je voulais croire encore un peu. Croire que je n'étais pas morte à l'amour et au désir. J'avais failli sombrer, moi aussi. Devant le constat inévitable de me trouver dans ce « no man's land », j'étais sur le point de vraiment laisser tomber. Je m'étais dit qu'une maison ferait mon bonheur. Et que c'est avec elle que je vieillirais. Mais là, ce soir, j'avais une occasion d'aller voir, d'aller vérifier si c'était encore possible.

La sonnette a retenti jusque dans mon ventre et m'a sortie de ma réflexion. Ça y était. C'était lui. Je risquais tout autant d'être déçue que ravie, mais j'ai décidé que cette seconde possibilité serait la bonne. La présence de Nicole m'a permis de me détendre un peu : ce souper n'avait pas trop l'air d'avoir été organisé par la maîtresse des lieux dans le but de nous réunir, lui et moi. Allison se leva et se rendit accueillir son invité. Nicole se leva également. Je me suis sentie obligée de faire de même.

J'entendis des voix joyeuses qui se rapprochaient. Allison entra dans la pièce au bras de l'invité-surprise qui en fait ne devait pas en être un. Je l'ai regardé longuement, et j'ai arrêté de respirer. Et au lieu de m'avancer vers la main qu'il me tendait aimablement, j'ai reculé d'un pas. Ce faisant, je suis retombée dans le fauteuil où j'avais été assise quelques instants plus tôt, en éclaboussant le plancher du contenu de mon verre de vin. Je me suis excusée en me relevant, puis j'ai aussitôt saisi ma serviette en papier et me suis agenouillée pour éponger mon dégât. C'est lorsque j'ai été à quatre pattes qu'Allison m'a présenté l'homme qui venait de me faire tant d'effet.

— Jeremy Harris, voici ma nouvelle copine du village, Olivia Lamoureux.

Tout le temps que j'essuyais le plancher, je n'arrêtais pas de me demander : « Mais c'est qui ce gars ? C'est qui ? »

Je ne pouvais tout de même pas passer le reste de la soirée agenouillée. Je me suis donc composé un visage exempt de toute trace d'émotion et me suis relevée avec mon torchon de fortune imbibé de vin. Après l'avoir déposé dans mon assiette de hors-d'œuvre, j'ai enfin serré la main que Jeremy Harris me tendait.

Ma main était humide et collante. Il devait me trouver captivante, ce gars que je ne connaissais ni d'Ève ni d'Adam ! J'ai balbutié que j'étais enchantée de rencontrer ce monsieur Harris. Allison semblait tellement fière de me présenter cet homme que je n'osais pas lui montrer ma déception. Je n'allais pas lui dire qu'on nageait en plein quiproquo, qu'il y avait erreur sur la personne et que ce n'était pas celui que je m'attendais à revoir. Ce n'était pas le bon. J'avais beau me creuser la tête, je n'arrivais pas à me rappeler où j'avais pu croiser ce gars qui disait m'avoir rencontrée. Il était loin d'être laid et semblait tout à fait charmant. Il avait des cheveux noirs, drus, coupés court, une poignée de main ferme, le teint buriné de quelqu'un passant beaucoup de temps au soleil, et des yeux vifs, mais noirs. On était loin de la verte prairie dans laquelle je rêvais de m'étendre.

Allison m'a dit abruptement :

— Vous n'allez pas vous vouvoyer toute la soirée. Après tout, c'est pas la première fois que vous vous voyez.

L'homme a acquiescé avec un sourire. J'ai fait de même. Allison nous a dirigés vers la table, où Nicole s'est assise en face d'elle et, bien sûr, Jeremy Harris, qui m'était totalement inconnu, en face de moi. Puis elle nous a servi l'entrée. Le nez plongé dans mon assiette, je n'arrêtais pas de me demander où j'avais bien pu rencontrer ce gars-là. Et je n'osais pas poser de questions pour en apprendre davantage sur lui. J'avais peur de le blesser étant donné que j'étais censé l'avoir déjà croisé. Lui s'en souvenait, mais pas moi. Je me sentais totalement ridicule.

Je souriais entre deux bouchées et je vidais mon verre de vin à mesure qu'Allison le remplissait. Je faisais mine de m'intéresser à la conversation tout en faisant défiler dans ma tête la liste de mes activités récentes pour saisir le moment ou le lieu où j'aurais pu rencontrer ce Harris qui n'était pas le bon. Mais rien ne me sautait aux yeux.

Nicole est revenue à deux ou trois reprises sur son sujet préféré : les maudits hommes qui ne savent pas ce qu'ils veulent, qui sont des chiens finis, incapables de s'assumer, qui à quarante ans passés sont encore d'éternels adolescents. La joie, quoi !

— Des ti-gars toujours à la recherche de « leu mômam ».

Il s'agissait en fait d'un monologue, qui n'avait rien pour détendre l'atmosphère. Allison tentait de détourner la conversation et de calmer les ardeurs de son amie. Rien n'y faisait, elle était « crinquée » au possible. Elle n'en manquait pas une. C'étaient des phrases de son cru ou alors des citations de gens célèbres, toutes dirigées contre les hommes.

— Les femmes s'énervent pour un rien. Et après elles l'épousent. Elle est de Cher, celle-là.

Heureusement, le repas était délicieux. J'ai vanté les talents culinaires de notre hôtesse et j'ai moi aussi essayé de changer le cours de la conversation en parlant de la vie du village et de ses activités. L'une d'elles entre autres, ai-je dit, avait retenu mon attention : le défilé de chiens qui avait lieu chaque printemps. On m'avait expliqué que tous les propriétaires de chiens marchaient dans les rues, fiers de balader leur compagnon de vie poilu. Et les habitants les applaudissaient sur leur passage. J'essayais d'imaginer cette scène, qui me faisait sourire.

Jeremy a précisé qu'on pouvait également voter pour le chien le plus beau, dans à peu près tous les commerces du village. Pour participer au vote, il fallait débourser une petite somme et les fonds ainsi recueillis étaient donnés à la SPCA locale.

Je me suis informée s'il possédait un chien.

— Vous l'avez déjà vu. C'est le gros toutou gris et noir et tout frisé. Percival.

J'ai fait signe avec un grand sourire que je me rappelais tout à fait le chien en question, alors que je n'avais aucun souvenir ni de l'homme devant moi ni de son cabot.

Nicole en a profité pour reprendre du service, ce qui m'a permis de me ressaisir. Je trouvais la situation tellement drôle, en fin de compte, que je devais faire de terribles efforts pour ne pas éclater de rire.

— Moi, si j'avais à voter pour le pire chien sale de ma vie, je n'y arriverais pas. Ils auraient tous le premier prix.

— Olivia, a dit Allison, qui semble s'être donné pour mission de me faire connaître ma région et tous les célibataires qui s'y trouvent, il faudrait t'amener faire le tour des maisons et des jardins l'été prochain. Plusieurs propriétaires de demeures somptueuses inscrivent leurs propriétés pour ce tour guidé. C'est très agréable.

Sa tentative de faire dévier la conversation a cependant échoué et Nicole a poursuivi avec entêtement sur son sujet de prédilection, l'homme-chien-sale. Je sentais que celui assis devant moi et qui semblait si gentil était mal à l'aise. Personne n'arrivait à placer un mot. Et puis, à un moment, il nous a fait plaisir en intervenant. Il a demandé à Nicole pourquoi elle ne se tournait pas vers les femmes puisque les hommes la déprimaient à ce point.

— Ça serait tellement plus simple. Je vais peut-être y venir un jour. Les hommes sont tellement décevants.

— Tous les hommes ne sont pas des salauds. J'en connais de très bien.

Allison lui a demandé en blague s'ils étaient libres.

— Pas vraiment, a répondu Jeremy.

Nicole a lancé qu'elle connaissait bien ce type d'hommes « pas vraiment libres ».

— Ils sont mariés ou accotés ? C'est ça ? a-t-elle demandé avec un regard chargé de défi en direction de notre compagnon de table. Je vois ce que c'est, a-t-elle conclu aussitôt, sans même lui laisser le temps de répondre. Ils se disent en amour, mais ils veulent avoir un petit supplément. Ni vu ni connu. Quand la chose est consommée, ils retournent peinards et satisfaits vers leur petite famille qui les comble tant. Jusqu'à la prochaine fois. Je connais ça, j'ai donné là-dedans également. Mais c'est tellement « revalorisant » d'être considérée comme un à-côté !

Elle a ajouté qu'elle ne connaissait aucun homme qui aimerait ça être juste un « en-cas ». L'orgueil des mâles ne supporterait pas une telle situation.

— Alors que nous, les filles, on est prêtes à tout supporter pour avoir des miettes d'amour. Faut-tu être folles !

En écoutant Nicole parler, je me disais que le portrait qu'elle brossait de la sexualité de certains hommes n'était pas tout à fait faux. Moi aussi, j'avais eu à plusieurs reprises ce genre de proposition, avec des commentaires comme : « Ma femme n'est pas obligée de le savoir. On ne fait pas de mal à personne et il n'y a pas de mal à se faire du bien ! » Je refusais de m'embarquer dans ce genre d'histoires. Comme les hommes qui m'approchaient ainsi étaient des collègues de travail, je connaissais souvent leur femme. J'étais peut-être trop à cheval sur les principes, mais je les retournais vite fait à leur conjointe. Je vantais ses qualités et la chance qu'ils avaient d'avoir cette personne dans leur vie, et mettais sur le compte d'un moment d'égarement passager leur envie soudaine d'une escapade amoureuse.

Je ne crois pas être une menace pour les autres femmes. Un homme déjà pris, pour moi, c'est un homme qui n'est pas libre. Pourquoi irais-je défaire ce qui existe, même s'il y a des failles passagères à l'intérieur d'un ménage ? Je sais que les femmes ne partagent pas toutes mes scrupules, mais je sais également que les hommes n'ont pas tous le type de comportement décrié par Nicole. Je sentais cette dernière triste au possible. Elle avait dû être réellement blessée pour ressentir une telle haine. J'étais passée par là, moi aussi. La garantie du couple qui est terminée, la sensation que la vie s'arrête, qu'il n'y aura plus rien après. Je n'oublierai jamais le mal que ça fait. Mes rides autour des yeux en sont la preuve. Mais la vie continue.

Je me disais également qu'elle n'aidait pas sa cause, et j'espérais que le pauvre homme – même si ce n'était pas celui auquel je m'attendais – qui avait été convié à un souper en agréable compagnie ne nous considérerait pas comme trois harpies prêtes à vider leur sac.

À un moment, voulant remplir nos coupes, Nicole en a renversé une. Un autre dégât à éponger.

54

La tension était à couper au couteau. Je sentais Allison stressée et déçue. Son beau souper virait au cauchemar. Soudain, interrompant Nicole, elle s'est exclamée assez fortement :

— Bon ! On peut-tu changer de sujet ? On a compris que tu as de la peine, mais on n'y est pour rien. Et on ne peut rien faire pour t'aider. C'est pas à nous que tu dois adresser tous ces reproches, mais à ton Alain. C'est lui qui a intérêt à entendre ça. Et s'il ne veut rien savoir, va voir un psy, ça va t'aider à te libérer de cette peine qui semble insurmontable.

Cette intervention a eu pour effet de faire taire tout le monde. Nous avons plongé tous les quatre le nez dans notre assiette et avons mangé et bu en silence pendant un certain temps.

Puis Allison a repris la parole, en s'adressant à son invité.

— Comment ça va au travail ? Vous allez fermer bientôt ?

Enfin, me suis-je dit, j'allais savoir de qui il s'agissait.

L'homme s'est contenté d'un oui de la tête puisqu'il venait à peine de mettre une bouchée de saumon dans sa bouche. Je n'en ai pas su davantage. Il devait trouver que je n'étais pas très jasante et surtout que je ne m'intéressais pas beaucoup à lui. Mais de quoi pouvais-je lui parler ? Je n'avais toujours pas trouvé d'où j'étais censée le connaître.

Puis il s'est adressé à moi.

— Est-ce que vos hydrangées paniculées ont passé un bel été ? Vous n'oublierez pas de les tailler, avant le gel.

Au lieu de répondre, je l'ai fixé comme une demeurée, le sourire fendu jusqu'aux oreilles. Bien oui ! C'était l'homme responsable des serres Gloire du matin. Ça y était, je le remettais enfin : c'était le gars qui m'avait vendu des arbres, des arbustes et une tonne de fleurs. Comment ne l'avais-je pas reconnu ? Pourtant, j'étais allée acheter des plantes plusieurs fois, au cours de l'été. Mais en le voyant habillé d'une chemise blanche, d'un pantalon de velours et d'un pull marin, je n'avais pas fait le lien. Pour moi, l'homme devant moi et celui que j'avais croisé à maintes reprises avec sa salopette de travail, sa casquette enfoncée jusqu'aux yeux et les mains tachées de terre n'étaient pas le même. J'ai retrouvé ma bonne humeur d'un coup et suis devenue un peu plus affable, et même fort enthousiaste.

— Oui, oui ! Tout a bien poussé. J'ai juste hâte de voir mon magnolia en fleurs au printemps prochain.

Comme pour s'excuser de ce rendez-vous manqué avec l'arbre fleuri, il m'a dit que j'avais raté sa floraison puisque je l'avais acheté trop tardivement dans l'été.

On a parlé jardinage, préparation pour l'hiver et saison froide. Allison a voulu savoir ce qu'il ferait dans les mois à venir.

— Un jardinier, c'est en vacances l'hiver ou ça fait du déneigement ?

— Rien de tout ça, cette année. Je m'en vais en Floride en novembre, aussitôt qu'on aura fermé les serres.

Allison l'a incité à poursuivre.

— La Floride pour... ?

— Je pars avec Françoise Vallée à sa maison de Pompano Beach. Je vais faire son aménagement paysager. Il paraît qu'il y a plein de Québécoises là-bas qui veulent de beaux jardins fleuris.

J'ai regardé du côté de Nicole qui marmonnait entre ses lèvres pincées. Mais Allison n'allait pas la laisser intervenir, elle ne voulait pas abandonner son sujet.

— Et cette Françoise, c'est... ?

Il a rougi, et quand il a répondu, Allison a failli tomber de sa chaise.

— Euh... C'est ma nouvelle blonde.

Allison a tourné son regard vers moi. Ses yeux essayaient désespérément de me signifier qu'elle n'était pas du tout au courant de ce fait nouveau. Puis, sur un ton badin, elle a essayé d'en savoir davantage.

— Aaaaah ! Ben ! C'est nouveau, ça. Tu ne m'en as rien dit quand on s'est parlé, il y a deux semaines.

J'avais un peu bu. Pas mal même. Maintenant que je savais qui était en face de moi, je pouvais me détendre un peu. J'ai même pris sa défense, la bouche un peu molle.

— Oh ! Laisse-le tranquille, Allison. Il a bien le droit d'avoir une blonde.

Il s'est excusé et a expliqué que ce n'était pas du tout une omission de sa part. Leur rencontre était toute récente. Une espèce de coup de foudre. Ils ne savaient pas, ni l'un ni l'autre, si cela allait durer, mais ils avaient envie de faire un bout de chemin ensemble.

Nicole, qui n'en manquait pas une, a lâché qu'il avait dû se dire : « Allons à ce souper. Il y aura peut-être d'autres prospects. On ne sait jamais. Tout à coup que je trouverais mieux que ce que j'ai déjà. »

Jeremy s'est levé, il a plié sa serviette sur son assiette vide. Il était blême. Il s'est tourné vers moi et m'a remerciée de la soirée agréable, ajoutant qu'il espérait que j'aurais beaucoup de plaisir avec mon jardin et que je serais heureuse dans ce village. Et qu'on se reverrait sûrement au printemps prochain.

Puis il a regardé Nicole et lui a rivé son clou assez finement et avec un calme étonnant. Elle avait devant elle un homme qui se tenait debout. Je regrettais presque qu'il ne soit plus libre. Il y avait chez cet homme une telle douceur, un calme rassurant et une détermination solide. Il lui a dit que ses intentions, en venant à ce souper, étaient tout à fait louables. Il voulait en profiter pour dire au revoir à son amie Allison qu'il ne reverrait pas avant le printemps prochain et, par la même occasion, revoir une cliente qu'il trouvait gentille.

— On peut être en amour et être capable d'échanger avec les gens. Même si ce sont des femmes célibataires.

Puis il a ajouté que c'était à cause de femmes comme elle que les hommes cherchaient à s'enfuir en courant.

— J'espère de tout cœur que vous allez trouver la personne qui fera votre affaire. Mais permettez-moi d'en douter.

— Ben oui ! Ben oui ! a dit Nicole, de plus en plus soûle.

— Je ne voudrais pas jouer au psychologue, mais, vous savez, nos peines d'amour sont souvent des peines d'amour-propre.

Il a embrassé Allison, qui voulait l'empêcher de partir.

— Je crois que c'est mieux comme ça.

— Non, reste encore. On n'a pas pris le dessert ni le café.

— Je n'en prends pas, a-t-il dit. Merci pour tout. Vraiment.

Et il a quitté la pièce, Allison sur ses talons.

Nicole a pouffé de rire devant cette défection. La bouche pâteuse, elle a dit :

— J'ai passé une excellente soirée... mais ce n'était pas celle-ci.

Puis, constatant que l'invité était parti, elle a ajouté dans la direction du vestibule :

— Ils sont bien tous pareils.

Et moi j'ai terminé mon verre en réfléchissant à cette notion de peine d'amour-propre, en attendant le retour d'Allison pour prendre congé à mon tour. Nicole s'est levée et s'est traînée jusqu'au divan où elle s'est écroulée comme une roche. De la salle à manger, je l'entendais ronfler.

55

C'est par un formidable éclat de rire que nous avons scellé notre amitié nouvelle.

Allison m'avait entraînée sur sa magnifique véranda vitrée, où nous étions à l'abri du vent. Elle m'avait donné un châle de laine et une couverture. Assises bien au chaud dans nos fauteuils côte à côte, un verre de rouge à la main, nous pouvions voir son étang qui brillait sous le reflet de la lune et, par la même occasion, assister au chant de la vie nocturne. Allison avait débouché une nouvelle bouteille. J'avais protesté par principe. Ce moment d'arrêt me faisait le plus grand bien. Pompette comme je l'étais, il n'était pas question que je reprenne la route et Allison m'avait proposé sa chambre d'amis. Je pouvais continuer à boire tranquillement, je n'aurais qu'un escalier pas très à pic à grimper.

Nous avions enlevé ses chaussures à Nicole et l'avions couverte d'un gros édredon. Elle passerait la nuit sur le divan du salon à cuver son vin. La vie de cette fille ne devait pas être de tout repos. Son front était barré de gros plis d'inquiétude et elle dormait avec les poings serrés. Je n'aurais pas voulu être à sa place, mais je savais reconnaître un grand chagrin d'amour quand j'en voyais un, pour être passée par là, moi aussi.

Je n'allais pas être longue à sombrer dans le sommeil à mon tour. Mais pour l'instant, rien ne m'aurait fait bouger d'où j'étais. La température était encore un peu clémente en cette soirée d'octobre. Autant en profiter, le froid viendrait bien assez vite et l'enfermement également.

Allison n'en finissait plus de s'excuser du malentendu de la soirée. Mais elle n'était pas au bout de ses peines. J'avais une révélation à lui faire à ce sujet, mais je sentais que je devais attendre. Allison avait d'abord besoin de justifier l'attitude de son amie qui se trouvait dans une mauvaise passe. Elle s'efforçait de défendre Nicole du mieux qu'elle pouvait.

— C'est incroyable comme cette fille accumule les chagrins d'amour. Elle tombe peut-être trop vite en amour et se trouve déçue chaque fois. Faut dire que le dernier en ligne lui fait danser une valse hésitante : un pas en avant, deux en arrière.

Elle m'a raconté que l'ex-mari de Nicole n'y est pas allé de main morte, lui non plus. Il avait toujours refusé d'avoir un enfant avec elle, alors que c'était un de ses plus grands rêves. Elle s'était fait avorter à deux reprises puisqu'il menaçait de la quitter si elle gardait l'enfant. Elle s'était fait, pour ainsi dire, une raison. Et tout ce que son ex-mari avait trouvé de mieux à faire après neuf ans de vie commune, c'était de retourner avec son ancienne copine parce qu'elle venait d'adopter une enfant du Guatemala. Il avait tenté d'expliquer à Nicole qu'il était tombé amoureux fou, pas tant de la mère, mais de cette enfant. Et comble de l'horreur, ces deux-là se sont installés dans le même quartier. Nicole les a en permanence devant les yeux.

— Oui, c'est un peu chien. Elle n'a pas pensé à déménager ?

— C'est tellement plus compliqué que tu crois.

Allison n'a pu réprimer un rire tant la situation était tordue. Elle m'a donné plus de détails et m'a parlé d'un projet que Nicole avait échafaudé.

— Bien avant qu'elle soit au courant de l'existence de l'ex-blonde, et surtout de la venue de la petite dans le décor, ils ont essayé de se séparer à l'amiable. En fait, c'est lui qui l'a persuadée qu'il partait vivre seul, ce qu'il n'avait jamais vraiment fait. Et au lieu de se chamailler pour les meubles et les appareils ménagers, ils ont décidé de tout vendre et de se partager l'argent. Comme Nicole n'allait pas fort, en bon prince son ex-mari a tout pris en main. Elle l'a laissé faire, incapable de se sortir de son marasme. Les meubles ont été vendus et il lui a envoyé la magnifique somme de cinq cents dollars alors qu'elle aurait dû s'élever à quelques milliers de dollars. Je l'ai empêchée de déchirer le chèque qu'il lui avait envoyé. Elle était tellement enragée qu'elle ne savait quoi inventer pour lui rendre la monnaie de sa pièce. C'est le cas de le dire...

Son ex avait ensuite emménagé dans la maison de sa blonde et, de plus, dans les meubles qui avaient appartenu à Nicole puisque c'était cette fille qui les avait supposément achetés.

Je n'arrivais pas à croire ce que j'entendais.

— Nicole a toutes les raisons du monde de vouloir se venger, ai-je commenté. Il me semble qu'on tue pour moins que ça.

Le visage d'Allison s'est illuminé d'un grand sourire.

— Dernièrement, la fille et son ex ont fait refaire le terrassement autour de leur maison. Comme Nicole les a en permanence devant les yeux, elle est au courant de tous leurs faits et gestes. Elle va peut-être mettre son plan à exécution : elle veut commander l'équivalent de cinq cents dollars de fumier et le faire étendre sur le terrain de ce salaud.

Je n'ai pu faire autrement que rire.

— Je fais tout pour dissuader Nicole de passer à l'action, a ajouté Allison. Je ne suis pas sûre qu'elle se sentira soulagée, après ça. Je la conjure d'essayer d'oublier, de déménager s'il le faut et de passer au plus vite à autre chose. Mais comme tu as pu voir, ce n'est pas demain la veille.

— L'idée du fumier, c'est pas mal, quand même. Si elle n'y renonce pas, tu me le diras, j'aimerais assister au spectacle. Moi, je m'en irais de là, je crois. Il y a toujours des limites à se faire mal. Mais si elle aime sa maison...

— Je pense que c'est plutôt sa rancune qu'elle aime bien. C'est de ça qu'elle se nourrit tous les jours. Quand ce n'est pas pour son ex et sa nouvelle petite famille, c'est pour l'autre qui n'arrive pas à se décider s'il revient ou s'en va définitivement. C'est ainsi depuis que je la connais.

On a gardé le silence quelques instants. Je crois que nous revisitions toutes les deux notre passé.

Puis est venu le sujet de Jeremy Harris. Allison s'est encore excusée de ce qu'elle avait fait.

— Je te présente un gars qui n'est pas libre. Faut le faire.

J'avais beau lui expliquer que ce n'était pas grave, que ces choses-là pouvaient arriver, elle ne cessait pas d'exprimer ses regrets. D'autant plus qu'elle était sûre que je me serais bien entendue avec lui. Je n'en doutais pas, moi non plus. Il était charmant, avait belle apparence. À défaut d'un homme aux yeux verts, j'aurais pu faire un bout de chemin avec l'homme au pouce vert.

— Et puis, comme elle m'a dit, un jardinier à domicile, avec l'immense terrain que tu possèdes, ça aurait été fabuleux. Tu te rends compte, un amant qui serait ton propre jardinier. Exactement comme dans la série *Desperate Housewives*.

— Oui. Mais là c'est trop tard.

Allison n'arrêtait pas de se morfondre.

— Si je l'avais appelé plus tôt, aussi. Si j'avais organisé ce repas il y a quelques semaines, peut-être que…

— Peut-être pas, aussi, Allison.

— Oui, mais vous sembliez tous les deux ravis de vous revoir dans un autre contexte.

C'est à ce moment-là que j'ai dit à Allison ce que j'avais à lui avouer, en retenant un fou rire.

— Quand il est arrivé, je ne l'ai même pas reconnu. Ce n'est qu'à la fin du souper que j'ai réalisé qui il était.

— Attends. De quoi tu parles ?

Elle a secoué la tête pour chasser les brumes de l'alcool et m'a regardée avec beaucoup d'intensité. Elle essayait de comprendre où je voulais en venir.

— Quand on a mangé ensemble, au petit resto, a-t-elle dit lentement, tu m'as parlé de lui, non ?

— Non. Euh… Oui ! ai-je répondu. Je t'ai parlé d'un gars, oui. Mais il faut croire qu'on ne parlait pas du même.

— Comment ça ?

— Je t'ai demandé si Harris… Yu… Uhu… Hughes était ton chum.

L'absorption d'alcool ne m'aidait en rien avec la prononciation anglaise. Loin de là.

— Je t'ai répondu qu'il ne l'était pas, m'a dit Allison. Et quand je t'ai parlé de te présenter quelqu'un…

— Toi tu avais déjà en tête Jeremy Harris et moi…

Allison a presque crié.

— Je ne te crois pas !

J'ai fait signe que c'était tout à fait juste.

— Moi, c'est l'autre Harris qui me plaît.

— Harris Hughes !

On a refoulé un extraordinaire fou rire, puis on l'a laissé monter et il a pris toute la place. On a ri, mais ri comme ça faisait longtemps que ça m'était arrivé. On se calmait un moment, puis le rire gonflait à nouveau dans le silence de la nuit. On en avait mal aux côtes tellement on se tordait de rire. Quand l'une de nous se calmait, l'autre repartait de plus belle. Et le délire reprenait. On était tellement bruyantes que Nicole a hurlé, du salon :

— Vos gueules, les filles ! J'essaie de dormir.

Ça a été deux fois pire. Nous avons continué à rire la main sur la bouche en pouffant encore et encore et en nous étouffant de plus belle. Nous avons même été jusqu'à mettre la couverture sur nos têtes pour ne pas réveiller la dormeuse et faire fuir au grand galop les petites bêtes de la forêt.

56

Entre deux éclats de rire, Allison n'arrêtait pas de me demander : « C'était pas le bon ? » Et je répondais, tout en m'essuyant les yeux : « C'était pas le bon ! »

Nous avons fini par nous calmer, fatiguées d'avoir trop ri.

— Comment c'est arrivé ? m'a demandé Allison.

Je lui ai rappelé la première fois qu'on s'était rencontrées, au Réno-Dépôt.

— Je venais tout juste de faire la connaissance de l'homme aux yeux verts.

— C'est qui, lui ?

— Harris. Il a des yeux verts extraordinaires.

— J'ai pas remarqué ça, moi.

J'ai expliqué qu'au moment où elle était venue le chercher pour soi-disant l'aider dans sa décoration, j'allais lui proposer d'aller prendre un café.

— Puis c'est moi qui t'en ai empêchée.

— Oui, et ce soir, pensant bien faire, tu m'as présenté le mauvais gars.

— Mais pourquoi tu ne me l'as pas dit pendant le souper ?

— Tu ne trouves pas que c'était déjà assez *heavy* ? Je me vois te dire devant Jeremy que c'est pas le bon gars que tu me présentes ! Et, en plus, que je n'ai aucune idée de qui est celui en face de moi.

Allison s'est servi un peu de vin et en a versé dans mon verre. Durant notre fou rire, on avait dû en renverser pas mal.

— Quelle soirée ! Je m'étais dit, en plus, que si ça ne fonctionnait pas avec toi, il pourrait toujours plaire à Nicole.

On est reparties à rire de plus belle. Décidément, l'énergie de cette fille, même pompette, me plaisait bien.

Retrouvant un peu de sérieux, j'ai avoué à Allison :

— Je pense que l'amour, ce n'est pas pour moi.

— Dis pas ça. On sait jamais. Maintenant que je suis au courant de qui t'intéresse vraiment, je vais…

Je l'ai tout de suite arrêtée dans son élan.

— Wô ! Terminé pour moi, les *blind dates*, les soupers organisés, les rencontres improvisées, les… Tout ce que tu veux. Je suis bien toute seule, je reste toute seule. Je suis de plus en plus convaincue que ce n'est pas donné à tout le monde de réussir en amour. Je crois que je ne suis pas douée. Est-ce que tout le monde réussit à faire le métier qu'il veut ou ce pour quoi il a du talent ? Non. En amour, c'est pareil. Regarde Nicole. Le peu que je sais de cette fille, c'est qu'elle semble se tromper de partenaire à chaque tentative.

— C'est un peu vrai. Elle tombe sur les pires.

— Peut-être que, sans le vouloir, elle va chercher les pires.

J'avais la bouche de plus en plus pâteuse, mais je continuais à donner mon opinion sur le sujet.

— J'ai l'impression qu'on sait tellement comment se faire du mal. On n'est pas habituées au bonheur. On commence à peine à savoir se faire du bien.

— Ou bien on essaie tout ce qui nous est présenté et ça ne marche pas fort. Sais-tu que, l'an passé, un gars du village a organisé un souper-rencontre pour célibataires. Les gens pouvaient venir de partout et ils étaient de tous les milieux. Il s'agissait d'une soirée toute simple, conviviale, dans une auberge. J'y suis allée. Eh bien, figure-toi qu'il y avait cent cinquante filles. De toutes sortes. Des petites, des grandes, des maigres, des bien enveloppées. Des jeunes, mais la majorité dans la quarantaine en montant. Toutes célibataires. Certaines depuis des années. Sais-tu combien d'hommes sont venus ?

— Je ne suis pas sûre de vouloir entendre ça, ai-je répondu.

— Trois. Il y avait trois gars pour cent cinquante filles ! Tu te rends compte ?

— C'est décourageant, tu ne trouves pas ? Je n'ai pas envie de me retrouver dans un troupeau de femmes célibataires, tassées comme des brebis en chaleur et en manque dans un enclos, en attendant d'être choisie. (Je me suis mise à imiter le troupeau de femmes que j'imaginais.) « Moi ! Moi ! Choisissez-moi. Prenez-moi ! » Je n'ai pas du tout envie de faire partie de ce type de compétition. Je ne veux pas jouer à ça.

— De toute façon, on ne fait jamais l'affaire.

— Qu'est-ce que tu veux dire ?

Elle m'a demandé si je n'avais pas cette désagréable sensation de ne jamais me sentir adéquate.

— Moi, c'est comme ça depuis que j'ai quinze ans. Pas assez mince, pas assez de totons, le cul pas assez rebondi, le teint pas assez clair, les cheveux pas assez blonds. Maintenant, c'est pire encore.

— De toute façon, lui ai-je dit, tout ce qui me plaît est illégal, immoral ou fait engraisser.

On a établi, à tour de rôle, la liste de tout ce qui ne semblait pas approprié lorsqu'on rencontrait des hommes et qu'on avait plus de quarante ans : le ventre pas assez plat, la cuisse trop lourde, le cul trop large, la peau qui tombe, le toton aussi, les rides qui se creusent, les plis qui se forment, le caractère changeant, les suites de la ménopause…

On a conclu, en riant jaune cette fois, qu'on était mieux de rester chez soi. Et puis, je ne sais pas pourquoi, j'ai eu soudain une forte envie de pleurer. J'oscillais entre le rire et les larmes, en essayant d'endiguer la chute. Je me suis ouverte à Allison de mes pires craintes.

— Sais-tu ce qui me fait le plus peur dans le fait de vieillir ? C'est de me dessécher parce que personne ne m'aura touchée ou caressée ou prise dans ses bras. À d'autres moments, j'ai peur qu'on me retrouve seule allongée par terre dans ma cuisine, morte parce que je me serais étouffée avec un morceau de pain grillé. Des fois, j'imagine ce que je ferais si ça m'arrivait : je me « pitcherais » violemment contre tous les dossiers de chaise pour me faire le… la… Tu sais, la méthode à appliquer pour ne pas mourir étouffé ? En tout cas, j'essaie ça désespérément, mais ça ne marche pas. On me retrouve deux semaines plus tard, parce que personne ne vient me voir. Et ma chatte a commencé à me grignoter les joues parce qu'elle est toute seule et a faim.

La fatigue des dernières semaines, les travaux de la maison qui avançaient à pas de tortue, l'alcool en quantité inhabituelle, l'énervement dû à la rencontre que je croyais faire et la déception de ne pas avoir revu le bon gars, tout ça a fait que, même si je m'efforçais de les retenir, les larmes se sont mises à couler, à profusion.

J'étais incapable d'arrêter toutes ces gouttes qui tombaient dans mon verre de vin.

Allison s'est approchée de moi.

— Voyons, ma belle. Ça ne t'arrivera pas. Je vais aller te voir souvent. Je vais t'appeler tous les jours si tu veux. Je vais…

Elle ne savait plus quoi dire pour me consoler. Et moi, je n'arrêtais pas de répéter que je n'y arriverais jamais toute seule. Que je n'aurais jamais dû acheter cette maison. Que tout mon argent et mes énergies y passeraient. Je mélangeais tout.

— S'il y avait eu un homme avec moi, ça aurait été plus simple, ai-je beuglé à travers les hoquets qui me secouaient.

Allison contrait tous mes arguments. Avec elle, ils ne tenaient pas la route.

— Si tu avais eu un homme avec toi pour rénover cette maison, tu serais divorcée à l'heure qu'il est.

Je n'ai pu m'empêcher de rire en entendant son affirmation. Mais je n'ai pas pu m'empêcher de lui servir un autre argument :

— Chez moi, j'attire plus les bibittes et les oiseaux que les hommes.

— Les hommes aussi sont de drôles de moineaux. Et puis, ils n'ont pas toujours réglé leurs bibittes personnelles.

J'ai fini par sourire et me calmer.

— Je m'excuse, Allison. Après Nicole, c'est mon tour. Tu les as, les copines, toi !

Elle m'a gentiment serrée dans ses bras.

— Vous allez être obligées de me rendre la pareille, un jour. Attendez que ce soit mon tour ! Je vais vous en faire voir !

Elle m'a entraînée dans la maison. En passant près du salon, j'ai eu l'impression que le sommeil de Nicole n'était plus aussi tendu.

Allison m'a prêté un grand chandail.

— C'est un tee-shirt de gars.

— Moi, je dors dans un pyjama d'homme.

— On n'est pas folles, un peu ? a-t-elle commenté.

Après m'avoir bordée, elle m'a donné un bec sonore dans les cheveux.

— Demain, tout va te paraître différent, tu vas voir.

Elle a éteint. Et moi aussi je me suis éteinte dans le lit douillet de la chambre d'amis d'une fille formidable.

57

Le lendemain, j'étais dégrisée. Au petit déjeuner, au souvenir du quiproquo de la veille, Allison et moi avons de nouveau ri. Nicole, qui avait un sérieux mal de crâne, nous suppliait d'arrêter nos cris. Quand il a été temps pour moi de regagner mon chez-moi, Allison m'a accompagnée jusqu'à ma voiture et m'a assuré que dorénavant elle ne resterait pas longtemps sans me faire signe. Puis elle m'a suggéré d'acheter pour Bouboulina des contenants dans lesquels on peut mettre de la nourriture et de l'eau en grande quantité ; conçus selon le principe des distributrices, ils permettent au chat d'avoir de l'eau et de la nourriture quand il en a besoin. Au détour du chemin, j'ai vu Allison et Nicole, dans le rétroviseur, qui m'envoyaient la main.

Et puis la vie a repris son cours. Les outardes sont parties. Pas les ouvriers. Il reste encore quelques détails, des travaux à parachever, mais rien d'essentiel. De toute

façon, il reste toujours quelque chose à faire : une finition ici, un branchement là, une réparation. Le ciel
devient de plus en plus lourd. Les bulletins météorologiques se font annonciateurs de chute de neige. Je ne
veux pas y croire.

Serge est arrivé ce matin les bras chargés de planches de pin. C'est au tour de la bibliothèque de voir le
jour. Elle sera de couleur crème, en harmonie avec les
murs du second, enserrée entre les portes et la fenêtre.
Cette bibliothèque fera partie intégrante de la cage
d'escalier du deuxième. Un espace perdu qui trouvera
une nouvelle vocation. Serge était bien un homme de
campagne pour qui le temps est élastique, mais comme
c'était un ouvrier consciencieux, je n'allais pas le laisser
filer. Il était moqueur, aussi, et s'imaginait que je crou-
lais sous l'or. Il me donnait du « madame » gros comme
le bras et me vouvoyait, alors que les ouvriers plus jeunes
me tutoyaient allègrement. Il a taillé toutes les planches
dans la cave et a nettoyé la sciure quand il a eu terminé.
Une chose de moins à faire. Je tenais à mettre ma touche
personnelle dans cette bibliothèque. J'ai donc aidé Serge
à protéger les nœuds pour qu'ils ne ressortent pas, une
fois les étagères peintes.

Le coin bibliothèque est maintenant ravissant. Il ne
restera plus qu'à défaire les boîtes de livres, qui ont tant
de fois été déplacées, et à les vider de leur contenu. Une
petite tâche de presque rien… Heureusement, Lulu a
promis de venir m'aider. Il y a exactement soixante-deux
boîtes. Et dire que j'ai donné presque autant de livres à
mon départ de la grande ville. Je vais placer deux petits
fauteuils en provenance d'Indonésie de chaque côté de
la fenêtre. Ça sera tellement agréable de s'asseoir enfin à
cet endroit, un livre à la main, une tasse de thé au citron
et quelques biscuits sur la tablette qui servira de table,
et de jeter de temps en temps un coup d'œil sur le jardin.

C'est Cicéron, je crois, qui disait : « Si vous avez un jardin et une bibliothèque, vous avez tout ce qu'il vous faut. » Mais ce moment de pur bonheur n'est pas pour tout de suite. J'ai autre chose à faire avant de pouvoir y goûter.

Il neigeait sans arrêt depuis trois jours. Les arbres regorgent de sucre en poudre, le jardin a pris des formes lunaires. Le calme s'est installé. Seuls les oiseaux qui viennent grignoter dans les mangeoires bougent dans ce paysage immuable et feutré. Les alentours de ma maison ce matin font figure de carte postale. Moi qui ne suis pas une fanatique de l'hiver et du froid, je dois avouer que cette image figée dans le temps est magnifique. Cette neige ne restera pas, disent les gens du village. Peut-être, mais en attendant il faut la pelleter. Chaussée de mes bottes de sept lieues, que j'ai mis près d'une heure à trouver, et après avoir enfilé mes grosses mitaines, enfoncé mon bonnet jusqu'aux yeux et revêtu mon indispensable Kanuk, je suis sortie. Je me suis laissé envahir par le silence et ce calme blanc. Puis j'ai démarré ma voiture ensevelie sous des tonnes de flocons et j'ai mis le chauffage pour que le plus gros de la neige fonde. Ensuite, je me suis armée de courage pour m'attaquer à la tâche du déneigement tandis que la radio se faisait aller les décibels dans l'habitacle. Une certaine Nicole Croisille s'époumonait, répétant à chaque refrain qu'elle était enfin devenue «femme, femme, feeeemmmme... avec lui ».

— Tant mieux pour toi, ma chérie, ai-je dit tout en m'échinant sur la neige passablement lourde.

Je réalisais que, célibataire et propriétaire, j'allais bel et bien devoir tout faire toute seule. Ou payer pour le faire faire. Au fait, ils étaient où les beaux mâles qui adooooreraient pelleter mon entrée ? Dans les films ou les séries télé, il y en a toujours de disponibles et en plus ce sont les plus beaux gars qui soient. Sur petit ou grand écran, le voisin se meurt toujours d'envie de donner un coup de main à la charmante voisine. Il n'est jamais laid, bedonnant ni chauve. C'est un bel hidalgo, musclé et intelligent, qui ne demande qu'à rendre service pour que vous vous sentiez enfin «femme, femme, feeeemmmme... avec lui». Moi, mon voisin, quoique charmant et beau bonhomme, a une femme et elle semble tout à fait heureuse avec lui. Maudite chanceuse. C'est comme l'autre, là, la Françoise-je-ne-sais-plus-qui, qui a amené le jardinier en Floride. Le cinéma et la réalité, ce sont vraiment, mais vraiment deux choses.

J'ai beau regarder aux alentours, il n'y a personne pour me donner un coup de main. L'homme et sa pelle me font royalement défaut en ce début d'hiver. Mais je suis quand même une femme. Une feeeeemmmme qui s'assume. Je suis capable de pelleter après une tempête. Le déblaiement terminé, je prendrai un long bain chaud, dans lequel j'aurai versé quelques gouttes d'huile de fleur d'oranger, puis j'enfilerai mon nouveau t-shirt – cadeau d'Allison – portant l'inscription «Antiquité – Fragile» et me servirai un petit Lillet bien mérité que je siroterai tout en admirant dans le soleil couchant tout le travail accompli. Je pourrai me dire alors, avec une certaine fierté, que c'est moi et moi seule qui l'ai fait.

Ça ne console pas vraiment, mais ça donne une raison d'exister.

58

J'étais assise sur un tabouret, le dos en appui sur le bord de l'îlot, et j'étais émue aux larmes. Droit devant mes yeux qui se croyaient victimes d'un mirage, une petite flamme bleue s'agitait, sautillant sans relâche, la tête haute, brave petite lueur à peine naissante. Elle faisait un peu sa «fière-pet», comme on dit à Québec. Et l'instant d'après, n'y tenant plus et voulant me prouver qu'elle pouvait être torride et voluptueuse lorsqu'on la mettait en marche, elle s'est mise à se tortiller dans tous les sens et à danser une farandole joyeuse, pour impressionner la casserole qui se trouvait au-dessus d'elle. Elle avait du souffle à revendre, elle se sentait pleine d'énergie, et je savais que je devrais l'arrêter, sinon elle n'en finirait plus de se consumer d'aise, mon réservoir serait vite à sec et mes légumes, cramés.

Dieu du ciel que l'aventure de cette cuisinière au gaz aura été entourée de péripéties et d'embûches !

Mais là, ça y était : j'étais branchée et je pouvais enfin cuisiner. Il faut dire que si j'avais acheté une gazinière neuve, brevetée au Canada, je n'aurais pas eu tous ces problèmes. Il restait d'ailleurs une étape : la faire homologuer. Comme la marque est inconnue ici, elle doit avoir ses lettres de noblesse du pays qui l'accueille. Cette fameuse cuisinière m'aura donné quelques maux de tête et d'estomac avant de me procurer de la joie. Elle aura également entraîné pas mal de frais.

Mais de savoir qu'elle avait vécu de belles journées et de magnifiques soirées gastronomiques en Toscane, ça compensait tout le reste. Pour toutes ses années de loyaux services au profit de la papille gustative, on devrait lui décerner une médaille au lieu d'y apposer un autocollant confirmant son inspection. J'essayais d'imaginer le plaisir que cette gazinière avait procuré aux amis de Claudie lorsque celle-ci vivait à Lucques. Y avaient été préparées des *pasta*, bien sûr. Et à toutes les sauces, il va sans dire. Et aussi de ces mets mijotés lentement, des heures durant, et qui embaument la maison.

Je faisais défiler devant mes yeux les paysages de ce pays qui tant de fois m'avaient soulevé l'âme. Je revoyais les couchers de soleil sur fond de cyprès qui s'élèvent vers le ciel comme d'innombrables clochers, avec à leur pied des champs de coquelicots ou encore des collines de vignes aux grappes généreuses. Dans ce pays, on tombe souvent à genoux pour rendre grâce de tant de beauté. J'avais envie de recréer chez moi, quand le beau temps le permettait, la grâce et les atmosphères bucoliques des tableaux de grands maîtres italiens. Comme le disait le cinéaste Jean-Claude Lauzon : « L'Italie, c'est trop beau pour n'appartenir qu'aux Italiens. » Je voulais donc en prendre une petite parcelle et essayer de la transposer dans mon Estrie d'adoption. Et cette gazinière, enfin utilisable, m'y aiderait.

Le bonheur, c'est si simple. Un plat parfumé, délectable, des légumes qui ont sué tous leurs sucs, un risotto qui s'est laissé touiller lentement et auquel on a ajouté des petits pois fraîchement écossés ou encore des asperges nouvelles, une tarte aux citrons frais, un vin qui délie les langues, et voilà, tout y est. C'est un enchantement pareil que j'ai envie de reproduire ici, chez moi. Et ce sera maintenant possible, dans ma maison jaune, puisque j'ai une grande table de cuisson avec cinq ronds prêts à s'enflammer passionnément. Tout comme moi.

Quand la terrasse sera rouverte, l'été prochain, on fêtera tard dans la nuit. J'aurai mis des bougies partout et les lilas en fleurs étourdiront les convives de leur doux parfum. La lune se montrera peut-être, il y aura des étoiles à profusion et on restera là, sans bouger, à rire ou à refaire le monde. En imaginant de telles soirées avec mes amis, je me suis dit que l'acquisition de cette maison avait finalement été une excellente idée, même si j'y vivais seule, sans amoureux.

Simone avait l'habitude de dire : « Pourquoi s'encombrer d'un homme ? » Et elle ajoutait, citant Bertolt Brecht : « Rappelle-toi, Olivia, *l'homme est bon, mais le veau est meilleur !* »

Ce soir-là, j'ai « campé » dans la maison jaune, comme je le faisais de temps en temps. Après m'être réveillée en pleine nuit, je suis descendue allumer la flamme sous un des ronds, juste pour m'assurer que c'était bien vrai, que la cuisinière fonctionnait réellement. Je me sentais comme l'hurluberlu du film *La Guerre du feu* qui s'extasiait sans retenue devant la petite flamme rouge qui venait d'apparaître au bout de son bâton. Je devais d'ailleurs lui ressembler, avec ma tête hirsute et mon air gaga. Il avait travaillé très fort pour l'obtenir, cette étincelle, en faisant tourner le bâtonnet de bois à grande vitesse entre ses mains. Quant à moi, j'avais remué ciel et terre pour que la magie opère. Et la flamme de ma gazinière était apparue. Bleue, propane oblige.

Et pour faire durer le plaisir, même s'il était trois heures du matin, j'ai voulu me prendre quelques instants pour Léonne, dans *Scoop*, cette télésérie sur le journalisme qui avait été très populaire, il y a quelques années. Le chum de cette femme lui apportait, au réveil, sa robe de chambre qu'il avait au préalable fait réchauffer dans la sécheuse. Je me sentais aussi comblée que cette femme... même si je n'avais que des torchons et des guenilles à faire sécher dans ma sécheuse au gaz.

59

Et puis, doucement, je me suis installée dans ma demeure. Le froid m'a obligée à m'enfermer, mais comme la maison réclamait mes soins, je n'ai pas rechigné à cet isolement. J'ai donc laissé la petite maison d'Irène. Un peu à regret, je dois l'avouer. Elle était confortable et j'y étais très bien, alors que la mienne était encore le théâtre de bruits et de fureur. François et Albert sont venus m'aider à transporter mes valises. Lulu, pour sa part, malgré son travail, a tenu sa promesse et est venue déballer les boîtes de livres.

C'était bon de l'avoir chez moi, ce jour-là. Comme nous possédions toutes deux une maison à la campagne, maintenant, son expérience m'était très utile.

Faisant amende honorable, elle a reconnu que j'avais fait le bon choix en achetant la maison.

— Tu y arrives ? m'a-t-elle demandé.

— C'est pas toujours simple de tout faire seule, mais bon, faut ce qu'il faut. Il y a des tas de choses qui devront attendre la venue de gros bras.

— Tu vas sûrement rencontrer quelqu'un qui pourra te donner un coup de main. Il doit y avoir de beaux spécimens d'hommes dans le coin.

Je lui ai avoué que j'en avais raté un de peu. Jardinier et gentil garçon de surcroît.

— Qu'est-ce que tu veux dire : « raté de peu » ?

— Une certaine Françoise a été plus rapide que moi.

— T'avais pas rencontré un prof, également ?

— Qui t'a parlé de lui ? ai-je voulu savoir.

— Massimo ou Henri, je ne sais plus lequel. Ou les deux.

— Les mémères ! ai-je dit, un peu découragée, mais en même temps amusée par l'indiscrétion de mes copains.

Lulu m'a posé une autre question, avec son petit air ratoureux :

— Quand je t'ai téléphoné au chalet à la fin de l'été et que je t'ai dérangée dans vos ébats, c'était lui ?

J'ai éclaté de rire au souvenir de cet événement. On a alors pris une pause bien méritée, avec un thé citron et quelques tranches du quatre-quarts qu'elle m'avait apporté, et je lui ai raconté ma séance de frottage à la serviette râpeuse qui me servait de gant de crin. C'était cela qui m'avait essoufflée au possible, alors qu'elle croyait avoir interrompu une partie de jambes en l'air. On a bien rigolé.

— Alors ? Tu en es où avec l'histoire du prof ?

— Nulle part. Je comptais l'appeler ces jours-ci. Je lui en dois une, puisqu'il m'a laissé sa place au moment du branchement de la cuisinière. On a échangé nos jours d'installation.

— Charmant.

— Tout à fait.

Je n'ai pas élaboré davantage puisque je ne l'avais pas revu et n'avais pas osé lui téléphoner. En fait, c'est faux. J'ai appelé à deux reprises, mais suis tombée sur le répondeur. Je n'ai pas voulu laisser de message. Qu'est-ce que j'aurais dit ? « Allo. C'est la fille qui avait l'air de la chienne à Jacques, que vous avez vue une seule fois et pas très longtemps, qui parle. Voulez-vous me rappeler ? »

On a donc changé de sujet.

— Avec la chatte, ça se passe comment ? a demandé Lulu tout en enfouissant sa main dans la fourrure de ma Bouboulina, qui avait meilleure allure.

— Bouboulina a repris du poil de la bête depuis qu'elle vit à la campagne. Par contre, elle a eu de la difficulté à quitter le chalet, qu'elle considérait comme sa véritable maison. Elle y retourne parfois et Irène me la ramène. Maintenant, ça va mieux. Elle a trouvé quelques endroits qui font son affaire et passe ses après-midi recroquevillée en boule.

J'ai montré à Lulu les coussins qui recouvraient une longue banquette sous la fenêtre principale du salon, donnant sur la terrasse.

— Elle change de coussin en suivant le passage du soleil au cours de la journée. Et comme elle dort toutes les nuits avec moi, je la sens maintenant plus rassurée.

J'ai ensuite confié à Lulu que la seule chose qui m'inquiétait vraiment, c'était de me retrouver à l'intérieur tout l'hiver.

— La visite va se faire plus rare. Les ouvriers n'auront plus à venir aussi souvent.

— Tu as peur, le soir ?

— Es-tu folle ! Je n'ai pas peur du tout. Il m'arrive même d'oublier de fermer les portes à clé. Je ne dois pas être trop inquiète. Je dors comme un bébé, les fenêtres ouvertes pour profiter du vent frais.

— Peut-être qu'inconsciemment tu attends que quelqu'un force doucement ta porte et te rejoigne à l'étage...

— Franchement ! Lulu ! Je n'ai pas envie de n'importe qui qui passerait par là. Non, si quelqu'un veut me voir, j'espère qu'il va se donner la peine de sonner. Enfin, de frapper fort à la porte, parce que les sonnettes ne sont pas encore installées.

Selon Lulu, la meilleure façon de passer à travers l'hiver, c'était de m'intéresser à la vie et aux activités de mon village. Elle avait sûrement raison sur ce chapitre et j'allais m'y mettre sous peu.

J'ai ensuite parlé à Lulu d'un courriel que m'avait envoyé mon fils récemment, après avoir, comme elle, rencontré Marco, mon ex. Ce dernier s'était servi de lui, comme il avait fait avec Lulu, pour me faire part de ses regrets.

— Qu'est-ce qu'il voulait ?

Je lui ai fait la lecture du courriel en question, dans lequel Vincent me rapportait les propos de Marco. Mon ex avait entendu parler de ma belle maison et aimerait la visiter.

Lulu s'est esclaffée.

— Bien sûr qu'il veut la voir, les travaux sont terminés. Pas gêné, le mec !

J'ai poursuivi ma lecture. Apparemment, Marco s'ennuyait beaucoup de moi, regrettait tout ce qu'il m'avait fait et se sentait prêt à renouer avec moi.

— Et tes sentiments, à toi ?

— Il n'en fait pas mention. Ça ne semble pas être un facteur qui entre en jeu. Lui est prêt, alors je devrais l'être.

— As-tu répondu ? s'est informée Lulu.

J'ai fait oui de la tête.

— J'ai pris le même messager que lui, en l'occurrence Vincent, en lui demandant de poser la question suivante à ce cher Marco : comment se faisait-il que j'étais soudain moins ridée, moins vieille, et beaucoup plus intéressante depuis que j'avais une magnifique maison à la campagne ? Et j'ai spécifié que je n'attendais pas de réponse.

— Je n'en reviens pas, s'est exclamée Lulu. J'ai l'impression qu'on est revenu deux cents ans en arrière.

— Tu ne crois pas si bien dire.

Je lui ai parlé d'un autre courriel que j'avais reçu quelque temps auparavant et qui semblait confirmer son impression. L'expéditrice de ce pamphlet anti-hommes était nulle autre que Nicole, qui continuait sa campagne de femme blessée. Il y était question de règles que la femme devrait suivre pour honorer son homme. Comme j'avais imprimé le courriel, j'en ai lu des extraits à Lulu, parmi les plus renversants.

> *Lorsque vous attendez votre mari, le soir, laissez-le parler d'abord, souvenez-vous que ses sujets de conversation sont plus importants que les vôtres.*

— Je rêve ! a dit Lulu.
— Eh non, ma belle, écoute la suite.

> *Ne vous plaignez pas s'il est en retard à la maison pour le dîner ou même s'il reste dehors toute la nuit. Considérez cela comme mineur comparé à ce qu'il a pu endurer pendant la journée.*

— Écoute encore celle-ci :

> *Ne remettez jamais en cause son jugement ou son intégrité. Souvenez-vous qu'il est le maître du foyer et qu'en tant que tel il exercera toujours sa volonté avec justice et honnêteté.*

— C'est incroyable, non ? ai-je dit à Lulu. On suggère également de ne pas accepter si votre mari vous offre de vous aider à faire la vaisselle, car il risquerait de se sentir obligé de répéter son offre par la suite. Mais la meilleure, à mon avis, c'est la suivante :

Si vous avez des petits passe-temps, faites en sorte de ne pas l'ennuyer en lui en parlant, car les centres d'intérêt des femmes sont souvent assez insignifiants, comparés à ceux des hommes.

— Après ça on se demande pourquoi on n'avance pas. Dire que nos pauvres mères ont suivi ces recommandations à la lettre.

— Pas seulement nos mères, ai-je précisé. Regarde, Lulu, c'est un extrait d'un manuel scolaire d'économie familiale domestique publié en 1960, au Québec.

Elle m'a regardée un instant, puis m'a suppliée, mi-sérieuse, mi-amusée :

— N'envoie pas ça à mon chum, il serait bien capable de l'afficher partout dans la maison.

60

J'ai repris le travail de façon plus régulière et j'ai commencé à m'intéresser à la vie de mon village. En prenant mon courrier au bureau de poste, j'ai parcouru une brochure qui m'a drôlement fait plaisir. Il y était question de cours offerts au pavillon des Arts de l'Université Bishop. Cette annexe de Lennoxville se situait à deux pas de chez moi. On y donnait des cours sur l'histoire de l'art ainsi que des cours d'espagnol pour débutants et pour élèves avancés, mais aucun cours d'anglais, ce qui m'aurait pourtant été fort utile. Apparemment, tout le monde parle la langue, ici. On y annonçait également des cours de sculpture et, surtout, des cours de dessin. Comme j'étais totalement néophyte en ce domaine et que j'avais très envie de m'y mettre, je me suis dit que ces cours de dessin avec modèle me feraient le plus grand bien.

Allison m'avait prévenue : « C'est bien, les cours, mais il n'y a à peu près que des filles qui s'y inscrivent. »

En fait, qu'on propose des cours pour apprendre la danse, la peinture, le yoga, le taï chi ou quoi que ce soit d'autre, ce sont surtout les femmes qui s'inscrivent. Ils sont où et ils font quoi, les gars, pour apprendre ? « Ça dépend ce que tu vas chercher, m'a aussi dit Allison, une salle de cours, c'est tout sauf un lieu de rencontre. »

Je me suis donc inscrite à des cours de dessin. J'adore ces moments de grande paix où je suis concentrée sur un travail. Et en prime, j'ai rencontré des filles fantastiques. D'abord Danielle, qui m'a fait découvrir des sentiers de toute beauté, près de la plage municipale, pour faire des balades en toutes saisons, à pied, en raquettes ou avec poussette et bébé, et même à bicyclette. On y croise des gens avec leur chien qui vous saluent gentiment. Elle m'a également offert de garder mon chat si j'avais à m'absenter. Marie-Josée, une autre du groupe de dessin, est designer d'intérieur. J'envie son coup de crayon. Elle possède la plus belle maison de campagne qui soit, avec une galerie qui en fait le tour, à deux pas de chez moi, et un chum tout à fait adorable. Elle m'a offert de me dessiner des plans pour la réfection d'un escalier de pierre qui en a grandement besoin.

Moi qui déteste l'hiver, ça me fait tout plein d'activités qui m'empêcheront de trouver cette saison trop longue et assommante, et me feront oublier que lorsque j'habitais la grande ville j'allais au cinéma et au théâtre, et assistais à quantité de spectacles.

Ma vie s'organise autrement. Certains vendredis soir, on se retrouve au pub, entre filles. Je sens que je fais partie de cet endroit. Les gens me reconnaissent dans la rue et dans les commerces et me saluent comme une nouvelle propriétaire du coin, quelqu'un qui vit sur place à l'année et non pas, comme certains, seulement durant les week-ends et les vacances. Ça me plaît d'appartenir à cette communauté. Je me dois donc d'en apprendre les us et coutumes. Les commerces changent d'horaire pour l'hiver. Certains sont fermés seulement le lundi, d'autres n'ouvrent que du jeudi au dimanche. Certains ferment leurs portes plus tôt que d'autres. Pour faire mes courses, je dois m'ajuster à ces différentes heures et journées d'ouverture. Ça me fait penser à cette boutique en Provence où il y avait d'inscrit sur la porte : « Ouvert selon l'humeur. » Dans mon village aussi, le temps est élastique.

En allant chez le nettoyeur, dernièrement, j'ai découvert une habitude assez répandue, paraît-il. La préposée, tout excitée, m'a remis le catalogue Sears qui venait d'arriver. Selon elle, beaucoup de gens font leurs achats par catalogue. Je l'ai pris même si je ne croyais pas m'en servir, pour ne pas la blesser. Elle me remettait ce catalogue comme s'il s'agissait d'un cadeau précieux.

J'ai appris également que durant la saison froide toutes les rues seront illuminées. Les boutiques aussi se parent de décorations lumineuses, qui donneront sûrement à ce hameau des airs de village du père Noël.

Je vis donc une vie toute simple, mais fort agréable. Entre mon travail de correction et quelques allers-retours à Montréal, il y a mes cours de dessin, qui me demandent beaucoup de travail à la maison, les rencontres avec les copines du coin et les longues séances de lecture avec Bouboulina sur mes genoux. Et puis, entre les grands moments de paresse devant un magnifique feu de cheminée, l'observation des oiseaux, les batailles avec les écureuils que j'ai pris en grippe parce qu'ils mangent tout le contenu des mangeoires, les courses, la cuisine sur la cuisinière italienne, les dernières boîtes à vider et les catalogues de fleurs à feuilleter en rêvant à la belle saison, je n'ai pas eu le temps de m'ennuyer. Je n'ai pas vu le temps filer.

Il y a eu beaucoup de séances de pelletage de neige, aussi. Les gens de la région n'avaient jamais vu autant de précipitations en si peu de temps. J'imaginais quelqu'un, installé sur un nuage, là-haut, qui avait décidé de balancer, juste au-dessus du village, tout son quota de neige de cet hiver-là.

Et puis, un après-midi, j'ai reçu un appel auquel je ne m'attendais pas du tout. Un certain Harris Hughes m'informait que son foyer au gaz était finalement branché. La préposée de la compagnie de gaz propane lui avait tout appris, au sujet de mon « méfait », et comme nous habitons à la campagne, son rendez-vous avait sans cesse été remis. Oui, je savais ce que c'était, ces rendez-vous renvoyés aux calendes grecques ! C'est à moi que j'ai fait cette remarque. Je ne savais pas si un anglophone connaissait les calendes, grecques de surcroît. Si la réponse était négative, j'aurais dû traduire, et je n'avais aucune idée comment j'y parviendrais. Aujourd'hui encore, je ne le sais toujours pas.

— Ça y est, m'a-t-il dit, tout content. Il y a du feu dans mon cheminée.

Il m'a ensuite invitée à venir voir ça en personne. J'étais sans voix. Heureusement que le téléphone ne permettait pas de voir le rouge aux joues que j'arborais à cet instant. Je me suis transformée en minou naissant pour balbutier, avec une voix timide et éraillée, que ça me plairait beaucoup de partager cette flambée avec lui. Intérieurement, je me disais que je partagerais volontiers d'autres feux avec lui. J'ai voulu faire ma fine et, au lieu d'accepter tout bonnement sa proposition, je lui en ai fait une autre.

— Peut-être pourriez-vous également venir voir ma cuisinière au gaz et, surtout, déguster les merveilles qu'elle peut accomplir.

J'ai fait un gros mensonge en lui affirmant que je m'apprêtais d'ailleurs à lui téléphoner pour le remercier de son geste de gentleman. Le mensonge n'était pas entièrement faux, puisque j'avais appelé à quelques reprises, mais sans laisser de message.

Je me suis quand même confondue en excuses, pour avoir obtenu de la préposée qu'elle donne priorité à ma demande à son détriment. J'avais peur de passer pour une pimbêche qui croit que tout lui est dû, et qui outre-passe ses droits pour obtenir tout et tout de suite. Puis j'ai osé lui demander comment il avait réussi à trouver mes coordonnées. Je soupçonnais Allison d'être pour quelque chose dans ce coup de fil.

Il a ri. Beaucoup. Et pour entendre encore ce rire, j'aurais été prête à dire les pires bêtises.

— Ça m'a été très facile de vous trouver : la préposée est mon ex-belle-sœur.

Décidément, on a raison de dire que le monde est petit. Cette première conversation téléphonique a été très joyeuse, comme si on se connaissait depuis toujours. On parlait en même temps, on devait faire répéter l'autre. Il employait des termes que je l'obligeais constamment à traduire parce que je n'en comprenais pas le sens, et vice-versa. Nous avons consulté nos agendas respec-tifs. Entre les cours qu'il donnait et ceux que je suivais, entre les visites de sa famille – sa sœur débarquait chez lui avec sa marmaille – et de la mienne qui venait voir ma nouvelle maison, entre ses soirées de tennis et mes séances de taï chi, ses corrections d'examens et mes corrections de manuscrits, on n'arrivait pas à trouver une seule soirée libre en même temps et avant la fin de l'année.

Puis il a été obligé de me laisser. « Déjà ! » ai-je failli crier dans le combiné. Quelqu'un d'autre lui téléphonait, un collègue à qui il avait promis une consultation. Je l'ai salué et lui ai promis que la prochaine fois c'est moi qui appellerais.

Dans un premier temps, je me suis dit : « Bon, ce gars-là n'est pas libre, il est trop occupé. Moi aussi, finalement. » Mais ensuite, je me suis rendu compte que nous n'étions pas libres en même temps, c'est tout. Et puis, pour une fois, j'avais envie que les choses ne se précipitent pas comme par le passé. Je pouvais bien maîtriser mon impatience. Et peut-être était-ce ce qu'il faisait, lui aussi.

J'étais un peu déçue qu'on ne soit pas parvenus à fixer un rendez-vous, mais je sentais que ce n'était que partie remise. Depuis de longs mois de rénovations constamment retardées, je pratiquais la patience. Je pouvais bien attendre quelques jours de plus et savourer ce premier « rendez-vous téléphonique » qui, ma foi, avait été des plus sympathiques. Tout ça augurait bien.

J'étais bien heureuse de savoir que son foyer, comme ma gazinière, fonctionnait parfaitement bien. Mais ce qui me plaisait davantage, c'était d'avoir perçu une petite flamme entre nous, qui était le gage de moments chaleureux, sinon brûlants.

61

Dire que j'avais longtemps cru que cette étincelle, cette petite flamme, était morte, éteinte à jamais. Il faut avouer que je n'avais rien fait pour alimenter mon brûleur intérieur, rien tenté pour réactiver la flamme, pour laisser vivre le désir. Bien sûr, encore faut-il avoir un objet de désir. J'avais mis ça de côté, persuadée, même, que cet aspect de ma vie était mort et enterré. Mais là, dans l'attente d'un premier rendez-vous, je brûlais doucement et cette sensation me plaisait bien.

Entre-temps, Harris et moi nous sommes beaucoup parlé au téléphone. Des heures durant. Lorsque je raccrochais, je me demandais pourquoi nous n'avions pas pris ce temps pour nous voir. J'en avais conclu que Harris n'était sans doute pas prêt à précipiter les choses. De toute façon je préférais un feu qui couve lentement, mais sûrement, à une gigantesque flambée qui brûle tout sur son passage et ne laisse que cendres et désolation.

On a échangé tout plein de courriels. J'appréciais son humour tout à fait anglais ; je le faisais rire avec mes expressions québécoises. On partageait nos opinions sur nos deux solitudes : celle d'un homme et d'une femme, mais également celle de nos deux cultures. On discutait littérature, s'envoyant par courriel des extraits de textes qui nous avaient plu ou particulièrement touchés puisqu'on baignait tous les deux dans les lettres de par nos métiers respectifs.

Et puis un jour, en une fin d'après-midi de décembre, alors que nous discutions depuis plus d'une heure au téléphone, j'ai proposé qu'on raccroche immédiatement.

— On pourrait se retrouver dans un endroit tranquille pour prendre un verre et continuer cette conservation.

C'était spontané, pas du tout planifié, et je crois que c'est ce qui lui a plu dans cette proposition.

— On fait ça.

Il m'a suggéré un endroit sympa entre sa ville et mon village. Ce n'était pas plus compliqué que ça. L'homme que j'allais rencontrer était déjà mon ami. Je ne me suis même pas changée. Dans la voiture, j'ai réalisé que je n'avais même pas apporté mon rouge à lèvres. Tant pis, il me verrait nature. Malgré tout, j'étais fébrile et devais faire attention à la route pour ne pas me retrouver dans le fossé.

L'homme assis devant moi, dans ce bar, je le connaissais puisque je venais à peine de le laisser. Il avait les mêmes cheveux en broussaille que lorsque je l'avais vu la première fois. Les mêmes yeux, peut-être plus gris-vert que je croyais, quoique… Il m'a paru plus grand par contre. On a bu du vin lentement, on a parlé, on s'est beaucoup regardés.

À un moment, il a fait allusion au bleu de mes yeux. Je lui ai mentionné qu'un copain nommait cette couleur *bleu de Saint-Malo après la pluie*. On a alors parlé de la plage de Deauville, qu'il avait déjà arpentée, et du film *Un homme et une femme*, de Claude Lelouch, qu'il avait vu à l'adolescence et adoré. Son premier film en français.

— Je ne comprenais pas « toute ». Mais j'aimais tout ce que je voyais.

On s'est retrouvés sur la plage de ce film le temps de quelques soupirs et quelques images. On a discuté voyage et cinéma. On s'est aussi rappelé notre toute première rencontre dans la section des couleurs.

Je l'ai enveloppé de mon regard. Cet homme me plaisait vraiment. Il s'est rendu compte que j'étais à la recherche de quelque chose dans ses yeux. Et au moment où il a voulu me préciser leur couleur exacte, je l'ai arrêté en lui saisissant la main.

— Ne me le dis pas, ai-je demandé, je vais trouver toute seule.

En fait, ce que je n'osais pas lui dire, c'est que j'espérais ne jamais trouver la teinte exacte de ses yeux pour avoir à m'y plonger tout le temps.

Il a gardé ma main dans la sienne quelques instants. On a continué à boire. Le vin nous rendait joyeux. On n'avait encore rien mangé, la tête me tournait un peu.

Il m'a regardée d'un air assez malicieux et m'a proposé une chose à laquelle je ne m'attendais absolument pas.

— Si on faisait comme un homme et une femme ?…

— Mais on est un homme et une femme, ai-je répliqué en riant.

— Oui ! Euh… Non ! Comme dans le film *Un homme et une femme*, a-t-il expliqué en se mettant à en fredonner l'air : Chabadabada, chabadabada.

Je me souvenais parfaitement de tous les détails de ce film pour l'avoir vu à maintes reprises. Je comprenais bien à quoi il voulait en venir, mais j'avais envie de faire durer le plaisir.

— Ah oui ? ai-je fait en espérant paraître tout à fait naïve. Tu voudrais qu'on roule en voiture sur la plage ?

À un moment donné dans le film, l'homme et la femme, interprétés par Jean-Louis Trintignant et Anouk Aimée, tournent en rond sur la plage après la pluie, en voiture sport. Ils roulent à la limite de la plage où viennent mourir les vagues.

Harris a d'abord paru surpris par l'image que j'évoquais, puis, constatant que je blaguais, il a éclaté de rire et m'a attirée dans son bras. Je me suis retrouvée le nez sur son pull « anglais ». En plus, il sentait bon, cet homme ! Son chandail sentait le plaisir, pas le chagrin d'amour.

— Laisse-moi régler ça, a-t-il dit en se dégageant de moi.

Pendant que je l'observais discuter avec le barman, je me suis fait mon cinéma et j'ai revu cette séquence célèbre : Trintignant et Anouk Aimée sont dans un grand restaurant sur le bord de la plage. Il n'y a qu'eux dans l'immense salle à manger. Ils chipotent dans leur assiette. Le serveur semble déçu qu'ils ne commandent pas davantage de plats au menu. La femme en fait mention à l'homme. Il lui dit qu'il peut arranger ça. Il fait revenir le serveur et lui demande s'il a une chambre pour deux.

J'avais les genoux qui tremblaient. Je ne savais plus si c'était l'homme si désirable qui me faisait cet effet ou tout le vin qu'avait consommé la femme que j'étais.

Il est revenu vers moi tout heureux.

— C'est presque la porte à côté. Ce n'est pas Deauville, mais on sera bien.

Il m'a aidée à me relever. Je suis littéralement tombée dans ses bras.

— Je pense que j'ai trop bu.

Il a mis son bras autour de mes épaules et m'a entraînée vers la sortie.

Je flottais. Nous nous sommes dirigés vers une petite auberge, adjacente au bar, que je n'avais pas remarquée en arrivant. Elle n'avait rien d'un palace, mais dans mon cas, pour ce que nous allions faire, un capot de voiture aurait fait l'affaire tant j'avais de désir pour lui. Mais je préférais quand même un lit chaud et confortable ; après tout, nous étions en décembre.

C'est ainsi que ça c'est fait. Tout simplement.

Le préposé à l'accueil nous a regardés avec un petit air entendu étant donné que nous n'avions pas de bagages. Exactement comme dans le film. Quand nous sommes montés à l'étage, j'ai commencé à m'inquiéter. Est-ce que j'avais les jambes rasées ? Comment ferions-nous avec toutes ces couches de vêtements à enlever ? Est-ce que je portais mon soutien-gorge le plus moche, celui dont les bretelles élastiques avaient fait leur temps ?

Après avoir ouvert la porte, Harris m'a laissée passer, puis l'a refermée. Il m'a appuyée contre le chambranle et nous avons commencé à nous embrasser. Je ne saurais dire combien de temps ça a duré. J'avais les jambes de plus en plus flageolantes, mais je n'aurais pas bougé de là pour tout l'or du monde.

Qui a dit que les Anglais sont des gens froids ? Ce n'était certainement pas le cas de Harris !

Il m'a enlevé mon manteau, sans laisser pour autant ma bouche. Je lui ai enlevé le sien. Nous nous sommes défaits d'une partie de nos vêtements. Puis nous avons croulé ensemble sur le lit. Au moment où je me demandais, dans un éclair de lucidité entre nos baisers et nos caresses, si je me rappellerais comment faire – je ne me souvenais plus à quand remontait la dernière fois et j'étais terrifiée –, c'est lui qui m'a étonnée. J'en étais à me demander comme une idiote si je saurais refaire les gestes, il m'a un peu écartée de lui et m'a avoué timidement que ça faisait assez longtemps qu'il n'avait pas fait l'amour et que ça l'inquiétait un peu.

On a ri à l'unisson. Il a enfoui son nez dans mon cou. Je me suis mise à frissonner de bonheur. Tout ça était si simple. Puis je lui ai chuchoté à l'oreille :

— Il paraît que l'amour c'est comme la bicyclette, ça ne s'oublie pas.

Il m'a regardée d'un air très grave avant de répondre :

— Je ne sais pas aller à bicyclette.

Il a ensuite éclaté de rire devant mon air ahuri. Puis nous avons roulé l'un sur l'autre dans un grand éclat de rire. L'instant d'après, nous étions de nouveau très sérieux, nous tenant par les yeux.

Et il n'y a plus eu, dans ce grand lit, que des bras qui étreignaient, des jambes qui se nouaient, deux corps qui se cherchaient et une seule bouche pour deux. Comment avais-je pu me passer de cela si longtemps ?

D'un commun accord, nous avons décidé de garder la chambre toute la nuit... au cas où nous aurions envie de rejouer à *Un homme et une femme*, *chabadabada*, *chabadabada*.

62

— Il est comment ? m'a demandé Massimo au téléphone.

— Hummmm ! ai-je répondu comme si j'appréciais le mets le plus délicieux qui soit.

— C'est tout ? Je veux des détails.

— Tu peux toujours courir ! Je ne sais pas si c'est le bon, mais j'aime tout ce qui se passe entre nous. Ça va durer combien de temps ? Je n'en sais rien, je m'en fous, même. Mais en attendant, c'est...

Je n'arrivais pas à trouver les mots appropriés, mais avant que je puisse poursuivre, Massimo a lancé :

— Bon, bon, bon ! Si j'ai bien compris, *principessa*, on t'a perdue. Les copains, les amis, tout ça, c'est terminé. L'Anglais est débarqué.

— Pas du tout ! Arrête donc de jouer les divas éplorées. Quand est-ce que je t'ai déjà abandonné, hein ?

— On veut le rencontrer.

Affolée devant cette affirmation, j'ai demandé :

— Qui ça, « on » ?

— Les gars. Henri, François, Albert et moi.

— Ah ! Parce que vous vous êtes consultés ?

— Certainement, a répliqué Massimo sans gêne aucune.

— Je vois ça d'ici. Ça va être un souper pas tendu du tout. Tout le monde va s'épier, se jauger...

— C'est important qu'on sache dans les bras de qui on te laisse.

Je l'ai assuré que je ferais tout mon possible pour que cette rencontre ait lieu. Mais j'ai aussi précisé que Harris et moi avions déjà beaucoup de difficulté à nous rencontrer et que nous avions tous des horaires très compliqués.

— Toi et Henri, vous travaillez sans arrêt, en plus ! Ça va pas être de la tarte à organiser. Je te rappelle d'ailleurs, mon cher ami, que ça fait plus d'un mois que tu n'es pas venu à la maison. Et la fois précédente, tu as dormi pendant les quarante-huit heures qu'a duré ton séjour. François n'est pas revenu de son voyage à Boston et Albert s'occupe de sa mère. Comme tu peux voir...

— Essaye pas, a dit Massimo. Je sens que tu fais tout pour t'en sauver.

— Ça n'a rien à voir, ai-je protesté avant de capituler. D'accord, d'accord. Je vais organiser un souper aussitôt que tout le monde pourra se libérer. On en profitera pour pendre la crémaillère.

— Ah non ! Pas la crémaillère.

— Qu'est-ce qu'il y a encore ?

— On avait dit qu'on célébrerait ton installation dans la maison sur la terrasse, en été.

— C'est loin l'été, Massimo. Je me faisais une telle joie d'organiser le plus tôt possible cette pendaison de crémaillère.

— Tu le fais exprès, *bella*. Non ! Non ! On va faire un souper comme ça… juste pour…

J'ai poursuivi sa phrase à sa place.

— Juste pour voir de quoi il a l'air, lui faire subir un examen avant que vous donniez votre accord. C'est ça ?

Il s'est défendu comme il a pu.

— C'est pas tout à fait ça, mais ça y ressemble.

Puis il s'est soudain inquiété.

— Il n'est pas homophobe, j'espère.

— Je n'en ai aucune idée.

— Tu ne lui as pas parlé de nous quatre ? Ni de *ça* ?

— De vous, oui. Mais pas de ça ! ai-je répondu. Figure-toi qu'il y a d'autres sujets qui nous intéressent. Mais ce sera une bonne occasion de lui poser la question.

Massimo n'avait pas tort de s'inquiéter. Lorsqu'une femme a des amis gais – plusieurs amis gais, dans mon cas –, il est important que l'homme qui entre dans sa vie les apprécie autant qu'elle. J'essayais d'imaginer Harris avec mes quatre grands copains, Massimo, Albert, François et Henri. J'avais l'impression que ça pouvait marcher. Mais on ne sait jamais. Et si je n'avais aucune envie de renoncer à Harris, je ne voulais pas perdre mes amis non plus.

La fameuse rencontre a finalement eu lieu et s'est passée tout à fait bien. Au début, les gars se sont regardés en chiens de faïence, puis les langues se sont déliées. Harris, qui avait séjourné à Sienne durant une année sabbatique, a longuement discuté avec Massimo. Il a parlé aménagement et cinéma avec Henri. À un moment, François, Albert et Harris se sont découvert un ami commun, un copain de collège de Harris. Un copain gai. Je n'avais plus de soucis à me faire de ce côté-là. En fin de compte, j'étais touchée de la sollicitude de mes amis, qui voulaient s'assurer que je me retrouve avec quelqu'un de bien.

Harris et moi ne vivions pas ensemble, ne nous voyions pas tout le temps ; peut-être était-ce pour cela que nous nous entendions si bien. On alternait entre ma maison et la sienne. Entre les joies de sa cheminée au gaz et celles de ma gazinière. Quant à l'autre feu, celui qui fait que tous les amoureux de la terre brillent de l'intérieur et semblent si beaux, eh bien ! il ne semblait pas vouloir s'éteindre.

À la fin de la soirée, les gars ont insisté pour que je m'exerce à prononcer le nom de famille de Harris, que j'écorchais tout le temps. Ils ont beaucoup ri de mes tentatives. J'ai dû avouer à Harris que je ne parlais pas très bien l'anglais.

— Pourquoi penses-tu qu'elle s'intéresse à toi ? a demandé Henri.

Pour expliquer ma connaissance imparfaite de la langue anglaise, j'ai parlé de mon enfance dans la ville de Québec. J'avais découvert l'anglais en entendant les dames originaires d'Angleterre qui travaillaient au magasin Birks. Avec mes petites amies, j'allais souvent les écouter. Leur façon de s'exprimer me faisait pouffer de rire.

— Pire. Quand j'étais enfant, j'écoutais les chaînes de télévision anglaises, ai-je aussi avoué, parce que j'étais convaincue que les anglophones ne riaient pas de la même manière que les francophones.

Celle-là, je n'aurais jamais dû la raconter et la laisser dans mes souvenirs d'enfance. J'ai senti que je n'avais pas fini d'en entendre parler.

C'est à ce moment que Massimo a ressorti l'anecdote de nos dernières vacances à Bar Harbor. J'aurais voulu disparaître sous la table. Et comme l'avait fait l'électricien à propos de la sécheuse au gaz, il m'a obligée à raconter l'anecdote en question. J'ai essayé de faire ça très rapidement, mais, trouvant que j'omettais trop de détails,

Massimo a repris l'histoire du début. J'étais morte de honte.

— Lors de nos vacances dans le Maine, nous étions chez des amis qui tiennent un B&B extraordinaire dans Mount Desert Island, Alice, une amie d'enfance d'Olivia, et Jim, son mari. Jim est un Américain de New York. Si Alice est parfaitement bilingue, Jim, par contre, dit seulement trois mots de français. Olivia avait apporté avec elle des textes dont elle devait absolument terminer la correction. Jim s'est intéressé à son travail et a voulu savoir quel était le sujet de ces textes.

Massimo a fait une pause et tous les yeux se sont tournés vers moi. Je ne savais plus où me mettre.

— Ah ! Mosusse de fatigant ! Tu ne me laisseras pas tant que je n'aurai pas raconté ce qui s'est passé, hein ?

Massimo a fait signe que non, aussitôt suivi par les autres, Harris compris. J'ai donc sauté à l'eau pour en finir une fois pour toutes.

— Comme Massimo vient de le dire, Jim voulait connaître le sujet des textes sur lesquels je travaillais. Avec le peu d'anglais que je possède, je lui ai expliqué qu'il s'agissait d'une suite d'articles parlant du bonheur et qui allaient être publiés dans un journal.

— Et qu'as-tu dit, exactement ? a insisté Massimo.

— J'ai dit : *It's about happiness.*

— Non ! Pas du tout !

Massimo a alors imité ma prononciation :

— Elle a dit : aaaaappiness. Ça sonnait comme « *a penis* »... Ni Alice ni moi n'avons bronché, mais Jim a dit à Olivia qu'il était assez étonné qu'on parle de pénis dans un journal. Tu vois, Harris, a ajouté Massimo, pour elle, le bonheur, c'est *a penis.*

Ç'a été l'hilarité générale. Les gars pleuraient, s'essuyaient les yeux, recommandaient fortement à

Harris de me donner des cours d'anglais. Je ne sais plus combien de temps ils ont ri.

Avant de partir, Henri a fait son tour de maison et s'est montré satisfait des rénovations. Il n'a trouvé à redire que sur un ou deux détails. « Mais j'aurai le temps d'y voir, a-t-il précisé. Une maison n'est jamais terminée. »

J'étais bien contente. Tout le monde avait fait honneur au repas que j'avais préparé, et Harris et la maison avaient passé le test avec succès.

Henri et Massimo sont repartis ensemble comme ils étaient venus. Ils travaillaient tous les deux sur le même projet de film et, comme ils devaient se lever vers quatre heures du matin, il ne leur restait que quelques heures de sommeil. François et Albert ont repris le chemin de leur maison. Harris et moi, celui de ma chambre. Là aussi, il réussissait le test. Avec mention très bien.

Même Bouboulina aimait ce mec. Que demander de plus ? Il me restait à rencontrer ses grands enfants... et son chien. Lui, à faire la connaissance de mon fils. Comme une maison, une relation n'est jamais vraiment installée. Il y a toujours quelque chose à faire.

Mais en attendant, la nuit nous a enveloppés dans ses bras et la maison jaune a soupiré d'aise. Et nous aussi.

Épilogue

La fameuse fête pour souligner mon installation à la campagne a enfin eu lieu. Le printemps ne laissait pas encore la place à l'été. Il n'en finissait plus de s'habiller de vert frais et d'étirer l'éclosion des fleurs, mais l'on sentait dans l'air qui se réchauffait un peu que c'était une question de jours avant qu'on tombe pour de bon dans la saison chaude.

J'avais fait les choses en grand. Chacun de mes amis ayant collaboré à la rénovation de la maison a reçu une invitation en bonne et due forme. Plus habile à la suite de mes cours de dessin, j'avais peint à l'aquarelle ma maison jaune sur une carte d'invitation et demandé aux gens de se présenter chez moi, le samedi en huit, pour pendre la crémaillère.

Ce jour-là, Bouboulina, ma petite boule de poil noir parsemé de blanc, que j'avais sauvée du naufrage en déménageant à la campagne, flottait dans les vapeurs du sommeil et dans les vagues de la couette blanche en attendant l'arrivée de la visite. Elle descendrait plus tard, pour réclamer son lot de caresses. La maison était lumineuse, les planchers reluisaient. Ça sentait le propre. J'avais allumé des bougies aux fenêtres et à différents endroits dans le salon et la salle à manger, ainsi que les flambeaux que j'avais installés sur la terrasse. Ces derniers m'avaient été offerts en cadeau par Massimo qui les avait récupérés à la fin du tournage d'un film américain. Dans une des séquences, il y en avait plus de cinq cents. Il avait réussi à mettre la main sur deux douzaines, juste pour moi. L'effet était saisissant.

Ils sont tous venus. Tous mes amis ont répondu à mon invitation avec enthousiasme. Massimo, Henri, François et Albert, ainsi que Lulu. Allison, ma nouvelle amie de la campagne, était également de la fête. Et bien sûr mon fils. Et bien sûr Harris. Notre histoire d'amour avait tenu tout l'hiver, malgré les grands froids et nos différences culturelles. On fait souvent des étincelles et, quelquefois, le torchon brûle entre nous, mais le feu couve toujours aussi passionnément. Tous ceux qui ont cru à ma folle aventure et ont fait en sorte que cette maison fabuleuse voie le jour sont arrivés les bras chargés de cadeaux. Mon fils a apporté un camélia qui, une fois sorti de son enveloppe de papier coloré, a tout de suite embaumé l'air. Henri m'a offert un très bel arrosoir ; François et Albert, des outils de jardinage et une cabane d'oiseau ; Lulu des mangeoires en verre, fort jolies ; et Allison, un photophore pour la table de la terrasse. Harris a apporté des bouteilles de champagne et le DVD d'*Un homme et une femme*.

On a célébré ma belle histoire d'amour avec la maison jaune. On a ri beaucoup et souvent parlé tous en même temps. On a bien sûr refait le monde en discutant avec énergie. Et puis Bouboulina est venue rappeler aux invités, avec des cris assez forts puisqu'elle est à moitié sourde maintenant, qu'elle faisait également partie de cette maison. Mes amis ont tous constaté que cette chatte était un vrai miracle sur pattes. Il y a quelques semaines, Massimo qui l'a vue bondir sur le terrain l'a confondue avec un lièvre. Dire qu'elle était incapable de sauter sur un tabouret lorsque je vivais avec elle dans le Vieux-Montréal.

Tout au début de cette aventure, lorsque je songeais à une fête, je revoyais sans cesse les images du film *Vincent, François, Paul et les autres*, de Claude Sautet. Les personnages sont réunis à la campagne pour un déjeuner du dimanche. Ils rient fort, boivent, se moquent gentiment les uns des autres. Un repas à la campagne, dans mon imaginaire, c'est à ça que ça ressemble.

Et c'est à peu près comme ça que ça s'est passé. Nous n'étions pas dans une maison du sud de la France, mais la mienne en avait les couleurs. Ocre pour les murs et lavande pour les volets et les boîtes à fleurs. Quant aux portes, elles ont été peintes bleu nuit. Nous n'étions pas en Italie non plus ; cependant, la diversité des invités et leur bagout évoquaient facilement ce peuple de charme. De plus, le menu possédait toutes les saveurs de ce pays, et les vins en provenaient.

Dans notre cas, nous étions réunis un samedi soir du début de l'été. Il faisait assez chaud pour manger sur la terrasse illuminée, au son du gazouillis de la fontaine du petit étang. Les lilas embaumaient tout autour. On a passablement bu, suffisamment mangé, trop même. Et ri énormément. On s'est rappelé les bons et les mauvais coups de la rénovation. Les attentes, les retards, les erreurs.

Au moment du dessert, mon fils est entré dans la maison pour revenir aussitôt avec un paquet enveloppé à la va-vite. Il me l'a tendu.

— J'ai failli oublier de te remettre ça.

— C'est quoi ?

— Une sorte de cadeau. Ouvre, tu vas voir.

J'ai commencé à développer le cadeau mystère, qui semblait intriguer mes amis tout autant que moi. Une fois la corde dénouée, il fallait retirer du papier d'emballage de Noël et du papier journal.

— Vincent ! T'es pas fort sur la présentation, a lancé Massimo.

— C'est tout ce que j'ai trouvé. C'est un cadeau de dernière minute.

— Moi aussi, s'est écrié Henri, j'ai quelque chose d'autre pour toi, Olivia.

J'ai protesté.

— Vous m'avez déjà donné tellement de cadeaux. Juste le fait que vous soyez tous encore ici avec moi, après cette aventure…

— Ouvre ! Ouvre ! ont crié mes amis.

Le ruban adhésif et les papiers enfin enlevés, j'ai découvert un sac en plastique, que j'ai ouvert délicatement. Par le passé, mon fils m'a déjà offert des cadeaux étonnants : grenouilles, bigorneaux puants et autres bibittes dégoûtantes. Je suis restée un peu craintive. Puis j'ai regardé dans le fond du sac. J'étais la seule à en voir le contenu. Je l'ai refermé aussitôt. Je n'en revenais pas de ce que j'avais vu. J'ai fait languir un peu les autres, jusqu'à ce qu'ils poussent les hauts cris.

Ouvrant de nouveau le sac, j'ai étalé ce qu'il contenait sur la table, devant moi. C'étaient les fameux ronds de la gazinière qu'on avait égarés.

Mon fils était fier de son exploit. Il savait qu'il obtiendrait un succès bœuf auprès de l'auditoire, ce qui n'a pas manqué. Chacun y est allé de son commentaire. Quand, comment, où Vincent avait-il trouvé les ronds ? On le pressait de questions. On avait passé tellement de temps à les chercher qu'on voulait savoir comment il avait réussi, lui, à les trouver.

— C'est hier. Olivia m'a demandé de l'aider à préparer des jardinières. J'ai fouillé dans le garage à travers toutes les choses restées après le départ de l'ancien propriétaire – en passant, il faudrait organiser une petite vente de garage peut-être ! – à travers les accessoires pour le jardin, et je suis tombé dessus. Ils étaient dans un coin avec des pots de céramique dont on ne s'était pas encore servi.

— Ça fait un an qu'on entend parler de ces maudits ronds-là, s'est exclamé François.

J'avais un petit air piteux.

— Je sais… je sais, ai-je dit pour ma défense. Mais si tout s'était passé comme je l'avais prévu, ce ne serait pas arrivé. On les aurait trouvés tout de suite.

— Coquelicot, franchement, tu sais très bien que…, a commencé Albert.

— Je sais, je sais, ai-je enchaîné. Dans la rénovation…

Puis tout le groupe s'est joint à moi pour entonner en chœur la petite ritournelle habituelle :

— … ça ne se passe jamais comme on veut !

Lulu a demandé à Harris s'il était au courant des fameux ronds que j'avais fait venir d'Italie. Il lui a répondu que c'était à cause de ces fameux ronds justement qu'on était ensemble.

— Toute cette aventure pour revenir à la case départ, a dit Henri en riant.

— Si les nouveaux brisent, j'en aurai d'autres.

— Es-tu contente ? m'a murmuré Vincent à l'oreille.

— Vraiment contente. Mais surtout que tu sois là, avec moi.

Massimo m'a demandé si j'allais informer Claudie de cette découverte.

— Je me sens trop gênée. Je l'ai fait chercher sans bon sens. Mais je devrais sans doute l'appeler pour lui dire que si j'avais regardé comme du monde on aurait évité toute cette histoire.

— Nous aussi, on les a cherchés, ces ronds, a protesté Albert.

— Moi aussi, a ajouté Lulu.

— Oui, c'est vrai ça. Tu nous dois un gage, a conclu Henri.

— Elle va vous faire « le » bouffe toute l'année, a suggéré Harris.

— Comment ça, toute l'année ? s'est insurgé Massimo. Toute la vie, oui !

Henri a réclamé notre attention pour l'autre cadeau, en nous priant de le suivre à l'intérieur. Nous avons tout laissé en plan, n'apportant que nos verres et la bouteille de vin.

On s'est installés au salon, où une atmosphère de folie ambiante a continué de régner. Devant le grand divan, sur la table à café, trônait une grosse boîte.

Henri a expliqué :

— Bon ! C'est délicat, je vous le dis tout de suite. Harris, j'espère que tu ne le prendras pas personnel.

Il nous a vraiment tous intrigués.

— J'avais vu ça dans une revue. J'ai demandé à Thomas...

— Pas le beau petit Thomas ! se sont exclamés les autres.

— Oui, c'est ça, a poursuivi Henri. Thomas, donc, me l'a rapporté du Japon.

J'ai ouvert ce nouveau présent. Je n'étais pas au bout des surprises.

Lorsque j'ai sorti le cadeau de sa boîte, personne n'avait l'air de comprendre de quoi il s'agissait au juste. Moi la première. Puis, grâce aux explications d'Henri, on a compris l'usage de l'objet. On découvrait une sorte de coussin. En fait, plus un oreiller moulé aux formes d'un torse d'homme sur lequel on pouvait s'étendre pour dormir. Il y avait également deux prolongements en mousse, recouverts du même tissu que l'oreiller et qui ressemblaient tout à fait à des bras pouvant entourer le cou du dormeur. On a beaucoup rigolé de cette trouvaille étonnante.

— Est-ce que la modèle féminin existe ? a demandé Harris.

— Oui, oui. On n'a qu'à le faire venir de Tokyo, a répondu Henri.

— On se garde une petite gêne, ai-je dit à Henri.

Harris m'a regardée avec un air de chien battu, des trémolos dans la voix, a dit :

— C'est une ultimatum. Tu choisis maintenant : c'est le cousin ou moi.

Pour toute réponse, je l'ai embrassé goulûment sous les sifflements et les applaudissements de mes amis.

Puis Henri s'est adressé à moi.

— Je suis désolé. Cette idée de cadeau pour fille seule, c'était avant l'Anglais.

Allison s'est emparée du coussin torse d'homme.

— Hum... Avez-vous remarqué qu'il a pas de tête ? Je vais te l'emprunter, m'a-t-elle dit avec un clin d'œil amusé.

On est restés là à rigoler, chacun voulant essayer la chose. À un moment donné, on a entendu un drôle de bruit à l'extérieur. Une sorte de claquement métallique. Pilou s'est levé pour aller voir ce qui se passait.

— Ça doit être un verre qui est tombé.

Il est revenu quelques instants plus tard et, s'adressant à l'assemblée, a demandé :

— Est-ce que vous saviez que ma mère fait la chasse aux écureuils ?

Allison a dit qu'elle croyait que je faisais uniquement la chasse aux anglophones. Harris m'a regardée avec ses yeux rieurs. Ceux-ci avaient une touche de vert tendre à ce moment. J'ai caressé doucement sa joue.

— Comment ça, tu pourchasses les écureuils ? a demandé Lulu qui ne semblait pas au courant de ma guerre continuelle contre ces maudits rongeurs qui dévorent tout le contenu des mangeoires.

Je l'ai donc mise au parfum.

— J'installe une cage. Je ne leur fais pas de mal. Quand j'en attrape, je vais les porter dans la forêt, loin de la maison.

— Eh bien, j'ai le plaisir de t'annoncer, maman chérie, que tu en as attrapé une nouvelle sorte, a déclaré mon fils.

— Comment ça ?

— Il est plus gros que la normale, et celui-là à une barre blanche sur le dos.

— Quoi ?

On s'est tous précipités à l'extérieur et on a regardé la bête puante qui avait élu domicile dans la cage pour écureuil.

— Pauvre petite bête, a fait mon fils.

— Si tu veux t'en occuper, ai-je dit, vas-y. Moi je n'y touche pas.

Tout le monde était du même avis. François a quand même précisé que les petits n'arrosent pas, tant qu'ils n'ont pas un an.

— Je veux bien, ai-je répliqué. Mais son âge n'est pas inscrit sur son front et il ne semble pas avoir son permis de conduire avec lui.

Mon fils s'est porté volontaire pour libérer la mouffette.

Les autres et moi sommes retournés à l'intérieur. Quelqu'un a mis de la musique sur la chaîne stéréo.

Massimo a baissé l'intensité des lumières, sa grande spécialité. Comme dit Henri, c'est pas coiffeur qu'il devrait être, au cinéma, mais directeur photo. François et Henri avaient pris place sur le divan. Albert, tout en caressant Bouboulina qui s'était installée sur ses genoux, observait Pilou par la fenêtre. Lulu était en grande discussion dans mon bureau avec Allison. Harris, lui, a remis une bûche dans la cheminée malgré la chaleur ; le feu, c'était son domaine. Et Massimo, bien sûr, s'était allongé sur le récamier. Fidèle à lui-même, il ne luttait pas contre le sommeil, même en présence des invités.

J'ai longuement regardé mes amis. Ils avaient l'air tout à fait heureux chez moi. Ils semblaient tous apprécier cette atmosphère si agréable. Ils donnaient l'impression d'être chez eux. J'avais donc eu raison, pour cette maison. Cette année de vacarme et d'agitation, de craintes, de fatigue extrême, de doute et d'angoisse avait donné naissance à une magnifique demeure.

Mes amis avaient grandement contribué à l'accomplissement de mon rêve. Chacun y avait tenu un rôle inestimable. Mon fils avait donné vie à un splendide jardin fleuri, entretenu en son absence par les Frizzle. Massimo avait vu aux atmosphères et à la disposition des meubles. Henri avait été l'inspiration des rénovations effectuées. Albert, pour sa part, avait veillé au grain à titre de pseudo-mari et chef de chantier, et François, à la présence si rassurante, avait toujours été de bon conseil.

Et depuis que j'avais déménagé, Bouboulina avait repris vie, je m'étais fait de nouvelles amies et, en prime, j'avais trouvé un Anglais tout feu tout flamme.

Je me suis demandé : et si c'était ça, le bonheur ? Comme pour répondre à ma question, mon fils a proposé un toast. Nous avons levé nos verres au bonheur dans cette maison. J'ai soupiré d'aise. C'était fait. J'avais passé au travers.

— Il ne me reste plus qu'à dénicher assez d'argent pour entretenir la maison et payer l'hypothèque.

Massimo a proposé une solution.

— *Mia caro*, si jamais tu n'avais plus de boulot dans l'édition, tu pourrais toujours louer ton jardin pour des cours de dessin en plein air.

Les autres aussi y sont allés de leurs suggestions.

— Ou des cours d'aquaforme dans la piscine, a mentionné Albert.

— Non, non ! a dit François, je l'ai : pourquoi ne pas offrir ta terrasse pour des cours de taï chi ?

Henri a affirmé que des cours de cuisine italienne sur ma belle gazinière et ses ronds de surcroît, ce ne serait pas mal non plus. D'autres suggestions allaient de la transformation de la maison en un *bed and breakfast* à sa conversion en résidence pour vieilles dames seules.

— On pourrait réaménager ton terrain, a expliqué Allison. Finis les petits sentiers ! Que de la pente, pour les fauteuils roulants.

Et que sais-je encore !

C'est à ce moment que Lulu a lâché un cri de mort dans la salle de bain attenante au salon. On s'est tous figés, s'attendant au pire. Et le pire est arrivé.

— L'eau... L'eau coule du plafond ! criait Lulu.

Les gars se sont précipités. Même Massimo est accouru à ma suite. Effectivement, l'eau coulait du plafond à grands jets continus. Lulu s'était emparée de serviettes pour éponger le plancher.

— Oh non ! Pas une inondation, me suis-je lamentée. C'est quoi, ça ?

Prenant les choses en main, Henri a envoyé François couper l'eau dans la salle de bain à l'étage.

Je continuais sur ma lancée.

— Pas encore des travaux ! Grrrr ! On vient de finir la peinture, il me semble. J'en peux plus.

Nous étions tous là à chercher d'autres serviettes et chiffons et à tenter d'essuyer le dégât. Mon fils aussi était venu prêter main-forte. Lui qui avait libéré la bête puante, il préférait, disait-il, essuyer ce genre de liquide.

L'eau a cessé de couler d'en haut et François est revenu.

— C'est peut-être dû à un bris de tuyau, à un mauvais branchement ou…

— Ou… ? ai-je demandé.

— Ou le niveau de l'eau est peut-être tout simplement trop élevé dans le réservoir et l'eau s'écoule par la manette de la chasse d'eau.

— Tu vas devoir faire venir un plombier, a dit Albert.

J'ai levé les yeux au ciel.

— *Attendre* un plombier, tu veux dire !

Allison et Lulu sont allées porter les guenilles mouillées dans la cuisine.

Massimo en a profité pour fermer la porte et je me suis trouvée coincée dans la pièce exiguë avec les hommes de ma vie : mes quatre mousquetaires et mon fils. À voix basse, l'Italien a demandé pourquoi Harris était resté au salon sans intervenir.

— Même Allison a participé au nettoyage, a-t-il ajouté en prenant les autres à témoin.

— Son fort, ce n'est pas l'eau, mais le feu.

Devant l'incompréhension du groupe, j'ai dit :

— Laissez tomber. Moi je me comprends.

— J'espère que tu n'es pas encore tombée sur un macho, a lancé mon fils.

— Tu ne m'avais pas dit que Harris était habile de ses mains ? a repris Massimo.

— Oui, ai-je répondu, en glissant ensuite, avec un sourire malicieux, que je ne lui avais pas précisé habile à quoi, exactement.

Mon fils et mes copains m'ont chahutée.

S'adressant aux gars dans la salle de bain, Albert a affirmé :

— Cette relation ne tiendra pas. Il ne sait rien faire. Elle a un amant alors que c'est d'un homme à tout faire dont elle a besoin.

— À quoi as-tu pensé ? a demandé Vincent à la blague.

J'ai regardé mon fils et, le plus sérieusement du monde, parce que je venais de comprendre quelque chose de très important, je lui ai répondu :

— À moi, chéri. Pour une fois, j'ai pensé à moi.

— Les gars, on va encore être obligés de donner du service, en a conclu Massimo. On n'a pas encore fini de s'occuper de la maison jaune.

— Que voulez-vous, ai-je lancé, vous êtes les hommes de ma vie. Avec Harris, je ne sais pas combien de temps la flamme va durer. Avec vous, c'est pour la vie.

Nous sommes sortis de la salle de bain. Lulu nous a crié de venir regarder le ciel étoilé.

Nous nous sommes tous retrouvés sur la terrasse les yeux tournés vers la Voie lactée.

À cet instant, j'ai eu une pensée pour mon amie Simone, cette femme formidable qui m'avait donné le goût des demeures et l'envie du bonheur. La maison jaune pouvait dormir tranquille. Elle avait trouvé des personnes extraordinaires pour veiller sur elle.

Collection **10/10**

Cet ouvrage a été composé en Dolly 9,5/12
et achevé d'imprimer en avril 2011 sur les presses de
Imprimerie Lebonfon Inc. à Val-d'Or, Canada.